何云波 ○ 著

你人生的一个梦，
怦然又永远不肯离舍的梦。
直做下去，
便有了一行行的文字。
然后终于明白，
文学就是回忆，
就是一抹永远的乡愁。

湖南人民出版社

本作品中文简体版权由湖南人民出版社所有。
未经许可，不得翻印。

图书在版编目（CIP）数据

老屋 / 何云波著. —长沙：湖南人民出版社，2014.6（2024.1）
ISBN 978-7-5561-0240-2

I.①老… Ⅱ.①何… Ⅲ.①散文集—中国—当代 Ⅳ.①I267

中国版本图书馆CIP数据核字（2014）第142960号

老屋

著　　者　何云波
创意出品　湘文传播
责任编辑　吴光辉　杨卫红
特邀编辑　黄稼辉
装帧设计　黎　珊

出版发行　湖南人民出版社［http://www.hnppp.com］
地　　址　长沙市营盘东路3号
邮　　编　410005

印　　刷　永清县晔盛亚胶印有限公司
版　　次　2014年7月第1版
　　　　　2024年1月第3次印刷
开　　本　710×1000　1/16
印　　张　19.25
字　　数　280千字
书　　号　ISBN 978-7-5561-0240-2
定　　价　42.00元

营销电话：0731-82683348　　（如发现印装质量问题请与出版社调换）

目录

第一辑　这么早就回忆了

生死之间 …………………………………………………… 003
老屋 ………………………………………………………… 006
外公 ………………………………………………………… 010
外婆 ………………………………………………………… 016
母亲 ………………………………………………………… 018
儿子 ………………………………………………………… 021
吃酒 ………………………………………………………… 025
温一碗酒 …………………………………………………… 029
吃茶 ………………………………………………………… 034
故里人物志 ………………………………………………… 038
水样的春愁 ………………………………………………… 050
摇椅 ………………………………………………………… 054
弦动我心 …………………………………………………… 057

第二辑　求学记

我的小学 …………………………………………………… 065
我的中学 …………………………………………………… 069

我的大学 ……………………………………………… 073
张博士 ……………………………………………… 080
蒋老师 ……………………………………………… 084
张老师 ……………………………………………… 087
多年师徒成父子 …………………………………… 093
我的2001 …………………………………………… 099

第三辑　子曰篇

小雨 ………………………………………………… 107
无花 ………………………………………………… 109
马姑娘 ……………………………………………… 112
文学夏 ……………………………………………… 115
大胡子 ……………………………………………… 119
驴总 ………………………………………………… 125
岁月如烟 …………………………………………… 132
放逐自己 …………………………………………… 135
东哥 ………………………………………………… 138
园长 ………………………………………………… 141
乞儿 ………………………………………………… 145

第四辑　人在旅途

山上的小屋 ………………………………………… 151
月光如水 …………………………………………… 155
凤凰三记 …………………………………………… 157
背篓上的孩子 ……………………………………… 165
丽江印象 …………………………………………… 167

城记 ·· 180

　　欧洲行记 ·· 196

　　海参崴纪行 ·· 207

　　彼得堡一日 ·· 212

　　行行复行行 ·· 219

第五辑　浮生八记

　　教书记 ·· 233

　　买房记 ·· 240

　　搬家记 ·· 246

　　学车记 ·· 251

　　开车记 ·· 265

　　住院记 ·· 271

　　下棋记 ·· 282

　　育儿记 ·· 289

后记 ·· 297

第一辑
这么早就回忆了

生死之间

父亲睡在那里，正对着老屋的方向

人生第一次面对死，是父亲的去世。那年我五岁。有人说，父亲是你走入这个世界的门户，也是你走出这个世界的屏障。没有了父亲的遮挡，死亡的大门也就直接向你敞开了。

当时的我，却对这一切毫无知觉。我只记得，童年的时光全都染上了白色：白色的屋顶，白色的墙，白色的床单……连印象中吃的第一个西瓜，也是白色的。白色，又为我提供了许多乐趣。我可以在白色的墙上写字、画画，趴在白色的病床上看外面的车子、人流来来往往，伴着白晃晃的灯光进入梦境。那个白嫩的西瓜，也成了世界上我所吃过的西瓜中最好吃的一个。

后来，坐在一部单车的后座上，离开了那个白色的让我流连的世界。后来，跟着一具大木匣，很多人哭着，弟弟被抱着，我被人牵着，来到一座山上，后来……

直到母亲改嫁了，我才开始真正体会到，父亲的不在，对我的"后来"意味着什么。尽管继父人很好，但我们兄弟俩很久一段时间只肯叫他"叔叔"。因为，如果另一个人成了"父亲"，那意味着，我们的父亲真正地离去了。

于是，父亲仍以各种方式"活"在这个世上，"活"在不同人的心目中。对我们兄弟俩来说，跟父亲有关的一切，总是充满了乐趣。每年清明节，总是由比我们大不了几岁的小舅带我们去上坟。我们提着酒壶，篮子里装了火柴、纸钱、红烧肉、酒杯、筷子，在父亲的坟前插上野花，置上供品，祭奠一番。等父亲"用"过之后，我们再把剩下的酒肉分吃了。在那个大家都吃不饱的年代，这该是一顿多么丰盛的筵席啊。于是，每年我们都悄悄地盼望着，这个父亲与我们分享盛宴的节日。

我们的小姑，也会经常谈起父亲。奶奶有六个孩子，三男三女，父亲是最小的一个。因为生计艰难，据说很小的时候，他和小姑就被送给了别的人家。后来，姐弟俩又偷偷跑了回来，从此再也不肯去另外的那个"家"。小姑出嫁了。小姑长得很好看，她后来告诉我，其实心里并不喜欢（小姑父年轻时就秃顶），但小姑父在乡供销社当领导，答应可以把我的父亲带出去，所以才答应了那桩婚事。父亲就这样来到供销社，吃上了"国家粮"，那年他16岁。父亲从来没有读过书，但据说极聪明，识字、算数都学得很快，很快就适应了新的环境，二十来岁就当上了供销社的主任。可惜！小姑说，这一切都是命。后来，小姑父也去世了，我却一直不敢问小姑：你的一生幸福吗？

而外婆，任何时候，一提起父亲，总是眼泪汪汪不胜悲伤的样子。父亲每次回来，总是先上外婆家。有什么好吃的，也总是先拿给外婆尝尝。外婆早已把这个女婿看作了亲儿子一般。丧"子"之痛使她在许多年之后仍难以释然。当我考上大学，出息了，外婆会经常叹气："要是你父亲还在，就好了。"

相反，外婆的女儿，我们的母亲，说起父亲，倒平静得多，一开头，总是"那个死鬼……"

据说，父亲与母亲婚后，有段时间，有个上过中学的女孩，死活要跟他，父亲都已经动心了。只是后来母亲生了我，不久父亲又生病，这个浪漫插曲才算了结。长大以后，我突然对这个六十年代敢于大胆追求爱情的"女孩"充满了好奇之心。她曾经为"爱"要死要活，她恨过父亲吗？父亲生病时，她偷偷地去看过吗？父亲不在了，她背着"丈夫"洒下过眼泪吗？在她儿女成群时，她是否还曾偶尔想起过父亲，想起少女时代的那个"梦"？我从未见过这个"女孩"，有时真有一种冲动，想找到她，跟他一起谈谈那个在我们生命的轨迹中都曾留下过深深印痕的人，问问她，在她心中，父亲还"活"着吗？

　　写到这里，突然发现，死亡，其实是活着的人的事情。死者长已矣，活着的人，却要不断地体验死亡，从此永远卸不下心灵的那副重担。

（2004年）

老　屋

老屋

想家时，首先想起的常常不是爸妈现在住的房子，而是那座老屋。

印象中，我一出生，就在那间老屋里了。

据母亲说，我生下来，常常安安静静地，躺在一个大簸箕上，不哭也不闹，不熟悉的人，根本不知道，这家里还有个孩子。大人以为，这个孩子可能有点傻，于是给取了个小名：傻瓜。这称呼在村子里流传开来，后来弟弟出生，尽管活泼好动，受我的牵连，也成了"小傻瓜"。而我，荣升为"大傻瓜"。

故乡是湘南的一个村庄，叫大村。一般同村都同姓，上百户人家住到一块，房子起得密密麻麻的。房子的格局，多是"围城"似的，中间有两个大厅堂，一头一尾，用天井隔开，这是公共空间，四周都是房子，可以住八到十户人家。房子一个门通厅堂，一个门通外面的街巷。青石板铺的小巷纵横交错，把整个村子串起来。

我们家的老屋相对独立一些，两家共一个厅堂。青砖碧瓦，屋子两层，楼下前屋垒起一个四四方方的灶台，一边放张桌子，另两边放两条宽宽的长椅，做饭、吃饭、待客、做作业，就都在这里了。后屋是大人的卧室，有一条门直接通巷子。

地是泥地，未经任何的铺垫，经长年累月的踩踏，黑油油的，夏天很是清凉。但在多雨的南方，屋子显得又潮又暗。所以活动多在户外。冬天在两家共用的堂屋跳绳、嬉戏打闹、捉迷藏，其他季节就在后门外的小巷。石头的门槛、石凳都可以坐人。因为两边都是屋子，巷子又窄，大部分时间都是阴凉的。端着饭碗在那里吃饭，听大人说东道西，夏夜在那里乘凉……我们家的那条巷子紧贴着另一个村子，姓胡，尽管有路相通，我们却很少越过"村界"。童年的一切，便都维系在那条巷子里了。

印象中，老屋里，父亲仿佛从来没有存在过。

我三岁时，父亲就病了，于是，跟父亲有关的记忆，更多的跟白色的病房连在了一起。

父亲终于走了。

父亲走后，他的魂却留在了老屋。孩子们睡楼上，有点像阁楼，堆放着各种杂物，采光不好。从小听惯了各种鬼的故事，阁楼便成了鬼魂聚集之地。每次一到楼上，便觉得父亲也可能在那里，不由自主会生出恐惧。晚上根本不敢一个人上去。

慢慢长大了，对"父亲"的恐惧变成了怀念。大人们经常在各种场合谈到父亲。当我考上大学，出息了，人们会经常说：要是你父亲还在，就好了。

父亲的坟在一个山坡上。背后是一座大山，叫陶岭（我们乡就由此得名），前面是一个垭口，一条小溪。有一年清明节，给父亲重新立了一块碑。那天，阳光暖暖的，满山开着红杜鹃和其他各色各样的野花，呼啦啦的茅草在风中招摇。父亲睡在那里，正对着老屋的方向。

父亲去世不到一年，母亲改嫁了。

继父是同一个村子的，带来一个女孩，大家一起住在老屋。后来母亲又生了老三、老四。老屋慢慢地热闹起来了。

继父人老实，话不多，很肯干，有点像老黄牛，但我们兄弟俩不大接受他。有时母亲和继父吵了架，闹着要散伙，这个家马上会泾渭分明地一分为二，继父和那个妹妹，搬回他们原来的房子。我们兄弟俩伴着母亲住在老屋，会一下子觉得这个小小的世界都是属于我们的了，因为老屋是跟父亲联系在一起的。以至亲友劝母亲让继父搬回来，母亲征求我们的意见，我们都很不情愿。

其实，我大部分时间都住在外婆家，回来，就有点像做客一般。我自小好静，清秀文弱，从不惹是生非，只喜欢读书，据说人极聪明，像极了父亲，所以很得大人们的怜爱。很小的时候，家里杀了猪，猪挂在堂屋的大门外出售，都是由我算数，又快又准。这成了母亲的骄傲。与兄弟们闹点冲突，母亲要是偶尔责骂一句，我会赌气不肯吃饭，母亲会"崽崽乖"、"乖乖崽"地劝很久……

除了"大傻瓜"，我还有一个昵称就是"云波仔"。

很久没有人这么叫我了。

老屋是爷爷奶奶留下来的。

爷爷奶奶原来住在另一处地方，很近。爷爷好酒，家里总酿着一小缸米酒。记得好动的老弟总喜欢去偷酒喝，爷爷知道了，难免责罚。而奶奶，经常会背地里舀点酒出来，解解孩子们的酒馋。

后来爷爷去世了，房子让给了比邻而居的大伯。我们家隔出一小半，给奶奶住。那时日子过得很苦，红薯饭里没几粒白米（有时连这样的"干饭"也没有吃，只能喝稀饭），餐餐清煮萝卜、白菜、南瓜、红薯藤之类，难得见点油星子。奶奶一个人，菜里油稍多一点，我们常常去偷菜吃，觉得美味极了。奶奶见菜无缘无故地少了，自然知道是怎么回事，难免嘀咕几句。但她一生节俭，不会因此多炒点菜（据母亲说，她生我那天都没吃饱，眼泪汪汪地就把我生下来了），我们也照偷无误……

奶奶日渐老了，消瘦了。

后来，我考上了大学，奶奶很兴奋的样子。我走时，奶奶拖着双小脚，歪歪扭扭的，一直送到村口。

没想到，这一走就成了永别。奶奶去世时，母亲没有告诉我，说是怕影响我的学习。寒假回去，走进老屋，奶奶不见了。母亲在奶奶睡的那个地方，重新给我铺了张床。母亲说："每次你写信回来，奶奶都要关心地问这问那，但你从来没有提到过她。我只好骗她，说你孙子在问你好呢！"

默然无语。

那年暑假，全家搬进了河边的新屋，红砖，白灰，青瓦。

据说老屋成了堆放杂物的地方，后来又无偿借给了别的人家住。母亲说：老屋是你们父亲留给你俩兄弟的，你看怎么处置吧！我说：随便，如果要卖，钱归你们。

从此再没有走进过老屋。

不过每次回去，到村子里别人家吃饭，总要绕到老屋那边去看一看。很多人家在村子的外围盖了新房，搬走了。一巷之隔的二伯家的房子已经垮塌，只剩下半壁颓垣。老屋的青砖，斑斑驳驳，长出了许多绿苔。大门紧锁，屋后的石凳也不知哪里去了。老屋安安静静地守在那里，越来越落寞了。

之后，南下打工的热潮，卷走了村里大部分青壮年。只有很少的老人，还守着他们的老屋。偶尔走进一户这样的人家，会奇怪：怎么会这么暗、这么潮呢？小时候可不是这样的。

老屋终于空了，连借住的人家也搬走了。

共一个堂屋的邻居，后来全家也搬到了长沙。有结婚、生子、祝寿之类的喜事，他们照例会邀我去喝杯喜酒。有时大家会谈起老屋，谈着谈着，便会看到老屋的煤油灯又亮起来了，还有孩子们的嬉闹声，母亲的充满怜爱的呵斥声，声声入耳……

（2005年）

外 公

外公住过的老屋和墙上的手迹

外公去世时，正是在一个冬天。

赶回去，外公已经入棺，连最后一面也没能见上了。

照例是拥挤的人流，是做道场的仪式：鼓乐、鞭炮、跪拜、念念有词，是早晚在村庄里的绕行，呼唤魂兮归来。

把外公送到对面的山上，那是我小时候经常摘菜、扯猪草的地方。大家都走了，我还站在寒风中，望着新垒起的土堆，想着里面的外公：难道，我们就这样天人相隔了？

一

小时候，对外公的印象，其实是模糊的。因为父亲去世，很小就住在了外婆家，跟外婆，还有几个舅舅一起生活。那时外公在外面工作，很少回家，但不断地有钱寄回来。有了这些钱，便总觉得，外婆炒的菜，比别人家的好吃。而当外公回来，总要带回来一些好吃的，还有给我的书。于是，物质与精神，有了双倍的满足。

长大后，读过外公写的一首写回家探亲的诗，题为《1962年2月假归》：

> 离家十三载,佳节念玉亲。
> 国事虽云急,天伦亦有情。
> 朝辞水口镇,午过道州城。
> 娟女远迎归,频传笑语声。

娟女就是我的母亲,不过那年我还没有出生,乡里也没有公路。从诗中可以看出,外公归来,那是一个多么隆重而喜庆的仪式。

印象中的外公,儒雅而英俊。在对外公的遥想,家人对外公的期盼中慢慢长大。1978年高中毕业,未能考上大学,在县中复读,每月就是靠外公寄来的15元钱维持生活。1979年考上大学,外公自是喜不自禁,当即挥毫作七绝一首:

> 未曾弱冠显奇才,非同古制上金阶。
> 文坛浩劫十年后,又见奔腾万马来。

1980年暑假,去江华水口。那时水口还是江华的县城,处在两山的夹峙中,一条河穿城而过。外公在林业采育场的子弟学校教书。学校在县城边的一个山沟里,假期里学生也走了,跟外公、外婆度过了一段非常安静的日子,那应该是跟外公相处最久的一次了。每天跟外公外婆聊聊天,看外公收藏的书,或者沿着山沟往瑶山里走,可以走出很远很远,直到仿佛世界只剩下你一个人;或者去县城逛麻石板的街,看河里的竹排冲浪而去;晚上,枕着哗啦啦的溪水入梦,浑不觉时光的流逝。

那个假期成了我人生中最难忘、最留恋的一段时光。也就在那一年,外公退休了,回到了老家。拿惯了笔杆和粉笔的手,操起锄头、挑起担子来,竟是分外的笨拙。外公书呆子气十足,在家里做点事,总是细细磨磨、慢条斯理的,找点东西,经常半天也找不着,所以不断被外婆责备。儒雅的外公,面对世俗的人生,竟一下子好像萎缩了很多。

于是,假期回去,陪外公谈古论今,下下象棋,偶尔还做做对子,唱和一番,那个时候的外公,才是生动的,自满自足、如鱼得水的。我大学毕业,外公又给我做过一副对联:

> 学海探渊源,面壁十年抒壮志;

文坛添新秀，胸怀四化展雄才。

外婆一生节俭，对孙儿女的付出不遗余力、不计得失，自己却舍不得吃点好的。外公营养不良，日渐消瘦起来。有次暑假去外婆家，外婆做了些好吃的，我和外公一块吃。给外公夹了些菜，外婆竟嫌外公吃得太多了，说：多留点给云波啰！我一听，真是难过极了。

外公老得很快，手足乏力，逐渐地，行走困难，连饭碗也端不起了。有年春节回去看他，想尽量多陪陪他，说说话，但外公连说话也不太利索了。有一天，外婆出去应酬去了，我陪外公吃饭，拿着勺子，一勺一勺地喂他。吃着吃着，他脸上便有了两行清泪。

没想到，这两行清泪便成了我对外公在人世间的最后的记忆。

二

外公去了，留给这个世界的，除了儿孙，除了亲友心中的记忆，就是一本薄薄的《柱文生平文集》。

说是文集，其实是个手写的小册子，抄在一个16开的笔记本上的，30来页，前有一小序：

余才疏学浅，惟兴爱文学，苦无成就。在"十年浩劫"中，前所为文，荡然无存。然吾心终不灰，忆往昔旧作，连同1980年退休后所写。在本集搜集之诗、词、联语、书信、杂文中，颇有值得一览者，弃之又觉可惜，因整理成册。以时间先后排列之，可见余当时社会环境思想之动态。供往年回味以自娱。或传之家人，以了解我的生平。予人有无裨益，尚待知音者见爱而斧正之，则幸甚矣。

外公生前即把这一"文集"托付给我。如今翻出来，纸已发黄，薄薄的封面也已经破损了。过去很少听外公谈他自己的事，这本"文集"便成了我记忆之外的一种见证。

"文集"后面有外公亲自撰写的"本人历史"。1923年出生，1933年，10岁，还在上小学时，就与外婆订了婚，并于同年结婚。外婆是我出生的村子的一位举人的孙女,却并不识字。现在也已无法想象,10孩童的婚姻生活是怎么过的。反正后来外公一直在外面读书,直到高中毕业,又回乡里教书、务农,自办补习班,与他人合伙筹办小学。刚解放,外公就被调到新田县公安局工作,之后去地区公安干部训练班学习,之后调江华县人民政府,从1951年到1957年,在商业局主管物价工作,照理说从此应该发达了,却在1958年被调到一完小附中任教员。这其中发生了什么,又是我无法妄加揣测的。

此后外公一直辗转在江华各地做教员,直到退休。其中一生所获得的荣誉,外公列了一个详细的清单:

1961年在漕汉江采伐场奖职工教育先进单位锦旗一面;

1962年出席中共江华县委第26次扩大干部会议,被评为五好干部;

1963年出席中共江华县委群英大会;

1963年年终因开展学习雷锋宣传活动带各文艺宣传队到各采育队被授三等功,并获奖状一张;

1967年被评为江华邮电局社会报刊优秀发行员,奖笔记本一本;

后来与外公的儿孙们在一起,会经常涉及一个话题,他们说,这一屋的人都太老实,都是因为外公的遗传。

三

外公在仕途上无所作为,"文"却使他在乡里赢得不小的声誉,外公的生命,也就一部分活在了文字中。

1940年,外公17岁,初中刚毕业,据说当时乡里上演岳飞戏,他作了一副对联,为乡里文人们所赏识,贴于柱联之首:

保家必先卫国应全民动员团结抗日逐倭寇;

兴宋首要除奸恨高宗昏庸密计东窗害虎臣。

这应算是外公的处女作了。外公与大多数的中国文人一样,忧国忧民,也曾有过满腔的抱负。1964年7月,他有一首《照镜》:

明镜端装照尔容，当年英武子龙凤。
　　此躯天赋魁梧汉，愧未沙场立战功。
　　外公长得实在不魁梧，在他的自我想象、塑造中，恐怕更多的是源于从古到今中国知识分子的一种情结。直到退休，他还在《诉衷情》：
　　少怀壮志去国忧，
　　投笔赴永州。
　　试问动机何在？
　　一洗旧山丘。
　　三一载，
　　鬓发秋，
　　志未酬。
　　长征四化，
　　方兴未艾，
　　敢云退休？
　　外公的抱负，似乎都是体现在他的文字中。包括那些自拟联，如"德行动天地，浩气塞苍溟"，"淡泊明素志，慷慨寄豪情"，而现实生活中的他，却是个不谙世故的文弱书生。他在文字中获得一种自我满足感，成了乡里有名的写字与做文俱佳的文化人。外公还记叙过一件让他得意的事，说1988年6月，有一宁远的星士见他所书诗词联语，谓走遍乡村未见如此才学者，因请以其名字群良作一联以赠，外公稍一思考即得两句：
　　群芳未解梅花意，
　　良才自有伯乐知。
　　外公一生的大部分作品，都是对联。乡里的各种红白喜事，如新居落成，迎春，结婚，丧葬，都免不了要请外公挥毫。所有这些对联，都是自拟，从不去书上抄现成的。有的虽不乏程式化的东西，有的却别有情趣。有一副结婚喜联写道：
　　细声点，轻声点，洞房私语新婚夜；
　　仔也好，女也好，于今莫讲旧黄历。

这让人感到,外公好像一下子年轻了许多岁,也许在以这样的口气表达对他人的祝福时,他也想到了自己的青春岁月吧。外公一生,不知道以他的文字,迎来了多少新家庭的诞生。而另一方面,当一些家庭失去亲人时,外公又要代他(她)们表达丧妻丧夫丧父丧母之痛。

忆往昔雨打风吹患难余生失老伴;
到如今苦尽甘来晚年遗憾守空帏。

父志堪嘉曾为爱国投诚解放建设效劳淡泊终身不计禄;
儿心向上方期兴家尽孝学习科技利民养亲难再永含悲。

外公在代他人"抒情"时,不知是否想到过自己。当外公走了,记不清是谁给外公写的挽联,内容又是什么了。"何一日生死相别抱恨终天有余哀",这是外公写给他人的,此时,它又仿佛成了我们心情的一种表达。

(2004年12月16日)

外 婆

母女

外婆已经八十多岁了。

三岁时，因为父亲的病，我就被放在外婆家了，一直到上大学。小学有几个学期也是在家里读的，但总不安心。中学在乡里的镇上，因为离外婆家近些，不住宿时，自然也是回外婆家了。

于是，外婆就成了我的家。回到自己的家，反而有些陌生了。

小时候瘦弱，总容易生病，外婆便在每天早上，用滚烫的米汤水，加红糖，给我冲一个鸡蛋。那带着米脂的蛋花，至今还散发着记忆的醇香。

乡村的孩子都比较野，贪玩，我却属于安静、斯文的那种，除了帮外婆捡点柴、扯点猪草，其他时间都捧着一本书。外婆怕我又头痛，常常劝我少看点书，多去玩会吧！

后来，上了大学，这又成了我如何刻苦学习的例证。

外婆生了三男两女，我母亲是老大。最小的舅舅比我大不了几岁，外公在外面工作，一年才回来一次，一大家子的生活，就都靠外婆了。

长大后，问起外婆的过去，她说十岁就到外公家来了。外公是家里的老大，下面还有两个弟弟，外公在外读书，外婆不仅要侍奉公婆，还要照顾两个弟弟。后来，公公公婆去世，作为长嫂，外婆又充当起了半是母亲的职责，把两个叔子拉扯大，送他们去读书。

外婆的一辈子，就是操心。

操心那个大家庭，操心自己的子女，再操心我。我长大了，再操心别的孙子孙女。他们的上学、工作、婚姻，她事事要挂在心上。而今，孙子女也有孩子了，她住在大舅家，孙子女在外奔波，把孩子留在家里，太婆又当起了"爹妈"。我劝她，年纪这么大了，就别再太操心了。她嘴上答应着，每天还是"操心"如故。哪个孙子女要回家了，她又操心着，路上安全，不会出什么事吧，于是，那个晚上就睡不踏实了。

我只好想，大约操心也是一种寄托，一种快乐吧！

外婆内心里，最得意的，恐怕就是培养了我这个做教授的外孙。作为"长孙"，我也就成了所有孙子女们人生的标杆。当然，当他们中某人要上学、工作，有时，外婆也会把"希望"寄托在我身上。在她看来，一个大学教授，安插一个人，总是轻而易举的吧。我却时时只能让她失望，内心负疚着，却不知怎么解释。

对外婆，总是充满了太多的负疚。小时候，总扬言，长大后，要把外婆供起来，给她大大的房子住，带她游历外面的世界。真的长大了，在城市里为自己有一个安身立命的窝劳碌奔波，等到终于觉得有些安定了，外婆又老了，不敢出远门了。年关时节，偶尔回家看看，心想该陪外婆好好说说话，忙于应酬，"说话"也成了奢侈的事情。塞点钱给她，竟成了一种心理安慰。

外婆慢慢地老了，其他亲友来长沙，偶尔会说起，外婆什么时候又住院了，但她从来不让我们知道，怕我们"操心"。听后，我总是不知该说点什么。是啊，面对城市的灯红酒绿，除了更增一分"负疚"，还能怎么样呢？

（2008年8月2日在一个遥远的地方）

母 亲

母亲在老屋

因为父亲的病，我三岁就住在了外婆家。慢慢的，跟外婆越来越亲，与母亲反而有些生分了。

长大了，当然明白母亲的心意，不会怪她，但情感上总是似乎隔了一点什么。

上大学时，每次回家，总要先在外婆家住几天，然后再回自己的家。买点东西，也总是先惦记着外婆喜欢吃什么。母亲似乎有些嫉妒。当外婆在外面宣扬，说我是她带大的，母亲总要反驳几句，一副不以为然的样子。

我心里暗暗觉得有些好玩，但从不表态。不过，有一段时间，我发现，自己对外婆总是轻言细语，在母亲面前，稍有点不快，就会表露出来，显出不耐烦的样子，乃至言语苛责。过后，我也会有些内疚，为什么对母亲就那样没耐心呢？

回想起来，对母亲的每次发火，都是因为外婆。逢年过节回家，带点吃的，如果是先回的自己的家，母亲总会从给外婆的那份里克扣一些出来，理由是外婆吃不了那么多或者其他亲戚家里也要给一点。给外婆一点钱，她也会说没必要那么多的。有次在县城买了些石榴，我分了一大半出来，准备给外婆，因为外婆说过，她就喜欢吃点水果。一转身，母亲却又从中把最好的全挑了出来，说在城里难有这么大的石榴，多留点给我吃。我怪母亲偏心，说了她几句，她的眼泪就出来了，然后数落起外婆的种种不是。外公退休回乡，外婆太抠，不给他吃好，外公越来越衰弱，终于瘫了，外婆也不好好照顾外公，不然，外公本来可以多活几年的……我知道，这是母亲的一个心结。外婆对孙子女们的好，确实超过了外公，作为孙子女的一员，我又能说什么呢。

印象中，还见过母亲的几次流泪。

一次，是因为我的婚姻的不如意。我不想让母亲操心，离婚了好一段时间，也没告诉母亲。她从别人那里听到风声，打电话来问起我，我才据实相告。母亲一听就急了，说几十岁的人了，一个人怎么过，谁来帮你洗衣做饭。我说我挺好的，让她不要操心。她怎么也不相信，说着说着，电话那头的声音里便带有了哭腔。我不知道该怎么说点安慰的话，放下电话，自己也替母亲难过起来。

一次是我的儿子从他妈妈那边回来，正好母亲也在长沙老弟那里帮着带孩子。她忙一时过不来，叮嘱什么时候把孩子带过去给他看看。儿子有事却提前走了。母亲没能见着这个久别的孙子，说起孩子的种种，我知道，因为离婚，儿子归了他妈，姓也改了，母亲一直对这事耿耿于怀。说着说着，母亲便流泪了。我颇有些内疚，因为自己的粗心，其实中间本来可以带儿子去看看奶奶的。

不经意之间，母亲慢慢地老了。

母亲大我二十岁。年轻时应该是个美女，还上过学，这在乡里，应该算是出类拔萃的人才了。她当过生产队的会计，大队妇女主任，在家里，把四个孩子拉扯大，并且培养出两个大学生，可谓里里外外一把手。母亲的能干，在乡里也是被公认的。一直以为母亲就是这个家庭的一棵大树，永远绿荫如盖的。有一年，却因为一场车祸，母亲虽然没有生命危险，伤愈后，左手半个手掌变了形，还留下一些腰酸腿疼之类的后遗症，并且让人感觉，母亲仿佛一下子苍老了许多。

母亲的心也变得越来越柔软了。

母亲是中共党员，不知从哪一年开始，却信起了耶稣。据说邻乡就有教堂，每周定期有聚会。在长沙的时候，星期天她会定期去做礼拜。问起她为什么信耶稣，她说耶稣叫人如何去爱他人，并且可以消灾。

有一次，母亲在县城，碰到一个人，说起她在长沙的两个儿子，可能会碰到什么什么灾祸。母亲一听就急了，问怎么办。那人让她跟着去一个地方，先交一笔定金，然后可以作法。钱到时候还退回来。母亲心想，反正屋子在这里，钱以后还可以退，就交了八百元钱。第二天去那里，却发现人去楼空了。

弟媳妇把这件事当笑话讲给我听，笑一世精明的母亲一时的糊涂。我知道，这一时的糊涂，都是因为她所牵挂的儿子啊！

后来，我对母亲说，钱丢了就丢了吧，求个大家平安。

母亲点头，却什么话也说不出来。

今年春节，准备和老弟一家一起回去过年，跟母亲都说好了。临近小年，却突然接到老弟的电话，说他岳父想来长沙过年，怎么办？要不我们兄弟回去，他把妻儿留在长沙。我想想觉得不妥，说那就算了吧！早上，接到母亲电话，说家里什么都准备好了，做了很多的"酢肉"，磨了豆腐，你弟弟不回，那就你自己回来吧！其实我也把回家的年货都买好了，还给母亲和继父买了衣服，老弟不开车回去，一大包的东西怎么带呢？我只好说，等清明节再回去吧！母亲说，那今年就只有他们俩老在家过年了，话语中满是失落。

放下电话，心里满是内疚。想起母亲曾经来电话，让我找了女朋友，就赶紧结婚生个孩子，说她眼睛白内障，趁视力还有一点，她还来得及给我们带孩子。母亲对子女的爱，永远是那么无私无我，而作为子女的我们，为父母又做了些什么呢？

惭愧！

（2008年8月1日初稿未完，2009年1月17日接母亲电话，续毕）

儿　子

父子的比赛

跟儿子有关的记忆，最让人刻骨铭心的，就是一次次的离别。

孩子两岁的时候，她妈就南下闯生活去了。我一个人带着孩子，一边教书，一边伺候着孩子的吃喝拉撒。每天早上，把他送到学校的幼儿园，碰到下雨，便一手打伞，一手抱着孩子，那种沉甸甸的感觉，至今记忆犹新。如果病了，就拿点药，把他带到教室，我在台上讲课，他便坐在学生中间，安安静静地，听得入神的样子。晚上吃过饭后，总要陪他在校园里散散步，用他的话说，就是去看小桥流水。就这样，孩子在你的背上、在你的牵扯中，不经意地，慢慢长大。

单位的人都感叹，说我一个人带孩子，学问还做得这么好，真不容易。然后又疑惑，守着这么好的一个老公，他妈干吗还要出去呢？我笑笑，说人各有志，每个人都有自己喜欢的生活方式。当两个人都各得其所之时，突然发现，距离已越来越远，于是友好地分手。协议离婚时，她坚持要孩子，又说孩子能不能先由我带着。我说行。

孩子那年5岁。就这样与孩子相依为命，又过了一段日子。后来，孩子他妈要把孩子带走。那天，孩子听说要去南方那个新崛起的城市了，很高兴的样子。不一会，又突然想起什么似的，说："爸爸，你也去吧！"我只好说："爸爸有事。"他似乎预感到什么，列车要开动时，他从窗户里伸出手来，握着我的手，舍不得放开。之后不断地跟我招着手，直到列车跑出很远，终于看不见，他的小手，似乎一直还在我眼前挥舞着……

那个漂亮的城市还是没能接纳他，孩子被放在他外婆家上学。于是，假期把孩子接到长沙来，或者某个周末去看看他，便成了日常的功课。孩子过于懂事，有时乖巧得令人心痛。在应该霸道、不讲理、任性的年纪，他却表现得太听话了。任何事情，只要你稍稍表现出不同意的样子，他便不再吭声。有年寒假接他来，进门不久，看到厕所便池脏了，他便洒上洗衣粉，使劲地用刷子去刷，冲干净，然后叫我过去："爸爸，你看白一些了没有？"之后又用一块布在我皮鞋上擦来擦去。看他这么殷勤地做着这一切，我的眼泪不由自主就要出来了。对于一个六七岁的孩子来说，除了用这种方法无声地表达他想要永久留在你身边的心愿，还能怎么样呢？有时他会小心翼翼地问：什么时候可以接他来读书？我总是说：以后吧！

每次周末去他外婆家看他，几乎重复的都是一样的定式。整整一个上午，他会不断地去铁路边上看火车。终于接到了，之后几十个小时，他会跟你形影不离。连去厕所，他都要跟去，在外面等着，看你从那里出来了，并没有消失，他才放心（因为在他小的时候，我要出去开会，也曾短期把他送到外婆家，走时总是先把他引开，而后悄悄地离去）。下午会牵着他，沿着铁轨，走很远的一段路，到一个铁路桥边，坐下来，看来来往往的火车。第二天上午去公园，跟他一起玩游戏、野炊。这一天他的情绪也会随着时间的推移，从高到低。一到下午，他就会不断地问：你什么时候走？时间总要精确到几时几分，仿佛是在一分一秒地掐着时间，抓紧跟我在一起的每一刻。当离别终于不可逆转，他就开始问：什么时候再来？这时泪水开始在眼眶里打转。等着终于提起包出门，随着那一声"爸爸再见"，他的眼泪也就涌了出来。这时，我也常常忍不住，只好掉头就走，常常连一句嘱咐的话也说不出来。但他不断地以"爸爸再见"呼唤、提醒着我，敦促我看他一眼。就这样沿着铁轨，低头往前走，他不断地向你招手，说再见。很远很远了，还能听到他带哭腔的声音。只要我一回头，他又会把小手高高举起，直到最后只剩下一个模糊的小点……有次我已在铁轨上走出好长一段路，火车来了，我等在路边。他见我停下来了，一下子挣脱大人的牵扯，飞也似也冲了过来。我不断挥手，叫他回去，回去，可怎么也已经止不住了……

后来，儿子终于到了南方的那个城市上学，到了他妈妈的身边。相距远了，也就只能在假期见见面。据说他的学习还不错，特别是英语，在她妈妈的教导下，已能流利地与人交流。我听了自然高兴。后来又听说他在学萨克斯之类，心里虽有些不以为然，不在其位，不谋其政，也就随他了。中国的父母，望子成龙心切，自有他们的一套教育方式，并且在现行的考试制度下证明行之有效。像我们那样放任自流，真还不一定能出"成绩"。不过，总以为，压得人喘不过气来的"成绩"，对孩子们是不是太残酷了一点。

于是，儿子每年暑假到长沙来过上十天半月，与他平时的日子，便构成了两种完全不同的生活。在那边，每天被沉重的学习压得喘不过气来。到了这边，上午写点作业，看看书，下午玩电脑，而后带他去打球，晚上看电视，玩"跑得快"……日子忽悠忽悠的过去，一下子就到了他该回去的日子，他总会不顾他妈妈的吩咐，想方设法多待几天。但世上没有不散的宴席，送别时，总免不了一番情感的折磨。他回去，常常会没精打采，很长一段时间，才能恢复正常。

去年暑假，他又到长沙来。带他去一个大山里玩了几天，几家人一块。几个小孩每天在那条清得逼人的小溪里嬉戏，玩得不亦乐乎。晚上，在路边，摆几张椅子，便开起了文艺晚会，几个孩子轮流唱歌、讲故事、说笑话……黑黢黢的大山，一下子充满了生气。孩子们的作文比赛，也就有了素材。

这个假期一晃而过，提前好些天去买火车票，居然没卧铺了。售票员让我走的前一天再去看看。那天又去买票，回来时孩子急切地问买到没有，我说买到了，他一脸失望的样子。我说："你看你都这么大了，走的时候不能哭了噢！"他说好。我又说了一番学习越好，妈妈就越不会管你，你就越自由之类的话。第二天，一路无语，送他上了车，收拾妥当，我下来了。他隔着窗玻璃跟我招手，又突然冲下来，抱着我，不忍松手。开车的铃声响了，我把他推上去，他一下子又泪流满面了。

回去后，他妈妈打电话来，说他每天只捧着跟我照的那些照片，翻来覆去地看，还有就是我送他的那本《围棋与中国文化》，其他什么事也不做，让我劝劝他。我打电话，孩子突然说，要到长沙来读书。问他为什么，他说他更喜欢爸爸的教育方式。我沉默了好一会，只好说：你看妈妈带你多辛苦，你这样妈妈会很伤心的，初中就最后一年了，好好学习，明年考一个好的高中，就可以来长沙多住一段时间了。

儿子终于以优异的成绩考上高中，据说市里还奖了一台电脑，并免费参加去北京的夏令营。之后他妈妈又办了个英语培训班，让他给外教做翻译。准备来长沙时，学校又快要军训了。我说还有一个多星期，你还是可以来啊，他说，时间太短了，不能尽兴。我说本来准备带你出去好好玩玩的，他在电话那头说：对不起，老爸，让你失望了。

放下电话，眼泪差一点又要出来了。

（草于20世纪末的某一天，半途而废，2004年11月17—18日续毕）

吃　酒

家乡人把喝酒叫做吃酒。还有吃饭，吃菜，连茶、水也是"吃"……对"进口"之事的表达，词汇如此贫乏，大约是一直过的简单清贫的日子，自然没有那么多的讲究。把酒品茗之类，那是有闲阶层的事。劳作之余，饥来即食，渴来辄饮，索性一顿通"吃"了。

不过，话虽如此，家乡人对吃酒却一点都不肯含糊。哪怕过苦日子的时候，春种秋收，一般人家也总要酿点酒，劳累了一天，一口酒下肚，人的精气神顿时就回来了。逢年过节，酒是最好的助兴之物。男女老少，都能喝上几杯。不过吃的多是"水酒"，这是一种糯米酒，有的地方叫"糊芝酒"。糯米蒸熟，过一道水，和上酒药，装进大缸，发酵（冬天为保温，裹一层厚厚的稻草），过一两天就成了甜酒。把甜酒糟盛在大酒瓮里，兑上水，密封起来，夏天三五日，冬季十天半月，就可吃了（开始是甜的，慢慢会变得有点酸中带苦，好酒的人都喜欢吃老酒）。这种酒度数不高，很适合下地干活的人饮用。还有一种酒，甜酒里兑的不是水，而是烧酒（用酿过酒的酒糟蒸馏出来的），叫倒缸酒，喝起来甘洌醇厚，但后劲很大。

家乡人好酒，也好客。平时日子过得紧巴巴的，连菜里多放几滴油都舍不得，来了客人，却可以倾其所有。杀鸡砍肉，酒更是万万不可少。有专卖水酒的，几毛钱一斤，倒也便宜。一桌人围坐着，最尊贵的客人居上座，主家在下位负责筛酒。冬天放一火炉，装酒的大铝壶时刻在火旁温着，用约可装斤半的小铜壶（或锡壶）筛酒。酒过一巡，夹菜，掌壶的把酒杯筛满，大家再一起端酒杯……如此反复多个轮次，客人的酒都是小口小口地抿，主人见状，便开始劝酒，先是一起同饮两到四杯，再单挑，客人常常也要回敬，一来一往之间，便生出许多说辞，酒席上热闹起来，渐渐进入高潮。客人较多时，主家招架不住，便轮换上阵，先男主人，后小孩，最后是炒完了菜的主妇出马，反正得让客人喝得尽兴，能够撂倒几个更好，大家皆大欢喜。如果吃了一场酒，竟没人劝，那叫吃寡酒，很是无趣。

年关时节，一年辛劳，暂且放松一下，吃酒更成了第一要务。数九寒天，一杯下肚，暖意顿生。闷着喝酒嫌乏味，便猜子、划拳。猜子游戏，两人、多人皆可，输了的喝酒。不过猜子过于文雅，还是划拳过瘾。酒令多是吉祥语，如"俩好"、"三多财"、"四喜"、"五魁首"、"六位高升"、"七巧"、"八字好"、"长久（九）"、"满堂红"之类，猜一呢，那就是"您第一"。于是，胜固可喜，败亦欣然。整个村子，酒香飘荡，吆喝声不绝……

出去做客，常常是早上先在家里吃点饭，做点铺垫，然后出门吃酒，有时，在一家的桌上端着杯，另一家的孩子已经在边上拉你了。一天下来，总要转战五六个地方。乘着夜色回家，碰到三三两两赶路的人群，多是红光满面，无论是否认识，问候一声：

"去哪儿吃酒了？醉了没有啊？"

"醉了！醉了！"

走路都歪歪扭扭、一步三摇的，会骄傲地说：没醉。

醉与不醉的，都是一脸的满足。

丰子恺《缘缘堂随笔集》中有一篇《作客者言》，以作客者的口吻，诉作客的种种"苦状"，其中有一段写到喝酒：

第二次闹事，是为了灌酒。主人好像是开着义务酿造厂的，多多益善地劝客人饮酒。他有时用强迫的手段，有时用欺诈的手段。客人中有的把酒杯藏到桌子底下，有的拿了酒杯逃开去。结果有一人被他灌醉，伏在痰盂上呕吐了。主人一面照料他，一面劝客人再饮。好像已经"做脱"了一人，希望再麻翻几个似的。

这正所谓萝卜白菜，各有所好。我最怀念的，恰恰就是家乡人喝酒的那种快活、热闹的场面。小时候是个乖孩子，很少沾酒。读完大学，自我约束稍微放松，在家乡的酒桌上闯荡几回，竟也成了"好饮"之人。只是到了城里，喝"马尿"似的啤酒，很长时间都不习惯，只好凑合着喝瓶装白酒。而城里人喝酒，常常是各顾各，你爱喝不喝。有时出门做客，主人问你喝酒不？出于习惯（家乡人从来就不会多此一问），顺口答曰：不喝。对方果然不再置杯，心里暗暗叫苦，这餐饭算是白吃了。

经常想起读研究生时，一帮球友在楼下的操坪上踢球，风雨无阻，一身汗一身泥回来，冲个冷水澡，去小店喝酒，五六个人可以喝掉三四瓶邵阳大曲。兴致勃勃地回来，围坐在简陋的宿舍里，纵论天下大事，平生文质彬彬的书生，顿时生出几分豪气。

当了老师，日日课堂书斋，日子过得寡淡，便会招来一帮学生，在家里斗酒。毕竟是在家乡的酒席场上混出来的，深谙劝酒与做客之道（家乡人很会"劝"客，自然也就精于做"客"之道，喝与不喝之间，都可以占着个"理"字，生出许多说法）。喝得"意气风发、斗志昂扬"的常常是他人，自己陪着尽兴而已，从未醉过。苏东坡说，虽不善饮，"然喜人饮酒，见客举杯徐饮，则予胸中为之浩浩焉，落落焉，酣适之味乃过于客。"那种众人皆醉我独醒的感觉，真是好极了。有学生直到毕业，还信誓旦旦：有朝一日回来，一定要试出何老师的酒量，我说：好啊，好啊！

没人陪着时，便独饮。家里缺这缺那，从来没缺过酒。谷酒泡点药，装在一个大玻璃瓶里，饭前小酌一盅，或与家人对饮，酒中更增一分绵绵的回味。

曾经在课堂里跟学生说,平生所好者,书、酒、足球、围棋也。研究生毕业后,足球不踢了,改打排球。后来,生了一场病,医生说要戒酒。没有了酒,人生乐趣便少了大半。酒桌上,看人家喝得热闹,自己却只能与女宾为伍,喝点酸奶雪碧之类,连敬酒的资格都没有。不喝酒,自然也就没有说话的兴致,想当年……不提也罢。一餐饭吃得兴味索然。当饭局成了一种负担,于是,能推则推。特别是老乡们的聚会,能不去则不去,免得损了家乡人的英名:不喝酒,还是永州人吗?有毕业多年的学生,兴冲冲回来,扬言要找何老师"切磋"酒艺,发现曾经的酒友已成了德高望重、洁身自好的教授,总有些悻悻然。

日子就这样平平淡淡地过去。身体慢慢好起来,酒虫也滋溜溜地长起来,让你头皮都痒痒的。得,喝点"色"酒总是可以的吧!不然,一辈子活着,哪怕多挨得几天,又有什么意思呢?这样想着,于是重开酒戒。从学校周边的馆子到农家庭院,从湘江边的小船到岳麓山顶,一路喝来,虽然都是小心翼翼,尽量节制,倒也其乐融融。

有弟子发短信来,说这些日子里多得老师的帮助,不知怎么感谢才好。我说,不用谢,以后你们领工资了,多请老师喝几场酒,就可以了。有次跟研究生聚会,一位弟子来敬酒,说:大家都认为何老师的酒最难劝了。我作诧异状:是吗?下次再聚,特意把她拉到边上的座位,说:这次你看清了噢,何老师是否豪爽?

往事历历……
醉里挑灯看剑,梦回乡关何处?

(2006年1月5—6日)

温一碗酒

那笛声，那朦胧的水，那亭子，那一片静默的树林

    读大学时，有一年冬天，回家，下了车，还有 12 里路，偏赶上下雨。拣了根棍子，一边挑着两个包，一手打伞，往家赶。路上的种种辛苦就不说了，好不容易快到村口了，挑着的包一滑，全掉进了水田里。拎上来，包已是一身泥。回到家，人也已落汤鸡一般。母亲赶快一边温酒，一边招呼我去洗澡。洗完，坐在床头，一大茶缸热腾腾的糯米酒已经端上来。一口一口地抿着，一碗酒下肚，暖意从肺腑里升上来，流遍全身。

    那酒，如今，也就化作了记忆的醇香。

    家乡人好酒，哪怕过苦日子的时候，也总要酿点酒，农忙时解乏，农闲时用以打发那悠长的时光。

    爷爷好酒，奶奶为他常备了一个酒坛。爷爷独饮时，常常会拿筷子沾一点送到我嘴边，有时心情好，大发慈悲，会让我抿一小口，这更勾起了我的酒虫，于是那酒坛就成了孩子们偷袭的重心。后来，老弟与他儿时的伙伴聚会时，总要兴冲冲地说起小时候偷酒喝的经历，喝到在野地里睡一整天……

    我总是自诩，平生从来没有醉过酒。唯一的一次吐了，是有一年在老家过年。那年似乎比较冷清，就我和老弟回去了。除夕夜，兄弟俩划拳，五魁手、六六顺……战得黑地昏天。喝着喝着，酒就涌了出来。不服，再来。

酒，在中国老百姓那里，就是生活本身。温一碗酒，来一碟茴香豆，鲁迅笔下的孔乙己那神情，那说话的语气，那份期待与从容，代表的就是中国老百姓的生存的理想。

能有一碗酒，一碟茴香豆，足矣。

说到好酒，就会想起一位硕士同学，诗人，又是邵阳人。李白斗酒诗百篇就不说了，邵阳人喝酒也是大大的有名，俗话说益阳女子邵阳汉，我猜应该是指邵阳那地方民风剽悍，能大块吃肉大碗喝酒，有蛮气英雄气。我的那位同学也好酒。后来身体有点毛病，医生说要戒酒，有时又实在挡不住酒的诱惑。便有老师总结其喝酒三部曲：刚上桌，连连摆手，有胆囊炎，不喝不喝；酒菜上来了，看他人的酒杯慢慢丰盈起来，受不住诱惑，得了，舍命陪君子，来一点吧；喝到兴高采烈处，端着空酒杯，问：还有吗？

读博时，最怀念的就是每个周末一帮师兄弟聚在酒馆里海阔天空，或者就着"串串香"喝啤酒。吃饱喝足后，再继续喝茶、聊天。有一次在一个古镇，白天游玩，晚上喝酒，喝完就十点多了，在日渐沉寂的街道上瞎逛，逛到一座桥上，月明星稀，让女同学走开，一帮男人排在桥上，"唱歌"……哗啦啦的水声，流荡的是久违的撒野的青春。

毕业答辩那天晚上，喝完谢师酒，一帮人又去茶吧喝酒、喝茶、聊天。到了午夜，一位川大在职读博的高一年级的师兄说，再换一家吧，去学校的大排档吃烧烤。一帮人赶到那里，人家早就收摊了，整个校园也已经沉寂下来，他只好怏怏地说：那就散了吧！

这位师兄后来调到重庆，据说因为喝得太猛，身体出了毛病，戒酒了。前些时去重庆开会，师兄弟们再聚首，他说，大家都来了，总得表示一下吧！然后又是吃饭喝酒、卡拉OK、再喝酒喝茶三部曲。如此反复几次,大家终于受不住,请求,减一个步骤,行不?

顺便补充一句:有一位博士同学,当年发奋攻读,夜以继日,不惑之人还像纯洁少年,总是对聚会推三阻四,去了,便总是感叹:堕落啊,堕落!如今,也近墨者"黑"了。

想试出老师的酒量,是我身边的一帮学生经常密谋的事情。坦率地说,曾经能喝一点的何老师,现在早已是外不强中更干了,但总不能一试就露出马脚不是?并且,如今,酒虽然喝得少了,但对酒的那种亲切感,那份温情,却是时间无法冲淡的,反而是日久弥深。

有比较文学的研究生进来,酒桌上,总要跟他们开玩笑,说学业要进步,酒艺也要提高,不喝酒的不能毕业。果然每届都要发现一些优秀人才,在家是乖乖女,滴酒不沾,喝起来居然潜力无穷。

艺高人胆大,他们喝着喝着,就开始打起老师的主意。几个老师都被醉翻过,唯有何老,像泰山顶上一棵松,红旗漫卷西风,巍然不倒。尽管很多次,遭到围攻,处境险恶,但何老临危不乱,羽扇纶巾,谈笑间总能化险为夷。有一位经常带头围攻未果的男生在文字里泄恨,说,何老这家伙,像茅坑里的石头,又臭又硬,油盐不进,简直就是酒德有问题。我说,每次我从来没有扫过大家的兴,该喝的酒都喝了,还能怎么着?

说到劝酒与挡酒的技艺,其实都是在家乡的酒席场上混出来的。家乡人特别热情好客,劝酒之风很盛,作客的一不小心就会喝高了,所以坚矛也就造就了利盾,客人挡酒的功夫也是一流。

在很多场合都说过,喝酒需要功力,但劝酒与挡酒也是一门艺术(至于具体的招式,容以后慢慢道来)。有学生听得多了,以其道还治其人之身,劝酒的功夫也越来越厉害,说辞经常是一套一套的。并且他们经常是有备而来,弄得俺们每次赴会,都会觉得革命斗争的形势越来越险恶了。

顺便说一则学生劝酒的轶事。

一届学生论文答辩,请酒,喝到后来,一帅老师面前有一大杯红酒,怎么也不肯端杯了。一美眉走上前,说:老师,我昨晚都梦见你了,你还不喝？老师眼睛一亮，哈哈一笑，一杯酒下去了。

那届学生毕业前夕，再一次请酒。看看何老喝得差不多了，我的一位弟子想再加一把火，毕其功于一役，走过来，说，何老师，我也梦见你了，真的。

我问：梦见我在干嘛？

答：你嫌我的论文做得不好，在骂人。

我说：何老师有这么可怕吗？你在梦里丑化何帅的形象，罚酒。

结果自然是，劝酒者被罚酒一杯。

之前使美人计的那位同学，后来也坦白说，其实她梦见的那位帅哥老师，也是在骂人。

幸亏我多此一问，哈哈！

醉翁之意不在酒，在乎山水之间。

酒桌上，其实并不在乎你能喝多少，大家斗斗嘴，闹一闹，真正让人留恋的是那种氛围。

还有，很多时候，喝酒，其实首先看中的是那个地方。一次去昭山，十几个人在湘江边上一个小店子喝酒，凉篷下，把酒临风，江水滔滔，诗虽然不吟了，这酒中，便也有了些古人曲觞流水的韵致。

去得最多的是岳麓山顶的一个店子，露天，树荫下，十几张桌子，春看花开，夏吹凉风，秋伴桂香，冬沐阳光，每季各有风景。加上菜好吃，价也不高，引来众多食客，不光是爬山人，还有不少人专门从市里开车赶过来，只为一饱口福和眼福。

吃过喝过后，再在山顶看城市夜景，然后一群人一边下山，一边吼《妹妹你大胆地往前走》、《九月九的酒》……一次，吼着吼着，就来到了一个小湖边，大家在湖心的亭子里玩"真话大冒险"的游戏，玩着玩着，一阵笛声从长廊那头传来，吹的是《送别》：

　　长亭外，古道边，芳草碧连天。晚风拂柳笛声残，夕阳山外山。
　　天之涯，地之角，知交半零落。一觚浊酒尽余欢，今宵别梦寒。

笛声在晚风中飘着，颇有些如泣如诉的感觉，大家也不由自主地安静下来，心头有了些别样的愁绪。远远地聆听不过瘾，索性把吹笛者请过来，两个男孩，一长笛，一短笛，湖大的学生，经常在晚上上山来习艺，不想就被我们碰上了。那晚我们请他们吹了很多曲子，夜色如水，笛声也如水一般，在你周围弥漫，慢慢又浸到你的心里去。那笛声，那朦胧的水，那亭子，那一片静默的树林，远处隐隐的光，真的让人有一种远离尘嚣的感觉。

后来，有学生又带她的朋友去，寻那湖，大白天，却怎么也找不着了。朋友说，那晚，那湖，是你们的幻游吧！

我笑。说，因为我们去的是桃花源，"不足为外人道也"。《桃花源记》里说：武陵渔人既出来，"太守即遣人随其往，……遂迷不复得路"。

那位首创"梦幻劝酒法"的同学，后来写关于酒的文章，说：于杯中，我记住了很多人和情，可是酒，本是让人一醉忘世的啊。

确实，酒能忘世更让人恋世。温一碗酒，那酒中便有了绵绵的回味。过去了的，眼前的，那些人，那些事，那些场景，都让人深切地怀念着……

（2007 年 11 月 12 日）

吃　茶

师生三代在南郊公园山顶的楼阁上喝茶

　　在家乡，吃酒多是男人的事情。待客时，女人一般不上桌。往往是操劳完毕，才来敬几杯，聊表心意。过年走亲戚，也是男女分开，等男人们转完了，才轮到女人。男人吃得兴高采烈，就是女人们最忙碌的时候。

　　那么，女人的乐趣呢？答曰：吃茶。

　　吃茶对男人来说，不过是出门做客，吃酒时的一个前奏，聊以打发等待的时光。酒足饭饱之后呢，茶便成了漱口水，清肠汤。而平时，劳作之余，口渴时，更是一捧井水就打发了。而女人呢，忙完家务，上午和下午，两餐饭之间，总有一段空闲的时光，于是便吃茶。吆喝一声，三姑四姨七婶八婆的，闻声而至，吃茶便成了每天的一个隆重的仪式。

　　茶是老梗粗茶，事先放进热水瓶里，泡久了，倒出来，浓浓的，红红的（刘姥姥在栊翠庵里，品尝贾母吃过的半盏老君眉茶，有一评语："好是好，就是淡些，再熬浓些就好了！"众人笑。村妇自然不懂得饮茶之道）。讲究些的，则是临时煮水。大铜壶放在火炉上，不一会，就咕噜咕噜的，冒起了腾腾的热气。筛在刚盛过饭的粗海碗里，滋溜溜的，仿佛听得见被烫的茶叶的喘息声。大家忙不迭地端起碗，转几圈，唆得几下，一碗滚烫的茶就下去了，于是再来第二碗，第三碗……如果有好一点的茶叶，到后来，连水带渣，通通嚼了（妙玉云："一杯曰品，二杯即是解渴的蠢物,三杯便是饮驴了"。反过来,乡下人可能也会看不惯妙玉的"做派")。一边吃茶,一边东家长李家短的闲嗑,偶尔也会谈到自己家里的"砍脑壳的"的男人如何如何……不觉日过正午,看看差不多了,大家各自散去,又忙碌开来。

小时候很少喝茶,在田间地头,渴了,就灌一肚子的溪水。平时也是喝井水。外婆家有一口井,水是从村后石山的地下河里流出来的,冬暖夏凉,清冽甘甜。对茶的向往,更多的是看重那些茶食。虽然只是一些萝卜干、大头菜、瓜子之类,对时刻处在饥饿中的孩子来说,已经具有足够的诱惑力了。偶尔有几块甘蔗熬出的片糖,更是难得的美味。于是乎,大人在那里吃茶,小的们便时时瞄着桌上的"美食",趁人不注意,时不时冲过去攫取一二,引来一片呵斥声,倒也快活热闹。

山乡生活艰辛,偶尔"忙里偷闲,苦中作乐",虽然不合茶道之"清"、"静",却也颇多人性的自然之趣。后来,到了城里,大家都习惯于据守孤岛,各自为政,那种吃茶的热闹场面,也就越来越少见了。平时喝点茶,也实在是因为城里的水太难喝,煮开了还有一股漂白粉味道,加几片茶叶,可以冲淡一点。至于泡茶馆,这等奢侈之事,从来就没有想过。

日子在忙忙碌碌中过去,一路磕磕碰碰,终于要熬出头来。世纪之交,又兴起读博之风。教授又成学子,来到成都,倒真正地见识了一回茶的魅力。

细雨骑驴入剑门,历经艰辛,越过崇山峻岭,眼前便是一马平川。人们悠悠地生活在这块土地上,人谓少不入川,老不出川,成都也就成了最休闲的城市。处处麻将声、棋子声,而把它们串联起来的,就是茶馆。

成都固然有很多室内的茶楼,但最令人印象深刻的,还是户外,无论是公园,还是庭院、河边,只要有块空地,就会摆上些桌椅,竹的,木的,折叠的,或三三两两,或成列成队,蜿蜒开来,供人品茗、摆龙门阵、搓麻、下棋。茶是盖碗茶,几元钱一杯,再加一碟瓜子,就可以供你消磨大半天了。成都人有事没事都是去喝茶,有什么商谈、交易,茶楼可以有一个相对宽松、自在的气氛。要没什么事，当然更要喝茶了。周末天气好时，常常是全家出动，享受难得的阳光茶。平常日子去公园，那里照样会有许多茶客，让人疑惑，成都人怎么会这么有闲呢？

到川大，导师跟我们的第一次见面，就是在望江公园的一个茶室。庭院幽幽，竹影摇曳，清茶一杯，一下子就把大家的距离拉近了。此后，班上无论有什么活动，或是要讨论什么话题，都是去喝茶。一个小小的庭院，或者河边的一块空地，几张长桌，就可以供我们海阔天空了。常常，我们在神聊时，旁边的人或下棋，或搓麻，大家相安无事，各得其所。喝过茶，再去街边的小餐馆吃麻辣火锅，则是另一种享受了。

一次，一帮博士同学去离成都不远的一个小镇——黄龙溪，据说很多影视片都是在那里拍的。古老的街巷，大碗茶，河边的馆子，带帘篷的小船……享受完这一切，一些同学下午先回去了。还有几位则留恋小镇的黄昏，住了下来。日落时分，在一棵大榕树下，大家围着一张竹桌，喝茶，闲聊。太阳慢慢地落下，不一会，有了几颗星星。晚风吹来，我们坐的地方，正是两条河交汇之处，一清一浊，渐渐地，它们就汇成了一条长带，带着我们的思绪，融入到夜色之中……

数巡香茗一枰棋，在成都的几年，完成了一篇跟围棋有关的博士论文，再就是养成了喝茶的习惯。回来，第一件事就是把周边搞文学的一帮人带动起来，同事或者学生，有事没事，吃茶去。尽管平时还是喝白开水的时候多，一旦有聚会，饭前酒后的一个保留节目就是喝茶。喝什么茶不重要，关键是大家有个聊聊天的地方。

长沙人讲求实惠，茶楼也常常要配之以中西套餐、煲仔饭之类，才能吸引顾客。既有点情调，又能果腹，可谓两全其美。纯粹喝茶，生意便很难做得起来。学校的宾馆四楼有一个专门喝茶的地方，很宽敞，布置也还雅致，虽紧邻繁华的大街，却总是冷冷清清的，常常是只有我们一桌，如同包场一般。我们也就乐得清静。后来这"茶"终于支撑不住，经过一番修饰打扮，加了些足浴、按摩、保健之类，我们就再也没去过了。内心里却总有些遗憾，每次走过时，总要抬头恋恋地看上几眼。

室内喝茶比较纯粹，但总觉得少点什么。于是便去户外，在山水之中，去寻一份茶的野趣。去得最多的，是岳麓山顶观景长廊下的一处地方。树荫下，一张桌子，几个闲人……不过去那里主要还是为了吃饭，茶是配角。南郊公园山顶，有一个茶室，室外有个很大的平台，倒是个喝茶的好地方。边上就是湘江，孤帆远影碧空尽，就着一杯茶，看看山，看看水，看看桥，还有远处雾霭下的农家屋舍，这茶里茶外也就有了无尽的意味。

一次，借一个学术会议的机会，跟一帮研究生去凤凰。逛古街，看沈从文墓地，泛舟河上对歌……然后找个地方安顿下来。沱江两岸，密密麻麻都是农家旅舍，价格极便宜。我们却挑了许久，条件是要有个大阳台。功夫不负苦心人，终于如愿。黄昏时分，先去河边的一条船上喝酒，十来个人，酒酣耳热，兴冲冲回来，在三楼的露天大平台上，让主家摆上桌椅，接着喝茶。沱江水就在边上缓缓地流着，吊脚楼里或明或暗的灯火，映照在水面上，颇有些如梦似幻的感觉。不时有游船划过，有船夫的山歌飘荡在夜空中。大家正陶醉着，不巧下起雨来，兴犹未尽，于是转移到屋内，继续喝茶、聊天、讲各人的趣事……茶筛了一遍又一遍，直到窗外的灯火一盏盏的熄了，直到小城进入梦乡。

回来，大家说起"情调湘西"的种种，有没去的同学大为神往，说：他们把肠子都要悔青了。

（2006年1月18—20日）

故里人物志

二姑

二姑应该有 70 多岁了。

她很早就开始守寡。

记忆里，从来没有过二姑父。从记事的时候起，二姑似乎就总是一个人回娘家。酒桌上，听到其他两个姑父的爽朗的笑，便会觉得，二姑真的很孤单。印象中，二姑总是很安静，从来没有见她真正开心地笑过。

去年清明节，回去给父亲上坟，二姑也去了。路上听她讲起二姑父，说二姑父年轻时可是干活的好手，又做着生产队的保管员。爷爷好酒，很多时候，米酒和下酒菜，都是二姑父进贡的。后来，一场病，好端端的人便没了。

二姑父走时，留下五个孩子，最小的还在母腹中。

二姑从此一个人拉扯着孩子。

后来，孩子们都长大了，出去了。二姑一个人守着她的老屋。每次去二姑家，都会觉得，这屋子，太安静，阴气太重了。

二姑的五个孩子中，有三个女儿，两个男孩。

大女儿人很本分，清清秀秀、瘦瘦弱弱的样子。嫁到邻近的一个村子,据说日子过得并不好。后来,大女婿连过年的时候,都很少来拜年了。

二女儿长得很好看。有一年,从福建来了一个做生意的,二女儿便跟着偷偷跑了。不知道二姑是不是哭过,或者跳起脚骂人了。此后好些年,福建女婿都不敢放老婆回娘家,生怕一回来就被扣押了。后来,二姑终于认可了这桩婚姻。后来,她去福建住过。二姑不识字,不会说"官"话,没法跟人交往,受不了,又回来了。

大儿子排行老三,有点呆的样子。娶了同村的一个女子。媳妇跟他生了个儿子,不久却带着孩子跟人家跑了。于是,本来就木讷的他,从此更加沉默寡言。二姑似乎也不太喜欢这个儿子。据说有一次,儿子在外做工,有天很晚回来,叫门,却怎么也叫不开,只好去玩伴家对付一夜。事后二姑说没听到。儿子又"闷"了一段时间,有一次,突然喝下一大瓶农药,走了。

小儿子倒是很灵泛,可惜灵泛得过头。在广东打工,嫌累,纠集一帮乡党,干起了"劫富济贫"的营生。有一次在作业时,被公安逮个正着,为头的被当场击毙,二姑的儿子便成了主犯,被判无期,后来改为15年。据说在牢里劳动改造,每天下矿井,二姑很着急,生怕有什么意外,来找我。无奈,托人,转了几个弯,费了好些周折,终于把他从井下弄了上来,有了个美差:做伙夫。减刑却再也无能为力。去年,15年终于到期,妻儿早已离去,昔日的小伙子不知道是否有了几根白发?

二姑家,最小的女儿也最漂亮,嫁了个有文化的人(在我们老家,高中毕业也就算与文化挨了边了)。一气生下四个孩子,然后夫妻去广东打工,把一窝孩子托给二姑。孩子们慢慢长大,老大懂事,终于考上大学,在长沙念书。那天,她在我们家,说起她的外婆——我的二姑,说她老人家心肠虽好,却脾气不太好,对待孩子比较苛刻简单。她自己睡眠少,起得早,却要求孩子们也跟她一样,天不亮就起来。老三贪睡,不肯听话,老人家就会骂出很难听的话来。这反而容易激起孩子的逆反心理,婆甥关系有时会闹得很僵。我问:"那你的几个弟妹现在都怎么样了?"她说:

"他（她）们都不大爱读书，家里经济状况本来就不好，所以弟弟已经辍学，去福建打工去了。大妹妹读初中就开始抽烟喝酒，交一些不三不四的朋友。父母只好把她接到广东去，不让出门。后来，妹妹还是跟人跑了，偶尔打个电话回来，但从来不肯告知人在哪里。"我说："你外婆苦了一辈子，养大了儿女，又拉扯你们几个，不容易，你可得好好学习，为她老人家争口气。"她点头，说："好！"

大哥

大哥是二伯的儿子，我的堂兄。

他家隔我们家，就一个小巷，面对面。

他比我大两岁。从小我们就睡一张床，在他们家楼上，捉同样的臭虫，被同样的虱子叮咬。我上大学前，染上皮癣，每天痒得难受。然后，他也难受起来。

我们从小一起玩到大，一起上学，一起偷爷爷的酒喝，一起砍柴割草，一起走亲戚。晚上，一吃过饭，我就溜他们家去了。一起聊天、玩牌、听关于鬼的故事。我们的财产，诸如连环画、弹弓、扑克牌之类，也几乎都是共享的。有一次，他把他的一付半新的扑克牌，换了我一本值二毛钱的连环画，我却转手把牌以五毛钱的价格卖了出去。这是我第一次做"生意"，获得暴利，正得意着，他很生气，仿佛是我利用了他的好意去谋取不正当利益。关键是，从此我们没有牌玩了。

后来，我上了大学，他接父亲的班，去安徽一个县城的公路站，做了一名养路工。

后来，他娶了邻村的一位女子，他的同学的妹妹，也是我的同班同学。

他们一起去了安徽，然后生儿育女。

第一胎是个女孩。

二伯有两个女儿，就一个儿子，用我们家乡人的话说，就是单传。所以大哥必须有一个儿子，继承香火。于是，生第二胎，还是女儿。

不知道大哥单位那边是怎么处罚他的。反正在家乡，二伯家的房子被掀掉了，因为大嫂的户口还在原籍。

愚公移山，大嫂又怀上了。回来，然后有了第三个女儿。

这次不敢让单位知道了。母亲走时，只好把这个生命寄放在外婆家。

这个孩子慢慢地会走路、说话了。不知道在她的词汇里，什么时候才学会"爸爸"、"妈妈"的。

偶尔，大哥、大嫂会回来看看。有年寒假，我回家，正好他们也回来了，据说是转了好几趟火车，一路站着回来的。快除夕了，第二天他们就要走，因为虽然带回来一个，安徽那边还有老父、老母、孩子。那晚在我家吃饭，那位小女儿却不肯来。第二天，下雪了，我送他们，大哥一手打伞，一手抱着大女儿，大嫂背着行李，我看着他们，在泥泞的路上慢慢远去，雪越来越大，他们的身影也慢慢模糊了。

大哥的小女儿慢慢长大，初中时去了县一中，据说学习特别刻苦，特别懂事，舍不得花钱，亲戚家谁家也不肯去……有次我回去，母亲也住在县城，帮老弟带孩子。那天，母亲说，在学校里碰到了大哥的小女儿了，叫她来吃饭，她不肯来。母亲说，在长沙教大学的那个叔叔回来了，可她一听就哭了，更不肯来了。我听了，心里沉甸甸的。那天晚上我去看那位侄女，买了些吃的，一支钢笔，一个笔记本，笔记本里写了几个字，里面塞了点钱。她在自习，下来见我，面前的已经是一个很清秀的女孩了，只是瘦弱了点。她有点兴奋与好奇，带我在学校里逛了一圈。我跟她说起我的过去，与他父亲的点点滴滴，而后鼓励她好好读书，一切都要靠自己。走的时候，跟她说，你可以给我写信，需要什么书我帮你买。她点头。

回到长沙，跟妻子说起那位侄女，说，一直很遗憾没有女儿，其实当初可以把她接过来的。妻子说，是啊，只是现在太晚了。我听了，也就不再作声。

只是再回家的时候，总要去看看二伯那已经倾颓的房子，然后就会想起大哥，想起他的小女儿，不知道如今怎么样了。

叔外公

外公三兄弟的名字中，都带一个"文"字。

我要写的叔外公排行第二，叫炳文。解放前读过中学，在我们乡里，也就算得上是文化人了。

小时候，对叔外公最深的印象，就是他的故事。在寒冷的冬夜，一帮人围着一炉火，听他讲水浒、三国。叔外公讲故事极生动、形象（事后想来，可能还有很多添油加醋的成分，所谓合理虚构、想象），于是，我们也就仿佛看到了张飞拿着丈八长矛在长坂坡上的怒吼，听到了武松杀嫂时那刀上殷红的血落在地上的声音……叔外公的故事，像长篇评书，一夜一夜听下来，也就成了我最早的文学教育。

据说叔外公曾当过老师，不知怎的被遣送回来，务农了。后来听外婆说，是因为他跟学校里的一位女老师好上了，我没有见过的那位叔外婆上吊死了，叔外公因此被处理。后来世道变化，拨乱反正，叔外公写过很多次申诉材料，要求"平反"，重新恢复"公家人"

叔外公看起来真的像个文人

的身份，但一次次都没有结果，因为上面的人说，叔外公是属于男女生活作风问题，跟"政治"没有关系。

我熟悉的叔外婆是后来娶的，大家都叫她宁远婆。据说是过苦日子的时候，宁远婆跨县来村里讨饭，好心人收留了她，又介绍给寡居的叔外公。那个时候的叔外婆一定是面黄肌瘦的，年轻的有知识的叔外公开始似乎并不喜欢她，弄得她有次喝农药，幸亏发现及时，才救了回来。

叔外婆没有生育，抚育前任叔外婆留下的两个孩子，尽心尽力，据说从来没有打骂过孩子，连重话都很少说。对我们孙辈也极好，我妈说，我上大学时，她还特地抱来一只大母鸡，说是给"崽崽"补身体。但叔外婆一辈子也没学会讲我们本地的话。她经常把宁远"官话"和我们本地的"土话"揉在一起，不伦不类，所以至死都没有摘掉"宁远婆"的帽子。

叔外婆骂起叔外公来，却极有特色，"杀千刀的"、"砍脑壳的"之类源源不绝。他们都不能干，叔外婆有点像个长不大的孩子，不会操持家务，每次请人吃饭，都要外婆去帮忙。而主外的叔外公，干农活会显得比较笨拙，一家子的日子自然艰难。好"文"的叔外公，于是更多地把精神寄托在了文字中，在他人的故事里。他能写一笔不错的毛笔字，春节帮人写对联，便成了一大乐事。他的屋子里，也贴满了自我抒怀的书法作品，写的都是各类生活箴言、健康歌诀，诸如"淡泊明志、宁静致远"，"忍一时心宽体胖，退一步海阔天空"，"色字头上一把刀"之类，琳琅满目，让人应接不暇。

后来，叔外婆去世，叔外公又一个人过了。他更加勤于笔耕，偶尔会有一些豆腐块的文章见于报端。那天，我回去，他告诉我，刚刚在县里的报上发了一篇文章，写村里的一位从来不出汗的"奇人"，县里的电视台还来拍了节目，他准备写一个乡里奇人系列。还有，有时间还要写写回忆录，一辈子起起落落，有很多的话想说。我说，那我等着，希望能读到您的更多的作品。

叔外公高鼻，秀目，有个宽阔的亮闪闪的脑门，说话慢条斯理，看起来真的像个文人。

楚源大伯

村子里，几百号人都同姓，五百年前是一家，相互沾亲带故，都以叔伯哥嫂相称。

楚源大伯就是我的一个远房伯伯。

小时候，对他们家的印象就是孩子极多，房子却又窄又暗。据说楚源大伯本来是有"工作"的，不知怎么就被遣返回乡，在"广阔天地"里"接受再教育"了。"文革"时，又被押着游街，在村子祠堂的戏台上批斗，有很多人呼口号，楚源大伯作为"坏分子"，挂着黑牌，跪在地上，很是卑琐、可怜的样子。那年我五岁，这场面也就成了我对那场"革命"的最深刻的记忆。后来，我读到楚源大伯的回忆录《风雨人生路》，里面有一段描写：

> 那天的批斗会是在大村的祠堂里举行的。当他们再次给我挂上"大土匪、大特务、反革命分子"的黑牌时，我按捺不住满腔的怒火，一脚便把黑牌踢到了楼下，会场的气氛顿时紧张起来。台下议论纷纷，很多有正义感的父老乡亲，开始为我叫好、鼓气。在这关键时刻，妻子闻讯赶到了批斗现场。她站了起来，严厉地责问大队支书……一番话引起许多群众的共鸣，有人带头高喊："不许把矛头转向群众"……（有人站了出来鸣不平），会议一哄而散，群众议论纷纷……

我不知道是我的记忆有误，还是当事人在回忆时有了种种的修饰与想象。需要说明一点的是，当时的大队支书和治保主任都是邻村另一个姓的人，而站出来的"群众"都属本族本宗。

下面我得说说那本《风雨人生路》了。

这书是楚源大伯的外甥女想考研，来找我，给我捎过来的。我有些惊讶，一位普通的"有文化的回乡干部"，人生起起落落，到老了，回首来时路，有心把它记录下来，真是难得。书是自己印的，封面是夕阳下的原野，一棵老树，红色衬底。书中历数自己坎坷的经历，在辛亥革命的隆隆炮声中降生的他的父亲，21岁离家投奔革命，自此不知所终。母亲在他4岁的时候，也抛下他改嫁了，自此与祖母相依为命。祖母送他读完高小，终于取得"秀才"资格，可以耕种村里为奖励读书人预留的"学田"了。1948年随亲友踏上从军之路，在国民党军队里度过了几个月的士卒生涯，后逃离。这几个月却几乎影响了他的一生。用他自己的话说，蒙冤三十余载，人生五起五落。解放后，参加"革命"，去了一矿务局，满怀热情地投入到热火朝天的新生活建设中，却在 1951 年镇反运动时，因为"政治历史复杂，忠诚老实运动中坦白交代不够"，被开除出矿。回乡后不久，在互助合作化道路中，又进了供销社重新开始"革命工作"。1957 年"大鸣大放"，以区供销系统学习组长身份，全身心投入到这一政治运动中。收集群众意见，整理材料，向领导汇报，很快把供销系统的学习和运动，推向了高潮。运动后期，在"审干"、"肃反"中，出于对党的无限忠诚，本着真金不怕火炼的想法，把自己的经历毫无隐瞒地向党作了汇报，"公开交代，群众提问，个人答复，组织认定"，一套程序下来，等到的却是退职回农村的结局。回乡不久，在"大跃进"的热潮中，又得到一个去"支援国家煤炭建设"的机会，却又一次因为"政治历史问题"被退回原籍，这次实在无脸向家人交代，只好谎称想参加高考，要全力以赴回家复习，故主动辞去"工作"。经过一番拼搏，高考本来自感成绩不错，却因为大队在政审公函上签署的意见："该同志不安心农村劳动，建议不予录取"，大学梦从此破灭。

一次次投身"革命"，一次次被拒绝。乡村生活的艰辛，这里不说也罢。一直到改革开放，儿女纷纷考上学校，他自己也投入到市场经济中，在 1980 年即申请领取了个体经商执照，一边做生意，一边踏上上访之路。整整九年，终于等得一纸落实政策文书，重新成为"公家"的人，光荣退休。为纪念那个"伟大的日子"，1987 年 8 月 7 日，他当即挥毫，赋诗一首：

"八七"放光芒，小舍喜相谈。

共叙往昔事，辛酸泪沾满。

奇冤三七载，弹指一挥间。

吃尽人间苦，五起五株连。

幸喜党伟大，秋毫能分辨。

一纸平反书，千斤红证件。

虽老犹健康，余晖仍无限。

报效自当思，且看夕阳艳。

他把家从村里搬到县城，后来又到了市里，完成了三级大转移，生意也越做越红火，用他的话说，"每一次搬家，都在告别一段历史，每一次搬家，都在提升一次生活档次。"甘蔗倒着吃，越吃越甜。他的名字，在乡里大家都叫他"土元"，改成"楚源"，看起来也更有文化、有档次了。

宗德大伯

宗德大伯是我的本家叔伯，与我父亲同辈，"宗"字辈，所以名字中都有一个"宗"字。

对宗德大伯印象最深的，就是小时候，村子里的毛泽东思想文艺宣传队在祠堂里演革命现代京剧，宗德大伯扮演《智取威虎山》中的土匪栾平，与杨子荣唱对手戏。栾平被捉，又从革命营地里逃了出来，认得打入土匪内部的杨子荣。栾平在土匪头子座山雕面前，如此如此，这般这般，却被杨子荣三言两语，反说得张口结舌，慌不择言，最后座山雕喊一声：拉出去毙了。

宗德大伯头上不长毛，疙疙斑斑的，我们那里俗称"癞子脑壳"。歪戴着个瓜皮帽，一身破棉袄，委委琐琐的，扮相像极了那个倒霉的土匪。

宗德大伯也有"英雄"的时候。村子里流行着各种鬼的故事，宗德大伯最喜欢讲的，就是有一次他在田里做工的时候，在河里凉快，碰上水鬼，怎么与水鬼搏斗，最后终于掐住水鬼的脖子，挣脱了水鬼的纠缠，全身而退……那惊险的场面，让我们这些孩子听得既害怕又赞叹，这时，宗德大伯会说得更带劲，嘴角的唾沫都要流出来了。特别要是喝点酒，脑顶上红光光的，亮亮的，便更增加了一分豪气。

我的家乡在湘南，每个村子几十上百户人家，都是一个姓。各个村之间，同姓便都算同宗，发生什么争执，如争山头、水源之类，一声号令，一呼百应，同气相求，很快可以拉起一支庞大的队伍来，投入战斗……在我们村子，要碰到这类跟宗族的利益息息相关的事情，宗德大伯总是很热心，很是慷慨激昂的样子。

很久没有故乡的消息了。

今年清明节后,趁一个大型活动,回了趟老家。晚上吃饭时,刚卸任的村支书也在,说起宗德大伯,他叹一口气,说:丢人的事,别提了。

第二天从母亲那里,才知道事情的原委。

原来,宗德大伯在田里干活时,与同村的一个人发生争执,两人年岁相当,互不相让,就在河边扭打了起来。宗德大伯被推下了河,那老头也是个蛮子,又抓起锄头,一锄头挖下去,人就在水里,起不来了。

据说,在水里死的人,也会变成水鬼。

杀人偿命。宗德大伯与那位村民,分别属于村子里的两个大族,这边便放出话来,或者扭送到公安局,或者自行了断。于是,那人喝下一瓶农药,也跟着去了。

顺便说一句,让宗德大伯送命的,就是"杨子荣"的哥哥。

宗德大伯的家,一下子就垮了。

大儿子本来搬到县城里去住了,搞养殖。亏了,家庭内部也有点不顺,加上父亲出事,心里一急,就落下了病。如今一个人住在老家的旧屋里,病时好时坏。母亲呢,也出嫁了,去了邻县的一个较富裕的人家。结婚前,对方问,欠下什么债没有?答:有五千元。对方很爽快就拿了钱。

后来,母亲还会偶尔回来看看儿子。并跟村里的人说:其实当初也没欠那么多钱,早知人家那么爽快,多说一点就好了。

小　梅

小梅是我的另一个侄女。

春节在她家吃饭,一大桌人,酒足饭饱之后,收拾碗筷的事,就都是她的了。

我说小梅真能干,她说没什么,早就习惯了。

小梅的父母都在广东,自己买了台货车,跑运输。就像我们那边的大多数家庭一样,小梅和弟弟跟着奶奶过日子,成了留守孩子。

我问，那平时就是奶奶照顾你们啊？她说，不是啦，奶奶快八十岁了，是她要照顾奶奶，还有弟弟。每天放学后，都是她回来做饭、干各种家务活，还要督促弟弟学习。

我看着瘦瘦小小的她，问多大了。

她说过了年就14岁了。

我不禁大为感慨，在这个年纪，城里的孩子还在撒娇呢，而她就要承担起全家的生活了。这些年，随着南方的崛起，村里的大多数青壮年都南下谋生活去了，剩下的，不是老就是少，孩子的培养、教育就成了一大问题。上了年纪的爷爷奶奶们，对孙儿不是溺爱，就是缺乏有效的沟通、管束。这往往导致孩子往两方面发展，有的早熟，特别懂事、能干，所谓穷人的孩子早当家，有的索性放任自流，很小就无心学习、上进了。

小梅显然属于前者。跟小梅她爸，也就是我的堂弟谈起孩子的未来，他说大的还懂事，成绩还可以，能读下去自然会让她读的。小儿子学习不大上心，以后索性让他去少林武校学点功夫，回来不致有人敢欺负。现在乡里还是拳头说了算，几个堂兄弟，我们都在外面工作，就他一个人在家，孩子长大了，拳头不硬一点不行。

他还说起一件事，村里宗族意识严重，村干部选举时，大家都很踊跃，就是为了投自己家族的人一票。有时还为此吵架，有次还差点打起来了。

既然如此，我身为"公家"人，也就不好多说什么了，只好勉励小梅，好好学习哦，自己的路靠自己去走，当年我也就是这样一步步走出这个小山村的。她说她会努力的。有次全校师生开会，校长讲话，说陶岭中学培养的学生，最有出息的就是何云波了，现在在长沙当教授。她听了，感到特别自豪，因为这

小梅上了大学，回来陪奶奶过年

个最有出息的人就是她的大伯。她爸爸插话说，那你当时就应该举手，告诉校长嘛。她说不好意思，心里明白就行了。

在家里待了几天，走时，老弟开车，从家门口到大马路，有一条约一里路的小道，几个本家都拿来了鞭炮，小车缓缓地行着，鞭炮响了一路，远远的回荡在村子的上空。我想，以炮仗送别，如果算是一种仪式，那响声，更重要的是给别人听的吧！

在送行的队伍里，也有小梅。我从她眼里，读到的是满心的不舍，还有就是对小路尽头的未来的一种期待……

水样的春愁

一

小时候，住在外婆家，放学后，常常会跟邻家的一个女孩玩过家家的游戏。

就在屋后，在稻草堆里，垒一个窝，边上放一些树枝，还有从家里偷出来的几粒花生，一捧瓜子……于是，我们就有了一个家。

相拥而坐，没有鼓乐，没有烛影摇红，没有贺喜的看客，但我们内心里，似都有一种隐隐的喜悦与期待。

在洞房里，我们会互相敞开，看着对方跟自己不一样的东东，好奇地摸摸……只是不知道，小鸡还会啄米，小豆豆是可以开花、结果的。

二

中学就在乡里。几排红砖旧瓦房，就是我们的教室了。

那时的冬天，好像出奇的冷。教室里，窗户上糊的旧报纸，根本挡不住凛冽的寒风。身上穿的很少，脚上冻得发木，于是总盼望着快点下课。因为下课了，可以疯一疯，更重要的，还有可能见到相邻班的那个女孩。

有一首诗，里面说"冬天雪里的春的怀，冬天雪里的寒的暖"，大概指的就是当时的那种情形吧！

那个女孩是同学的妹妹，住在镇上，从穿着到长相，都是清清爽爽的样子，对我们这样的又瘦又小穿得又破旧的乡下孩子来说，就仿佛是"天人"了。

于是，在学校里，有时远远地望一眼，痴想一会，或者偶尔在街上碰到，红着脸低头过去，再悄悄回头，目送她的背影远去，或者，从她家门前经过，想象一下，她在做什么呢……四年的时光，就这样无声无息地过去了。

后来，读到郁达夫的自传性散文《水样的春愁》，一看到那标题，就怔怔地呆了好一会。

三

上大学了，春节回家，很喜欢到一个姑姑家去。因为她家虽也在乡下，但收拾得很干净，菜好吃，更重要的是，她家还有一个水灵灵的女孩。

春节走亲戚，经常是一大帮人，吃酒、玩牌、喝茶、嗑瓜子，连跟她说说话的机会都没有。走时，她照例会送出来，偶尔悄悄地看你一眼，有些失落的样子。我们走出很远了，回头时，她还站在田埂边的石板路上，痴痴的样子，仿佛是从《红楼梦》中走出来的黛玉。而黛玉的心思，似乎只有我明白，想到此，内心隐隐地就会有一丝甜蜜。

后来，她出嫁了，再见时，已经是20年以后了。那天回家，在县城的一个朋友家吃饭，说起她，打电话，她正在下班回家的路上。她来了，仍旧是那么苗条，但岁月也在她身上留下了不少的印痕。那天晚上，她喝了不少酒。她说，难得兄妹相见，平时很少喝酒的。前几天出差，如果知道我回来，她会早一点赶回来的。她又问，能不能晚一天走，请我吃饭，我说以后还有机会的。第二天走前，到姑姑家去，姑姑在县城，一个人住。

她说，女儿要上班，托她给我和孩子买点东西，我说不用了，只要你们好好的，就行了。

四

只知道她小名叫亚亚。

大学的第一个暑假去江华看外公外婆，先到三舅所在的江华林业采育场务江工区。从山外进去，坐船横渡一座水库，在半山腰上，就是工区了。

坐船横渡一座水库，在半山腰上，就是工区了

三舅白天要上班，我便经常拿着一本书，坐在一个半敞开的吊脚楼里，常常是一边看书，一边看外面的风景。水上有很多的船只、木排，空气清得透亮，青翠的山坡仿佛可以拧出水来。这时她常常会适时地出现，有一句没一句地跟你聊聊天，问一问山外面的事情。知道她还在上中学，有时便会让她把语文课本拿来，考考她。有时跟她弟弟打乒乓球，跟大人下象棋，她会在一边看着，安安静静的。晚上，黑黢黢的大山静得出奇，有时我们会不约而同地出现在吊脚楼里，而后坐下来，看看远处的灯火，数一数满天的星斗。

一个星期一晃而过，准备跟舅舅去水口外公那里。走时，她没有露面，心里竟隐隐地有些失望。在山坡上走了一段路，回头，突然看见她倚在吊脚楼的木柱上，两条辫子垂在胸前，目送着我们。上了船，远远望去，她仍旧一动不动。船开了，她仍站着，直到影子越来越模糊，直到看不见。

从此，记忆中，她便凝成了一座守望的雕像。

以后，每次碰到三舅妈，她都会扮着鬼脸说：亚亚还在等你呢！

后来，她不无遗憾地告诉我：亚亚结婚了！

后来，她又说：亚亚有孩子了，生活可幸福呢，她家里很有钱的。

后来……没有人告诉我后来了。

(2004 年 11 月 24 日)

摇 椅

摇椅静静地躺着，不知是否也在思念那失散了的另一半

又一次从"围城"中走出来，孑然一身，来去无牵挂。跟朋友说起，很有些感慨。她在短信里说，人在椅子在书在，很好了，知足吧！

其时，我正坐在那张"椅子"——大摇椅上，悠悠地晃着，发呆。

除了书，这摇椅就是上个世纪留下的唯一的旧物了。

那是1992年，从老屋搬到另一个大一点的房子。添置家具时，在一家店子，看到有两把摇椅，在一个角落里，静静地厮守着，没有迟疑，就把他们请到了家里来。

房子还是旧屋，简单地装饰一下，一帮学生来帮着搞卫生。休息时，摇椅便成了大家的最爱，都要抢着坐一坐。他们把摇椅称作是逍遥椅。晚上，一帮人坐在地上闲聊，摇椅上的人便成了主讲。并且就这样，大家很开心地度过了一个没有情人的情人节。

然后，居家过日子，一个人带着儿子。房子两室一厅，终于算有了独立的书房。椅子常常是一把在书房，一把在客厅。有时，不忍心它们分离得太久，会一起搬到厅里。父子俩常常一人悠着一把，看电视，或者让他一个人占一把，我帮着摇，他会大叫，既恐惧又兴奋。房子在一楼，天晴的时候，就把椅子搬到院子里，喝茶，晒太阳，晚上看月亮，数星星……

当然，更多的时候，是一个人在书房，坐在摇椅上看书。有学生来，就添一个杯子，聊天，说想说的话，间或静默。要是喝了酒呢，那就一边摇着，晕着，一边海阔天空，腾云驾雾，趾高气扬。学生要走了，他们往往最怀念的也就是那把摇椅，那份悠游、从容、自在的感觉。"老师，我要走了，离开你小小的静静的书宅，到外面的世界去；同时我也渴望重回你的小屋，有时真想坐在你书房那把摇椅上，静静地听你的故事，看你孩子般的笑容，还有那一连串的'好咯、好咯'……"

没事的时候，就赖在摇椅上，听音乐，欲梦还醒。有学生说，看见何老师摇着摇椅，听《十七岁的雨季》，心里真是惊奇极了。《十七岁的雨季》？我真的是没印象了，听得最多的是孟庭苇，穿着一袭白衣衫，像风中一朵雨做的云一般飘来的孟庭苇，似乎成了那一代人的集体偶像。还有，在摇椅上，听《梁祝》……伴着幽咽琴声，想起千年前的那个生死相许的故事：

　　当时楼台说相思
　　笛为谁吹 花为谁红
　　墓穴里 饮下一杯月色酒
　　共 地久天长

蝶影双飞，飞不尽的是悠悠的岁月。

后来，有了新人，搬了新家，旧物通通都被舍弃了。唯有这两把摇椅，给救了下来。新房子更大了，窗明几净，崭新的红木家具占据了显赫的位置，这两把黑不溜秋的摇椅，自然只能待在不起眼的角落里。还嫌占地方，索性把他们拆开，一把送了人。平时忙忙碌碌，似乎也很少有心再去坐坐，喝喝茶，聊聊天。

摇椅是日渐落寞了。

世事难料，命运又一次让你的人生拐了个弯。

搬家，又是学生帮的忙。那天，面对满地堆积的书，我打电话，问：好像还有张摇椅？

对方答：不是搬过去了吗？

我再一看，确实，那把摇椅就静静地躺在书堆的后面。不禁有些自嘲，这么大一个东西，我为什么会视而不见呢？仔细想想，原来内心深处最在意还是这把摇椅，关心则乱，生怕它一不小心就跟你散了。

一个人过日子，这把摇椅就又成了你的一个伴。看书、码字，累了时，去逍遥一会；吃过饭，可以在上面慵懒着，想想生活是多么美好，也可以什么都不想；午睡后，就着一杯茶，一卷闲书，送走一个日长的下午。夜深人静时，坐在上面，思绪会飘得很远……学生来了呢，摇椅就成了太师椅，你在那里摇头晃脑，口若悬河，滔滔不绝。

日子就这样晃晃悠悠地过去。有时看着空空的摇椅，会发现，岁月也在她身上留下了许多的痕迹。踏脚的地方，已经光溜溜的，扶手处油漆开始剥落，靠背的藤条上，有了斑斑的人渍。这摇椅，伴随你走过了人生的不算短的路程，目睹、感受着你的种种兴衰际遇、喜怒哀乐，大约也就通了"灵性"，成了你生命的一分子。有时，看她寂寞地待在那里，就会想，不知她是否也在思念那失散了的另一半……

（2007年11月）

弦动我心

有机会陪你去看细水长流

小时候，听得最多的歌，除了那首"东方红，太阳升"，就是"无产阶级文化大革命就是好，就是好啊就是好……"听着这些雄壮的斩钉截铁的歌曲，一切都变得单纯起来。沐浴着阳光雨露，尽管物质困乏，但大家都似乎活得很充实、很幸福。

在很多场合，常常是唱完"他是人民的大救星"，接着就唱《国际歌》："从来也没有救世主，也不靠神仙皇帝……劳动者全靠自己救自己"，现在想来，虽然两者是矛盾的，那时候大家也没觉得有什么不妥。

到了八十年代，有一天，听到崔健唱《一无所有》：

我总是问个不休

你何时跟我走

可你却总是笑我

一无所有……

一下子就被那嘶哑的嚎叫震撼了。曾经生活在一个童话的世界里，有一天一觉醒来，却发现自己什么都被剥光了，无论是物质还是精神。

作为六十年代出生的一代人，崔健说，是"红旗下的蛋"。这些"蛋们"都曾迷恋红色：

那天你用一块红布

　　蒙住我双眼也蒙住了天

　　你问我看见了什么

　　我说我看见了幸福

　　幸福原来是被蒙在一块红布里的啊！

　　喜欢听歌，却从来不会唱。有次学生搞活动，唱卡拉OK。有人说卡拉OK就是把自己的快乐建立在别人的痛苦之上，既然如此，就更不敢"自私"了。学生却使劲撺掇，只好扯开嗓子，吼了一曲《一无所有》。

　　从来没有这么放肆过。

　　后来，学生便都说，何老师喜欢摇滚，喜欢"一无所有"。

　　八十年代末的一段时间，大街小巷都曾回荡着电视剧《雪城》里的主题歌：

　　天上有个太阳，水中有个月亮

　　我不知道哪个更圆，哪个更亮

　　山上有棵小树，山下有棵大树

　　我不知道哪个更高，哪个更远

　　真是奇怪，过去中国人唱的歌，都是肯定式的，没有任何疑问的，怎么一下子，连这么小儿科的问题，也变得"不知道"了。而知道的呢，"天晴了，下雪了，天晴别忘戴草帽，下雪别忘穿棉袄"，简直是废话嘛。

　　其实，妙就妙在这"不知道"。

　　知道自己"不知道"，中国人的觉醒就是从这迷惘、彷徨中开始的。我也是。

　　一个繁星满天的夜晚，在学校的露天电影场看《滚滚红尘》，那首主题歌的旋律，从头到尾，一丝丝，一缕缕，绵绵不绝：

　　起初不经意的你

　　和少年不经世的我

红尘中的情缘……

电影散了，人还在发呆，还沉浸在某种没来由的情绪里，然后有了许多莫名的感伤。

很久都忘不了那首歌，忘不了少年时代那失落的梦。

很喜欢一首歌《请跟我来》：
　　我踩着不变的步伐
　　是为了配合你的到来
　　在慌张迟疑的时候
　　请跟我来

很多年前的一个夜晚，在一个小屋里，在柔和的灯下，想放这首歌给她听，出来的却是《迟到》：
　　你到我身边，带着微笑
　　带来了我的烦恼
　　我的心中，早已有个她
　　噢，她比你先到……

恨不得掌自己一个嘴巴。

有一段时间，迷上了孟庭苇，特别是她那首《冬季到台北来看雨》。

常常，在一楼的那个阴冷的屋子，面对窗外灰蒙蒙的天，一个人听着：
　　冬季到台北来看雨
　　别在异乡哭泣
　　冬季到台北来看雨
　　梦是唯一行李

或者，在细雨霏霏的大街，在拥挤的陌生的人流中，突然听到：
　　天还是天，雨还是雨
　　我的伞下不再有你

　　　　我还是我，你还是你
　　　　只是多了一个冬季
　　然后，就会有一种想落泪的感觉，想要写诗的冲动，于是，就有了那首《雨夜》：
　　　　总喜欢
　　　　这样的缠绵的雨夜
　　　　淅淅沥沥
　　　　滴不尽万千的心事

　　　　曾经　是一片寂寞的云
　　　　在漫无涯际的天空流浪
　　　　有一天偶尔飘过你心的领地
　　　　化作梅子黄时雨

　　　　从此 你成了一个喜欢落泪的女孩
　　　　从此 我们共同拥有了一个雨夜
　　　　牵你的手 枕着你的柔情
　　　　就这样在你的目光里醉醉醒醒

　　　　既然明天的太阳
　　　　永远不会升起
　　　　就让我们拥有这样的一个
　　　　让人幸福得落泪的雨夜
　　雨夜里的情感，注定是缠绵的，也是无望的。

　　那天，在别人的婚礼上，你唱王菲的《红豆》，唱得很动情，把全场的人都感动了。
　　　　有时候 有时候 我会相信一切有尽头
　　　　相聚离开 都有时候 没有什么会永垂不朽

可是我 有时候 宁愿选择留恋不放手
　　等到风景都看透 也许你会陪我 看细水长流
然后，你说，有机会唱给我一个人听。
然后，我说，有机会陪你去看细水长流。
然后，没有然后了……

　　当我知道我要做什么的时候
　　已经是一段长长、长长的旅程了
　　这是一段长长、长长的旅程
　　连我自己都不知道我是否能够相信
生命似乎总在旅程中，寻寻觅觅，相逢、相识，然后又错过。
"我的家是一张张的票根，撕开后展开旅程"。系在票根上的"家"，在风雨飘摇中，注定是脆弱的。
许多年以后，当你也老了，头发灰白，睡思昏沉，不知道还会不会打开那些尘封的文字，慢慢读，会不会想起曾经的那首《旅程》：
　　这是一段长长、长长的旅程
　　直到我找到你的方向
　　找到你……

（2006 年 9 月 7 日）

第二辑

求学记

我的小学

我的小学，就在那石山的脚下

父亲去世后，母亲就把我送到了学校。那是1968年，那年我5岁。

记得第一次去学校，老师点名，我竟不知道答应，其他孩子都笑。我只低着个脑袋，一声不吭，手也不知道该往哪里放。

上了一次课，就再不肯去了。无论母亲怎么哄也没用。

母亲只好把我送到外婆家，在那里上学。因为老师是外婆家的亲戚，可以多照顾我一些。

那时，往往是两三个相邻的村子组成一个大队。每个大队有一个小学。外婆的村子都姓郑，叫郑家，旁边那个村子叫溪子脚。我们的学校便叫郑溪小学。

学校在两个村子之间的一条小溪边。只有两间教室，中间一个厅堂，供课余活动。

两个年级合用一个教室，上课也在一起。一节课常常是前半节给一个年级上，另一个年级的自习、做作业，之后再换过来。老师也是一个人打通关，各个年级、各门课程全包了。

课堂里学了些什么，基本上全忘了。倒是课余时间的游戏，让人印象深刻。出了教室就是田野，天气好时，大家便都在外面疯跑。或者在小溪里掏螃蟹，抓小鱼，打水仗。溪上有座小石桥，拱起的，男生便分成两队，一队盘踞一边，对峙着。领头的叫一声：同志们，为了胜利，冲啊！两边的人马便为争夺桥头的制高点，蜂拥而上。在桥上，又免不了一番血战。要奋斗就会有牺牲，伤人的事是经常发生的。负伤的也不以为意，轻伤不下火线。董存瑞挺身炸碉堡，黄继光舍身堵枪眼，邱少云烈火中永生，想想课本上的这些英雄，浑身就会有无穷的力量。特别是经常还有女生在边上旁观，就更不能做狗熊了。

天气不好时，特别是数九寒冬，那个两面通教室，一面敞开的厅堂，便成了唯一的活动的地方。女生在那里踢毽子，可以玩出很多的花样。或者男女生一起玩老鹰捉小鸡的游戏，小鸡被抓着了，摇身一变又成了老鹰。最刺激的，是钻人墙的游戏。两面墙上都贴满了人，占住角落的那个人就是擂主，所以每个人都要奋力挤开前面的这个人，往角落里钻。等他终于挤到了角上，就是怎么保住那个位置。但皇帝轮流做，你很快就是被后来者挤开，于是你只好重新从最末尾开始，发起锲而不舍的冲锋。有时，前面的被挤倒了，后面的人扑上去，一层一层的，码起了人墙，人字塔越来越高，这时要争夺的，就是谁能占据人塔之巅，一览众人小了。正玩得开心，上课铃声响了，人塔一下子散了架，大家拍拍满身的尘灰，热气腾腾的，回到课桌边。祖国、花园、长城、故乡……教室里重新飘出朗朗的读书声。

那时小学的学制应该是5年，我们却读满了6年。因为读完第四册的时候，整个国家也许都"抓革命"去了，没工夫生产。我们那个偏僻之地，新学期没有新的教材，教育部门只好让我们重修一遍上个学期的课程。五年半读完十册，也许是还有一个学期才能与中学衔接，索性再读一期。对我们来说，其实都无所谓，多玩一学期而已。六年间，辗转了好几所学校（有几个学期是在自己村子的小学读的），碰到的老师也形形色色。有经验丰富的教师，也有初出茅庐从未教过书的新手。记得在自己村子读高小时，一位中学未毕业的老师教我们，每次要讲算术新课时，因为我成绩好，总要把我找去，共同研究那些习题的答案，然后再在第二天传授给其他的学生。我也就成了这个老师最器重的人。

那时写作文也很有意思。老师不是让我们写"记一件好事"、"一件最有意义的事",就是忆苦思甜。记得有个同学,他爸爸是乡供销社的,块头很有些分量,他便在作文中写道:旧社会,贫下中农上无片瓦,下无插针之地,过着饥寒交迫的生活。解放后,人民翻身了,吃得好,穿得暖,他爸爸就是一个最好的例证,长得像头肥猪。老师拿这作文在课上念,大家便笑。笑过之后又羡慕,那个时候,大家其实都吃不饱,每餐红薯,稀饭,没油星的菜,贫下中农仍然面黄肌瘦,能吃得像头肥猪,真好!

那是一个物质与精神都双重困乏的时代,除了那几本干巴巴的枯燥的教材,基本上没什么课外读物。不知道为什么,我对偷东西、打架、各种整人的游戏之类没有多大的兴趣,对印在纸上的文字却有一种特别的崇拜。偶尔得到的一本连环画,一张旧报纸,都会看上半天。特别是得到文革前留下来的一本旧教材,或者某部残缺不全的小说,更是如获至宝,很长一段时间都会爱不释手。人说三月不知肉味,然后哪一天突然闻到了肉香,那种感觉大概也不过如此吧!

课堂上听老师讲小英雄雨来,讲宁死不屈的刘胡兰,课下,听乡民们讲的,却是狼外婆如何吃人的指骨,吃得嘎嘣嘎嘣响,某人在行路时碰到迷路鬼,怎么也绕不出去,还有在河边如何与水鬼搏斗,夜晚坟上的磷光,那一定就是群鬼打的灯笼了……那个神秘的世界,让人恐怖之余,又有了无穷的遐想。

小学的第一课是毛主席万岁,接着是共产党万岁,中华人民共和国万岁,然后是东方红,太阳升,社员都是向阳花……对古典文化的接受,基本上都是在第二课堂上。记得外公有个兄弟,解放前的中学生(也相当于秀才了),也曾经是老师,后来不知什么原因被遣返回乡,他肚子里装了许多古典的故事。于是,农闲时节,特别是寒冷的冬夜,听他讲水浒、三国,便成了人生一大乐事。这些故事都在要被破除的"四旧"之列,大家围着灶上的一炉火,门窗关得紧紧的,屏声静气地听说书,桃园三结义,关羽千里走单骑,诸葛亮六出祁山,武松打虎,宋江杀妻,林冲上梁山……故事起伏跌宕,再加上说的人添油加醋,无限发挥,听的人也乍喜乍惊，一颗心起起落落，一个晚上一下子就过去了。欲知后事如何，且听明晚分解，一回一回下来，一个冬天便有了很多的牵挂，很多的期待。

　　就这样，苦中作乐，不经意间慢慢长大。从那个乡村小学走出来，到了城里，终于过上了小时候所盼望的幸福的日子。只是时时会想起，那些背着书包上学堂的日子。后来回去，发现曾经的教室已经荡然无存，两个村子之间砌了很多新房子，日益合围，连那条小溪都不见了。于是，只有在梦中，偶尔还会听见那哗啦啦的流水声……

（2006年8月21—22日）

我的中学

第一次照相，与初中同学的合影

中学就在乡里，那时叫公社。每个乡都有一所中学，可以读到高中毕业。

我们乡因为一座山——陶岭而得名。学校在北麓山脚下的陶岭圩上，本来有院墙围起来，里面有教室、食堂、礼堂、教工宿舍，基本上都是一层楼的青砖瓦房。也许因为学生多了，后来又在院墙外乱坟地里盖了两排教室，一色的红砖。还建了一个操场，平时都在那里上体育课、打球、做广播体操，碰上公社的群众集会和宣判大会之类，免不了更要热闹一番。

我1974年上的初中，那时流行黄帅反潮流，张铁生交白卷。"我是中国人，何必学外文，不会ABC，也能当接班人。"仅仅学习好，那是走白专道路，又红又专才能当好革命的接班人。"红"的一个最重要的标志就是劳动好，偏偏我在班上是年龄最小的之一，人又瘦弱，虽然不至于肩不能挑，手不能提，劳动起来总是比人差了一截。我虽然当着学习委员，却因此总也入不了团，申请书写过很多次，向团组织交过很多次心，表过无数的决心，却好像总也没什么用处。后来直到高考要填表了，才亡羊补牢，被"追认"为共青团组织的光荣的一员。

那时流行共产主义劳动大学的办学模式，学制要缩短，教育要革命，理论与实践相结合，体力劳动与脑力劳动相结合，结合的结果便是一周至少有两个下午的劳动课。有时是去陶岭山上帮林场义务植树，有时在农忙时节停课帮周边的大队插秧、割禾，不过这秧插得还是颇有兴头，因为大队有招待，一锅黄豆，几片肥肉，就是美味了。最日常的劳动是学校自己的活，学校有好几片土地，种蔬菜、瓜果、花生、红薯之类，劳动工具都要自己准备，于是，上学时，经常是一边挎着书包，一边扛着锄头，挑着箩筐，走在乡间的小路上。最头疼的是，连粪桶也要从家里挑去，这活通常是由老师指定。谁被老师点到名，就只能自认倒霉了。不过，没被挑中的也不必幸灾乐祸，因为下次就可能轮到你了。

　　人都会有一种表现欲，自我价值感，劳动也不例外。种辣椒便希望你种的那棵是结得最多、最红的，种红薯最好是培育出一个红薯王来。于是，你会为你做试验的那棵红薯单独划出一块地来，垒起一个土堆，铺上厚厚的一层肥，再把红薯种埋进去，等着它生根、发芽。中间每次去薅草、浇肥时，总忘不了为它提供特别的关照。收获了，一个好几斤重的红薯被挖了出来，大家都欢呼，丰收的喜悦也就把平时挑粪桶的尴尬冲淡了许多。不过，我们从来都是只顾耕耘，只顾收获，而从来不管分配的。这些劳动果实被运回学校，冬瓜、南瓜、花生、红薯，一堆堆的，我们却从来没有人问过，后来它们又到哪里去了。

　　那个时候，人民公社的社员都在鼓足干劲、力争上游，奋勇地劳动，但日子仍然清苦。每天背着书包去上学，书包里除了书，还有一个饭盆，一小包掺了红薯丝的米，一小瓶咸菜，中午在学校食堂寄餐，自己把饭盆装上米，放在一个四四方方的大蒸屉里，食堂会帮你蒸熟。下了第四节课，最紧迫的任务去食堂大厅。大师傅每抬出一笼蒸屉，大家便蜂拥而上，找自己的饭盆。没找着的，再等下一笼。奇妙的是，几百只饭盆，有的贴了名字，有的并没有记号，但每个人似乎在第一时间就都能辨别出哪一个是自己的，很少有弄错的，也没听说谁的饭盆被别人偷偷端走的。

　　如果是寄宿，那么一个星期都得待在学校了。宿舍在一个大屋子的二楼，楼板是木的，大家直接在上面打地铺，垫些稻草，一张床单，一床薄被，便是全部的家当了。地铺一排排的延伸开去，可以容纳好几十个人。这么多人挤在一块，卫生是没办法讲究的，每天晚上睡觉都要与虱子跳蚤为伴，大家也都习以为常了。最难受的还是饥饿，一周的菜都要一次性地从家里拿来，装在一个罐子里，自然都是些豆腐渣、萝卜条、大头菜之类，油星子都见不到。学校食堂有五分钱一份的蔬菜，也根本买不起。有个叔外公在学校当总务主任，他儿子（我叫舅舅）跟我同班，偶尔去那里蹭点菜吃，尽管也只是一点青菜、南瓜之类，犹觉齿颊也留香。口袋里如果有一两毛钱，饭后再去镇上的供销社买一个五分钱的法饼，小心翼翼地吃完，还会细细回味，那法饼，也就成了最难忘的美味。当然，如果钱再多一点，还可以买本课外书，多了份精神的享受，就更会觉得自己是世上最幸福的人了。记得有一次外公给了点钱，在供销社买了本《湖边小暗哨》，小说讲的是战争年代的小英雄的故事。那英雄主义的战争，让人生出无限的向往。于是想，如果自己也能赶上那个诗情画意的年代，就好了。

中学里的记忆，除了"饿"，就是"冷"。那个时候的冬天，好像特别冷一些，学校距外婆家有6里路，不寄宿的话，每天一个来回，数九寒冬，很早就起床，吃一碗剩饭，或一个红薯，穿着一双开了口子的解放鞋或套鞋，沿着一条石板小路，来到学校。教室里的窗户玻璃烂了，便用旧报纸糊起来，在风萧萧中朗读课文，脚下冻得刺骨。这个时候，最盼望的就是下课铃声。

四年中学，似乎并没有学到什么东西。课外喜欢看点杂书，也就显得比别的同学多了一点"知识"。1978年高中毕业，那年我十五岁，尽管在乡中学，成绩算最好的，也没能考上大学，于是去县中补习。县里统一办了一个文科、一个理科复习班。我在文科班，进去的时候，成绩算中等。县中的师资毕竟不一样，一两个月后，我就考第一了。

生活仍然艰苦。每月靠外公寄来的15元钱维持生活，读书之外，逛逛街，吃碗榨菜肉丝面，偶尔看场电影，就是最奢侈的享受了。一年后，终于以全县文科第一名的成绩考上大学。那年体检，身高1.53米，体重40公斤……

读完大学，当了大学老师，慢慢的，成了乡里的"名人"了。偶尔回去，经过陶岭乡，镇上的那条马路，虽是砂石路，印象中总是干干净净的，如今却似乎脏了、窄了许多，供销社的那排房子，那曾经让我们向往的地方，也变得破旧灰暗了。绕到"我的中学"去看一看，教室仍在，却多了份冷清与落寞。乡里不再有高中，初中稍好一点的学生，也都到县城里的一中、二中去了。

后来，母亲为了小弟的孩子读书方便，也在县城租了个房子，住了下来。有一年回去，母亲说起我的一个堂哥的女儿也在县一中读初中，那天刚好在学校里碰到了，叫她来吃饭，她不肯来。母亲说，在长沙教大学的那个叔叔回来了，可她一听就哭了，更不肯来了。我听了，心里特别沉重。那个堂哥从小跟我一起玩到大，睡一张床，被同一群跳蚤、虱子叮咬，直到上大学。后来他也接父亲的班去了安徽一个县城工作，又跟家乡的一个女子结了婚，生了一个女儿，又一个女儿。因为他家男丁是单传，不甘心，再偷偷地生一个，还是女儿。这个女儿不能让单位知道，只能放在外婆家。他们只是隔几年回来看一看。这个刚出生就被"抛弃"的女孩终于慢慢长大、读书。据说学习特别刻苦，特别懂事，舍不得花钱，亲戚家谁家也不肯去……

我听了，马上想起自己的童年，自己那艰苦的学生时代。那天晚上我去看那位侄女，买了些吃的，一支钢笔，一个笔记本，笔记本里写了几个字，里面塞了点钱。她在自习，下来见我，面前的已经是一个很清秀的女孩了，只是瘦弱了点。她有点兴奋与好奇，问怎么称呼我，之后带我在学校里逛了一圈，那里也曾经留下过我的许多足迹，许多记忆，只是盖了许多新楼，那些旧房子大多已经不见了。我跟她说起我的过去，鼓励她好好读书，一切都要靠自己。她点头。走的时候，跟她说，她可以给我写信，需要什么书我帮她买。她说好。

那天晚上，心里沉甸甸的。回到长沙，正好湖南省社科联组织优秀青年社会科学专家在各自的学校做"成才报告"。那天，在学校报告厅，面对许多的学子，我从那位侄女讲起，谈到我的中学，我的求学之路，讲着讲着，心里就有了一分润湿……

(2006年9月1—2日)

我的大学

大学毕业的纪念

曾在一次导师与研究生新生的见面会上，说自己是湘潭大学那块黄土地上的野草，不经意间，疯长起来，终于泛滥成一片斑驳的绿色。学生便笑。

没时间解释。过后，往事却不断地涌出来，二十多年前的记忆，竟也像那野草，一年年长着，越来越深。第一次出远门，第一次坐火车，第一次体会到什么是"我的大学"……

曾经对"大学"有过许多美丽的梦想，怀揣着入学通知书，也一遍遍地想过这个将成为"我的大学"是个什么样子。到火车站，坐车出了市区，在一条灰尘滚滚的泥路上，好像还绕了无数个弯，才到达学校。下车一看，又是一条黄泥巴路，穿过校门，蜿蜒开去。光秃秃的运动场边，有几排房子……这就是号称全国重点大学的湘大啊，心里不禁有些嘀咕。

失望总是有的。不过这个有点像都市里的村庄的学校，对我这个乡下孩子来说，又有几分亲切感。16岁了，却只有1.53米的个头，40公斤，穿着一双解放鞋，土布衬衣，领子扣得紧紧的……一张在韶山与同学的合影，很久以后还成为同学津津乐道的话题。

一个怯生生的农家孩子，一个充满泥土气息的学校，也算是相得益彰。生活仍然艰苦，每天四毛钱的伙食费，中餐吃份三毛钱的回锅肉，晚

一个大一的小男生，秀气不？可惜那个时代流行满脸沧桑的高仓健

餐就只敢买5分钱的蔬菜了。上午上完课，大家都是急行军一般冲向食堂，回来一路吃着，常常还没到宿舍，盆子已见底了。晚上还没熄灯，就已饥肠辘辘。大家把小时候吃过的好吃的东西都翻出来，却发现，记忆中的存货竟也不多。同学间打赌，最喜欢赌的就是吃。争论一个问题，一方常常是说：不信，就赌一份回锅肉。有时甚至就是直接赌吃，大家凑饭票赌一个人吃。一种是计时制，比如在多少时间里必须吃完多少个馒头。一种是计量，时间较充裕，但要吃下多少量。条件一般都比较苛刻，可总有勇敢者，以身试吃（吃完算白吃，吃不完就要加倍出钱）。一次，一位同学硬是一次吃下了15份回锅肉，尽管中间跑了好几趟厕所。我食量相对较小，总是充当凑份子的角色。

学校生活虽然清苦，但比起在家里吃红薯饭、没油星的菜要好多了。个子也就蹿起来，四年大学长了十七公分、十多公斤。

就这样，吮吸着这片黄土地上的气息，慢慢长大。湘大的历史虽可以上溯到1958年，那时毛主席还题写了校名。但真正办起来是1974年。在创建共产主义劳动大学的口号下，主事者有意地选了片远离城区的荒山，所谓一张白纸好画最新最美的图画。偏偏这里的黄土地还特别贫瘠，连树都长得很慢，到处光秃秃的。孤零零的几片树叶，既不能遮阴也无法挡雨，在烈日的曝晒和寒风的侵袭中，反而让人要对它们生出几分同情。几年大学生活，除了学习，做得最多的义务劳动就是植树。几个人一组，挖一个一米见方的坑（湘大的黄土特别硬，几个人好半天才能挖上一个），把树挪进去，培上土，浇水，夯结实。下一步便是盼望它们快快长起来，隔一段时间，便会去看一看。毕业后，偶尔回去，发现那些树都已经亭亭

如盖了。

运动场边，有一排教工宿舍，后面一栋教学楼，几栋学生宿舍，这就是整个的校园了。我们入校时，许多老师还住在周围农民的房子里，据说不时还有蛇爬进来，与人亲密接触。

湘大的校园被乡村包围，永远围不起来，砌了围墙也可以被钻出很多个洞，四面八方都是小路，通向广阔天地，多了些野趣，却少了点安全感。晚上都要由学生负责巡逻。各班轮流，三人一组，每晚两班。轮到你时，便会领到一件军大衣，一节短棍。半夜三更在校园里到处游荡，月华如水，寂静中，或蛙声，或虫鸣声，声声入耳。坏人没碰上，倒有了些诗情画意的感觉。

那时没有什么娱乐，看电影就成了每周的一件大事。就在教学楼边的一块空地，两根木杆间挂上银幕，大家早早地背个凳子去占座位，那感觉，仿佛就是乡村里的电影队进村了。吃过晚饭后散步，一出校园就是大片大片的田野。田里或水沟中有许多的泥鳅、鳝鱼，一弄就是好几斤。周末最喜欢的活动就是远游。天气好时，一群人结伴出游，并无明确的目的地，却可以走出很远，中午在某个农家小店吃饭，或者自带食物，下午再回来，一路摘些野花野草，说些闲话，便算得上是浪漫之事了。各系之间有什么篮球、排球比赛，经常是被围得里三层，外三层，加油声，叫好声，叹息声，此起彼伏，热闹极了。中国的球队赢了球，校园里会一下子沸腾起来，爆竹声，敲盆砸碗声，吆喝声，铺天盖地。如果中国队拿到个什么冠军，大家会自动地汇聚在一起，绕着校园游行，狂欢，直到深夜。偶尔，市里有大型文艺演出，大家会倾巢而出，早早地吃过晚饭，坐公交车赶过去，美美地享受一番精神大餐，完后，公交车早没了，于是步行，抄近道，走山路，几十个人，披星戴月，浩浩荡荡，一路兴致勃勃，笑语喧哗，十几里路，一下子就到了。让人想起小时候，跟着乡里的电影放映队，一个个村子地赶场，披着夜色回家，那时的月亮，显得特别圆特别亮……

恰同学少年

一次，湘大中文系的一帮校友聚会，大家说起过去的种种，都是一脸的兴奋。大家议论，说其实黄土地也养人，省会长沙岳麓山下的学校，面对繁华都市，诱惑太多，学生难以专心致志。而湘大的学生，被关在山沟沟里（我们读书那个时候，唯一的连接学校与市区的公共汽车，晚上八点就没了），除了谈谈恋爱，剩下的就只有学习了。

湘大校园里，就有好几处山林，直到现在还基本上保持原始状态。出了校门，更是一片广阔天地，确是谈恋爱的好地方。不过，那个时候的我们，根本不懂得爱情，自然也就不知道怎么去利用这优越的地理条件了。心里面装着某个人，痴想一会，偶尔发发呆，跟要好的同学说说心事，也就仅此而已。

那时学校的宿舍根本不设防，经常是男女混居，共一栋楼，甚至同一层楼，一边是男生，一边就是女生，大家很有礼貌地相处，也没见出什么事故。那个时候学生谈恋爱是被禁止的，偶尔有几对，也是地下活动。有的年纪大的学生，在家乡已经有女友了，借学校不准谈恋爱为由，要做"陈世美"。学校只好来个补充规定：谈了的，就不准分手。

青春总是关不住的。刚从那个动乱的年代过来，从小读惯的是"与天斗，与地斗，与人斗，其乐无穷"的文字，稍稍带点感情的东西都是资产阶级情调。上了大学，面对书的海洋，大家都像一个饿汉一样扑了过去，颇有些饥不择食的感觉。不过最爱看的，还是带有爱情字眼的文字。"青年男子谁个不善钟情？妙龄女郎谁个不善怀春？"于是，我们会来到歌德的故乡，跟维特一起去追寻他的绿蒂，一起烦恼；我们会在宋词的"庭院深深深几许"中"寻寻觅觅"，在"一川烟草，满城飞絮，梅子黄时雨"

中作忧郁的徘徊；在戴望舒的"雨巷"里，撑着油纸伞，去追踪那丁香般结着愁怨的姑娘，或者，走进何其芳的"雨天"：

是谁第一次窥见我寂寞的泪，
用温存的手为我拭去？
是谁窃去了我十九岁的骄傲的心，
而又毫无顾念地遗弃。

啊，我曾用泪染湿过你的手的人，
爱情原如树叶一样，
在人忽视里绿了，在忍耐里露出蓓蕾，
在被忘记里红色的花瓣开放。

红色的花瓣上颤抖着过成熟的香气，
这是我日与夜的相思，
而且飘散在这多雨水的夏季里，
过分地缠绵，更加一点润湿。

中文系有个"旋梯"诗社。于是，不少同学都成了诗人（诗人比较敏感，往往能得风气之先，后来不少人又成了商人）。

晚上熄灯后，照例是宿舍夜话的时间，主题当然离不开性与爱，从班上的、系里的，到校内校外的女子，都成了议论的对象，还会给各色女孩子取外号，品评、戏谑一番，过过口瘾。常常，大家在说得兴致勃勃时，走廊里会传来箫声。吹箫的是隔壁寝室的一位同学，平时基本上不跟同学往来，不知道有过什么伤心事，有一段时间，每天晚上十一点之后，就会听到他的箫声，幽幽的，缓缓的，如萧瑟秋风，如秋风中的落叶，如落叶里的叹息，一丝丝，一缕缕，绵绵不绝……于是，大家也不再作声，内心里，没来由的，仿佛也有了些愁绪。

有幸成为上个世纪七十年代的最后一届大学生。

我所在的七九级中文班，有点特殊，大的大，小的小，相差有十来岁。年纪大的是七七年恢复高考后奋战了好几年才挤进大学校门的。小的十五六岁，懵里懵懂（中学只读了四年，以后才改为六年），便成了大学生。于是，七九级的学生，论成熟睿智比不上七七、七八，论活跃又不如八〇，有点像处在夹缝中，左右不是。七七、七八的同学老喜欢往老师家跑，七九的自我封闭，连班主任家都很少去。八〇级的文艺人才很多，七九的却只知道埋头读书。有一年系里歌咏比赛，我们班合唱，选的是一首民歌："河里青蛙从哪里来，是从那水里向岸边游来；甜蜜的爱情从哪里来，是从那眼睛里到心怀"，几十个人扯着嗓子来抒发柔情，结局可想而知。

后来，有老师总结，说七九级的教授出得最多，大约就是在压抑中，只好向内转，安安静静地做点需要耐心的事情吧！大学四年，因为年纪小，生性又羞涩，看到生人都要脸红，从来没在公开场合讲过话，自然也难有在同学面前露脸的机会。最风光的时候，就是作为系排球队的一员，在比赛中接受观众山呼海啸般的欢呼。

除了打打球，散散步，其余时间便是读书。小时候无书可读，高考时有书不能读，进了大学，面对那并不富实的图书馆，已经是刘姥姥进大观园，饿汉面对满汉全席，只有惊叹的份了。那时便知道了，什么叫饥不择食。后来，上中外文学史课，读书有规律些了，跟着老师上课的进度，一个一个时代、作家，一路读下来，然后知道了荷马的史诗、雨果的敲钟人、肖洛霍夫的迷人的顿河、屈子的行吟、鲁迅的悲愤、郁达夫的沉沦，算是入了文学的门。然后，在辩证唯物主义与历史唯物主义之外，也知道了还有尼采的超人，萨特的自由选择……

回想起来，四年大学生活，基本上是在阅读中度过的。在阅读中，一个羞涩的懵懵懂懂的少年慢慢长大，了解了在那块黄土地之外，还有一个无限广阔的时空，在每个人的外表下，都藏着一个复杂的深不可测的世界。于是，有一天拿起笔来，想要写下所见所闻所想所感，便有了第一首诗，第一篇散文，第一部被称作小说的东西，于是，乡村少年也就成了忧郁的梦者了。

忧郁的梦者怀揣着"绿色的梦",一直想要当一名作家,直到现在也没当成(如今对"作家"不稀罕了,说不定什么时候又"坐"成了"家");一直没想过要当老师,命运阴差阳错,又让我成了一名年轻的"老"教师。

毕业时,分到铁道学院。拿到派遣证,当天下午,就跟历史系的一位校友结伴,赶上了长沙的最后一班车,没有想象中的喧闹、执手依依、离别的眼泪,悄悄地离开了学校。

生活就这样翻开了新的一页……

(2006年1—3月,拉拉杂杂,断断续续中,3月19日改毕)

张博士

那还是在 2001 年，在四川大学文学院的"博士论坛"上作一个讲座，话题是"俄罗斯文学与知识分子的命运"。讲座完后，有一位老年模样的人找到我，问我有没有俄文版的高尔基的《母亲》，没有的话，能不能帮他借一本。我看看他，花白头发，脸上沟壑纵横，瘦弱的身子，已有些佝偻，褴褛的衣衫，罩在他身上，有些晃晃荡荡的。虽然已是初冬，天气颇有些寒意，他却只穿一条单裤，裤脚太短，露出光光的脚脖子，脚上是一双破解放鞋，看起来，活脱脱就是一个拾荒的老头。我有些诧异，这样的人怎么会读原版的外文书呢？我问他在哪儿上班，他迟疑一会，说在食堂做点事。我答应找找，问怎么联系，他给我写了个电话，说那是一家杂货店，叫他们转张博士就行。

博士？带着些疑惑，回去一打听，才发现张博士在川大原来鼎鼎大名。据说他 1985 年就辞职来到川大，没有任何手续，自然也就没有身份，打游击一般，旁听课程，专攻数学和俄文。起初经常被赶，后来终于感动教务处的头头，特许其免费听课。有学生看他长年漂在川大，资历最老，就叫他张博士。博士的称呼流行开来，人们反而很少知道他的真实姓名了。张博士居无定所，刚来川大时，在府南河边、九眼桥下的一个角落里安身，碰上一养猪专业户，特许他住在猪圈的饲料房里，条件是辅导其女儿的功课。后来，几个好心的同学在一栋学生宿舍靠厕所的盥洗间里帮他找到一间小屋子，在水汽、人的废气的熏染中，一住就是十年。但因为宿舍改造，张博士又被赶了出来。凄凄惶惶之下，又舍不得就此放弃，在川大流浪了一段时间，终于在体育场的一个杂物间里安顿下来。

张博士特异的求学之路引起我的浓厚兴趣。有一天，找到他的住处，就在体育场后面，几米见方，一进去，黑乎乎的，边上堆了好些石灰包，一桌一床，桌上有些书，几节蜡烛。床上的旧棉被，已分不清颜色。因为是在看台的斜坡下，靠门边尚能站人，到床那边，坐着都已直不起腰来。门一关，就连个透气的孔都没有了。

张博士见我来，很兴奋的样子。但屋里连个坐的地方都没有，又让他有些难为情。他解释说，有个安身之处，就已经很满足了。被从学生宿舍赶出来那段时间，曾经到处找安身的地方，有次看到大礼堂的后门没锁严，也不知道那是危房，就偷偷溜进去，在一个废弃的厨房里住了好些天。后来体育部的老师好心，特许他住在这个杂物间，他已经很满足了。只是一下雨就到处漏水，用水泥补了好几次也没用。我问他那平时怎么学习呢，他说早上四五点起来，先跑步，然后就在体育场里大声地朗读俄语，晚上就在路灯下看书。我又问，那你靠什么维持生活呢，他说有时在学校食堂，有时在私人的小饭馆里帮帮忙，他们就管饭吃。我看他脸上的沧桑，想起他求学舍弃一切，年近半百，尚在苦学，却尚未得一谋生的饭碗，孤身一人，身无长物，颇为感慨，问他对自己的选择不后悔吗？他轻轻地叹了口气，说不后悔，有书读就是最大的幸福了。虽然也有很多不如意的事情，看书的时候也就忘了。而后他又有些兴奋地告诉我，四川有家出国劳务公司招聘俄文翻译，他去考了，已通过面试，他现在就在等着，说不定什么时候就可以去俄国了。说到这里，他的黯淡的眼睛亮了起来，脸上满是期待。我便祝他早日如愿以偿。

再见张博士，已经快到年关了。那天有一个小老板模样的人也在他那里。交谈之下，知道他姓曹，张博士似乎在他那里做点事，曹老板便供应他一日三餐。我去的时候，曹老板正在跟张博士说起带他去俄罗斯餐厅练口语的事，餐厅是中国人开的，但服务小姐都来自俄罗斯。曹老板说了一系列注意事项，诸如穿着、举止之类。曹老板还数落他，说你看，你连台湾总统是陈水扁都不知道，去了可不要闹笑话，给咱中国人丢脸。张博士有点不好意思，嗫嚅说：谁说我不知道，一下子忘了嘛！曹老板听说我是搞俄罗斯文学的，很热情地跟我说，他们有一帮人，有的去过俄罗斯，有的没去过，但都特别喜欢俄罗斯文化，定期聚会，聊跟俄罗斯有关的话题，唱俄罗斯苏联歌曲。让我下次有机会一定去看看。我说好（后来因为种种原因，终于没能去成）。

　　曹老板走后，继续跟张博士聊天。问他出国做翻译的事怎么样了，他说正在办，现在就是等对方的通知。接着他又叹了口气，说川大很多学生都帮过他，但也上过当。在等待出国通知时，有个洪姓的川大毕业生跟他说，有家出国劳务公司的老总是他的朋友，可以帮他办。几天后又来找他，说可以填表了，但要先交钱。他只好跟川大的一位阮姓毕业生借了笔钱。此后，洪某不断地来找他要烟钱、手机话费及各种招待费。后来洪某又告诉他，出国要体检，需要原籍所在派出所开证明。张博士把洪某带回重庆老家，亲友听说张博士终于苦尽甘来，要出国了，也为他高兴，倾其所有，好吃好喝招待。在家乡待了一周，回来后，洪某却没了踪影。算下来，被洪某骗去700多元。好在那位借钱的阮姓朋友说，没有钱还就算了。

　　我听后，陪着张博士唏嘘感叹了一番。走时，掏出一百元钱，说就要过年了，算是一点心意。张博士拿着那张钞票，手有些颤抖，连说谢谢，说着说着，脸上便有了两行清泪。

　　第二个学期，过了五一节之后才去的川大。帮张博士带去一本俄汉大辞典。他说刚去河北一家电视台做了个专题节目，谈关于自学成才、自强不息的话题。问他出国做翻译的事，他说还在等消息，也许快了。

　　我说有机会真想写写他。他便拿出一摞复印的材料给我，有记者的专题报道，有他自己写的一份控诉，题目叫《恶贯满盈的伥孽鬼》。说在林彪江青死党横行的日子里，他正在重庆一所中学读初中，他们班姓邹的班主任与林江死党遥相呼应，干出了林江死党欲干而干不出来的勾当。因为俄语和数学、物理三科成绩优秀，就被邹诬为"白专道路"、"丧失立场"。因为每天为求健身，坚持锻炼，连婚恋意识都没萌芽的幼童又被说成是为了"讨好"女性，最后被勒令退学。失学后，又被林江死党操纵下的官府衙门武断专横地押进木具厂，接受政治改造。幼小的他每天背着沉重的木材"在锯机和成材堆之间来回剧烈奔跑。……吃的是红头绿身苍蝇爬过的食物，连舀一点甑脚水洗澡都惨招遭官妻恶毒咒骂……"林江死党倒台了，又重新激发了他学习的愿望。然而，昔日的林江死党如今摇身一变又成了"革命领导干部"，反四人帮的英雄。以提倡早婚早恋为荣，对大龄青年，尤其是"超尘出俗，开创新风，勤奋自学，奋发成才的大龄青年百般践踏、欺辱、打击、虐待"。他只好偷偷学习。先在重庆的高校旁听，后偷偷来到川大。在这期间，无时不冥思苦想反敌战略战术，无时不警惕邹敌的明枪暗箭，突然袭击，时时处于一级战备状态。因此大大延缓了自学的进程。文章结尾，张博士写道：

"凡是毒草，不批不倒，更无法清除其流毒。欲把邹敌封建家长制的约法三章批深批透，批倒批臭，但我至今还没有寻求到妙诀良方，也只有在不断深入、艰难曲折、残酷激烈的抗邹求学持久战中深挖广寻"。

从关于张博士的报道中，我才又知道，张博士生于1952年，原名叫王忠厚。父亲早逝，母亲是一煤矿子弟学校的老师，改嫁一张姓老师。来川大求学时，为避开"敌人"的视线，冒用同母异父的弟弟的名字——张跃川。"跃川"，大约也有言志自勉之意。一俄罗斯留学生给他取了个俄文名字：马克西姆·高尔基，与俄国那位也曾流浪的没机会上学的大文豪同名，意思就是"受苦的人"。

一年后到川大参加博士论文答辩，几次经过张博士住的地方，门都是关着的。问杂货店的人，说张博士已经走了。

闲下来时，偶尔会想起张博士。不知他现在在哪里了，是否有了安身之处，或者，实现了他的出国梦？

蒋老师

蒋老师姓蒋，蒋家王朝的"蒋"。

那个时代，跟蒋家王朝沾上点边的人，总让人觉得有些可疑。何况，据说蒋老师确实在海峡对面的那个岛上有近亲。

于是，有"敌特分子"嫌疑的蒋老师被发配到我们乡里教书。于是，蒋老师成了我的中学语文老师。

那时的乡叫公社，每个公社都有中学，初中、高中都有，四年就可毕业。我1974年上的初中，那时流行批"白专道路"，大家都不怎么读书。也许是因为我多读了几本杂书，多听过几次乡里的秀才讲水浒、三国故事，语文成绩一下子就鹤立鸡群了，还得过学校作文比赛的头奖。到高中，蒋老师教我们时，他一下子似乎就很喜欢我了。

蒋老师在课堂里讲了些什么，具体的都记不清了。只记得他操一口外地口音，总是抑扬顿挫地念课文，得意的时候，还摇头晃脑的。他的故事也特别多，总是很快地就能吸引我们。课堂上，他总喜欢叫我站起来回答问题，或者把我的作文当范文念。生性腼腆，长得又瘦弱的我，在那个时刻，内心里便会有一种极大的骄傲与满足。

因为我是学习委员兼语文课代表，交作业之类自然是我的分内之事，课下，跟蒋老师的接触也就慢慢多了起来。

蒋老师住在操场主席台边的一个单间，一床一桌，几把椅子，似乎就是全部的家当了。我去时，总要走过宽阔的操场，然后上台阶，再穿过主席台，那感觉，有点像完成某种取经的仪式。进了小屋，他总要把我留下来，先细心地看我的作文，然后逐字逐句地跟我商量，怎么表达会更好一些，不一会，作业本上便满是红圈圈红杠杠了。碰到要吃饭了，他经常会把我留下来，他去食堂打饭，然后一起吃。那时我通常在学校寄宿，晚饭后反正有大把的时间。他又会拉我散步，或者去学校边的一个小水库游泳。常常是脱得赤条条的，在水里玩闹，天黑了，也游累了，才回来。

　　蒋老师还带我们几个学生去过他家。在乡下，离学校有七八里路。房子不大，却有好些个孩子，把屋子塞得满满当当的。据说老师是招赘到这村里来的。师母是典型的农村妇女，里里外外操持着，看起来很贤惠，很能干，做了好多好吃的菜，招待我们。

　　蒋老师自己觉得人生很受挫折，便很希望培养出几个有出息的弟子，我似乎成了他最大的希望。可惜，1978年参加高考，我却没能上本科线。蒋老师很失望的样子，不过他还是鼓励我：没关系，从头再来。

　　第二年去县中复读，终于以全县文科第一名的成绩考上了重点大学。想去跟蒋老师报喜，却听说他调市一中去了，全家也都搬到了城里。

　　再见蒋老师，已经是大学毕业后的一个暑假，我做了大学老师，回家，绕道去看他。我买了一块匾，写了几句"师恩难忘"之类的话，蒋老师很高兴，当即就把它挂到了厅里。那几天，蒋老师兴致勃勃地带我逛校园、公园、庙宇，在学校里碰到同事，他总要热情地介绍，言语之间，仿佛我成了他最得意最有出息的学生。

　　之后又是好多年不见。有一年接到蒋老师的一封信，说二女儿参加高考，报了某个医学院，能否被录取，实在没把握，希望我这个学生能帮帮忙，言辞很是恳切。我马上托了教育厅的一个同学，老师的女儿终于顺利地被录取了，专业为耳鼻喉科。蒋老师对专业似乎不太满意，问能不能再托人调个专业，我便有些为难。

　　隔了一年，老师又来信说，去年我帮了很大的忙，他却不知好歹，不仅没感谢我，反而怪我办事不力，实在是很不应该。今年三女儿马上也要参加高考了，思来想去，还是只能托我，希望我大人不计小人过云云。满满几页纸，语气之卑微，自责之痛切，真是让我难过极了。为了减轻他的心理负担，我马上回了封信，说千万不要介意，学生能为老师做点什么，是很荣幸的事情，我一定会尽力而为。

　　高考后的一天，蒋老师打电话来，我不在家，家里的人接的电话。家人也知道去年事情的原委，言语间便有些不耐烦，说其实有的事情，我们也无能为力。回来，家人把这番话学给我听，我自然也不好再说什么。想想自己一介书生，事实也确实如此。而老师那边，一定很受伤害，我却也不知道该怎么去解释。

　　就这样断了跟老师的联系。据说不久老师也退休了。很多次想要到老师所在的城市找到他，当面跟他说：老师，我从来没有怪过你，心里有愧的应该是学生。或者把自己出的新书送到他面前，让他明白，学生一直在努力，就是为了不辜负老师当年的期望。

　　但每次都是想想而已，内疚着，却一直拖着，不知何时才能解开这个心结。

（2006 年 7 月 27 日）

张老师

在三亚海滨

印象中，张老师从来没有老过。1979年进大学时，张老师才40出头，就已经秃顶。那时还是讲师，在学生的眼里，就已经有点像老教授了。

大三时，张老师给我们上俄苏文学课。从"罗斯受洗"、《伊戈尔远征记》一直讲到《钢铁是怎样炼成的》……张老师的课，有条不紊，简明扼要，从来没有多余的话，语速也不紧不慢，刚好能让我们全部记下来。所以上这门课是最累的，大家全神贯注，课堂上只听见唰唰的记笔记的声音。稍一走神，漏掉一两句，就接不上了。一个学期下来，笔记积了厚厚的一摞，可惜没能保存下来。

张老师名铁夫，高鼻，宽额，有着列宁式的头颅。给人感觉，天生就应该是搞俄罗斯文学的。不知什么时候，便有弟子送他一个外号：铁夫斯基。

因为乡下孩子的羞涩、胆怯，大学里，从来没有登过老师家门。张老师那时还兼着中文系的副主任，很忙，自然更没有机会接近了。临毕业时，面临人生的选择，因为毕业论文写的是外国文学，侥幸还得了个优，教外国文学的两位老师，曹让庭老师和张老师便推荐我来长沙铁道学院外语系教书，顺便协助他们办《外国文学欣赏》杂志。这杂志是铁道学院和湖南省外国文学学会合办的。当时两家可能有点矛盾，铁道这边办杂志的便把我当作是敌方派来的"奸细",根本不让沾边。我于是就老老实实做起了老师,教汉语、写作、大学语文之类。而对外国文学的那份感情,实在割舍不下,于是发愤考研。两年后,又回到母校,重为学子。那是1985年。

那年世界文学专业招了12人,分欧美文学和俄苏文学两个方向。因为大学里学的是俄语,自然选择了俄罗斯文学。

真正投身到张老师门下,听他侃侃而谈的机会反而少了。上课多是讨论,每个专题都要准备,自己去发挥。因为师兄弟比较多,大家都不愿意老生常谈,挖空心思要想点新名堂,以博取老师在点评时多几句赞语,难免暗地里较着劲。大家都想多看点书,尽量准备得充分一点。这样一个学期下来,才发现,其实比本科时拼命做笔记更累人。

事后想来,能够在学术上慢慢地有点自己的心得,而不是完全跟在老师后面亦步亦趋,也许正是这样"逼"出来的。张老师其实很少跟我们谈做人为学的大道理。那时他当系主任,事无巨细都需要他操心,我们也就很少打搅他。去他家,都是事先约好,时间精确到几时几分,谈完正题马上走人,很少有闲聊的机会。至于我们读什么书,也是随便。尽管开学时给每人发过一个有关专业参考书的书单,却很少过问。那个时候的我们,都很容易追风赶潮流,见异思迁。在欧风美雨之下,啃了不少萨特、弗洛伊德、别、车、杜之类,与专业直接相关的,反而疏远了。张老师也不说,任由我们跑马。

一帮年轻人住在一块,还有就是贪玩。牌桌上一吆喝,总是应者云集,争强好胜,一不小心便斗得天昏地暗,日月无光。张老师有次跟我们聊天,似乎无意间说起:有老师反映,说中文系的研究生最喜欢玩牌了。我们听了,心里大叫惭愧!

虽然张老师是个很随和的人,也从来不直接批评学生,但不知道为什么,弟子们在尊敬之余,又都有几分怕他。怕上他家,怕与他单独相处。大家做论文也就非常认真,生怕从老师的眼神中读出一丝失望。经过几个月的苦战,关于陀思妥耶夫斯基的学位论文终于顺利完成。初稿拿给张老师看,他就说可以了。一颗悬着的心落了下来,几年苦读,总算没有辜负老师的期望。

毕业了,然后有了跟张老师的很多的第一次。第一次跟老师合作写文章,如果是由他寄出去的,他总要把我的名字放在前面;第一次上老师家吃饭,印象最深刻的一道菜是炖羊肉,肉质香嫩,汤汁鲜美,以后每次想上老师家吃饭了,打电话,就会先夸羊肉;第一次请老师到家里来(他后来说,我那儿子顽皮得很,把张爷爷当马骑,绕了很多圈还不肯下来);第一次一起喝茶;第一次跟他出远门;第一次陪他卡拉OK,唱《共青团员之歌》、《莫斯科郊外的晚上》……

熟悉了,才发现张老师其实特别容易相处。出门,无论吃什么,坐什么车,住什么样的房子,他的一句口头禅就是:这样已经很好了。请他过来讲学、主持答辩,要派车去接他,他总是说:湘大早上有趟直接来长沙的车,过来很方便的。相反,如果你要过去,他就会把一切都安排得妥妥帖帖的,早早地等在那里。走时,无论多早,他都要过来送你。

经常跟人说,最佩服张老师的,不是他的学问,而是他的为人,他的人格魅力。张老师待人接物,处事周全,具有非常好的行政组织才能。先后做过中文系副主任、主任、人文学院院长,每一任上都有很好的口碑。对于他来说,做官不是个人谋利的手段,而是一种付出,一种牺牲。时势所迫,被推到某个位置,为了当得起众人的信任,他会全心全意地投入,但他从来无心于此,因而也就拥有了一份心灵的自由。由官而民,对他来说反而是一种解脱。有一年,组织部门有意要把他放到校级领导岗位上去,省里来人找他谈话,他推辞的理由是:坐不得小车。湘潭大学机构改革,合并中文系、哲学系、历史系,成立人文学院,需要一个有威望能服众的人出来。学校领导多次找他,他以身体健康为由,不肯出来,领导只好说:你还是不是党员?

人到无私格自高。张老师时时刻刻,总是先为他人着想,自然也就能够赢得他人最大的尊敬。湖南省比较文学学会的工作有声有色,大家都非常团结，具有很强的凝聚力，很大程度上与张老师的个人魅力有关。这正所谓桃李不言，下自成蹊。当老师多年，经常有学生说，何老师人好，他们从我这里学到的不光是知识，更有为人之道。这时，我总会说：那是因为张老师的影响。

那天，张老师问我：去过海南没有。我说没有。他说跟我同届的一位小师妹多次邀他去过年。我说，那好，我陪您跟师母去吧！

长沙很冷。一下飞机，便仿佛进入了另外一个世界，温暖如春如夏。海口、琼海、博鳌、三亚……一路行来，从万泉河到热带植物园，从黎族村寨到天涯海角，看山，看水，看大海中的夕阳，竟也分外的"忙碌"。返回路上，在一个温泉度假村住下来。泡过温泉，吃过晚饭，再溜茶馆。很久没有陪老师这样无所事事地聊过天了。那晚他说了许多的往事，故乡、家庭、童年、大学时光……我问，什么时候认识师母的？他说他们读的是同一所中学，不同年级。我说，那张老师你读大学的时候，肯定给还是中学生的师母写过信吧！张老师说，写过的，不多。那后来呢？后来她上了武汉大学，自然走到了一起……

想象中，那个时候的师母一定是清清纯纯、娇娇柔柔的，可爱极了；想象中，他们在珞珈山、东湖边的樱桃树下牵手，一起读《卓娅与舒拉的故事》，唱《红莓花儿开》……直到现在，师母还像个天真烂漫的孩子，保持着一颗童心，对这个世界的一切，充满热情与好奇，对世俗的一些东西，又可以视而不见。海南一路奔波，每到一个景点，下车时，该穿多少衣服，张老师都会为师母提出建议；下车后，他又会细心地为她整理好衣领；师母上卫生间或做点其他什么，张老师总会耐心地等在原地，怕她一不小心就会辨不清方向。在家里，师母大概也很少上菜场，进厨房，理财管家之类的俗务，张老师也就包办了。每天，张老师很早就会起来，榨豆浆，准备好早餐。白天买点菜，做做饭，张老师会说：活动一下，算是长时间伏案劳作之后的一种调剂。这时，我就想，师母是一个童话，张老师大约就是那个田螺少年，从少年到老夫，为这个童话撑起一片天空。

在海南，有次在车上，中午时分，张老师靠在椅子上，睡着了。我看着他，脸上隐隐地现出些老人斑，皮肤也有了些皱纹，少了些光泽……我就想，永远不老的张老师，竟也无法拒绝时光啊！记得有一年，由湘潭大学文学院承办巴赫金国际学术研讨会。闭幕式晚上的酒会上，大家一边喝酒，一边表演节目。那晚张老师唱了很多俄文歌，博得阵阵喝彩。本来有学生做主持人，为了更好地调动气氛，张老师又客串起了主持，让代表们各显其才。有时没有人上来，为了不冷场，他又自己唱了起来。晚会持续了很长时间，慢慢地，大家有些意兴阑珊了，张老师还在那里唱着……我知道，他是想让这次为了俄罗斯的聚会延续得长点，再长点。聚散总依依，时间啊，可否停留一下？

每次跟张老师聊天，一涉及俄罗斯，他就会变得特别的健谈，人也仿佛年轻了许多。心中的俄罗斯，永远的普希金情结，大约就是他心灵的绿洲吧！那里，有黑麦田，有白桦林，有伏尔加河，有丰美的水草……记得1999年，普希金200周年诞辰，请张老师过来作一个关于普希金的讲座。那天，他还用俄文朗读了普希金的《致凯恩》：

Я помню чудное мгновенье:
Передо мной явилась ты
Как милолетное виденье,
Как гений чистой красоты.

我记得那美妙的瞬间，
你飘然出现在我的面前，
宛如纯洁美丽的精灵，
宛如昙花一现的梦幻……

尽管大都听不懂俄文，但张老师声情并茂、抑扬顿挫的朗诵，还是把大家都感染了。演讲结束时，我说，又一次听到张老师谈普希金，谈俄罗斯文学，时光又仿佛回到从前。但愿以后还不断地有这样的机会。2037年是普希金逝世200周年，张老师也快要满百岁了，那时，我希望，70多岁的何老师能陪着张老师，一起再来重温普希金的诗：

И сердце бъется в упоенъе,

И для него воскресли вновъ

И божество и вдохновенъе

И жиэнъ, и слеэы, и любовъ.

我的心啊欢快地跳动，

心中的一切又重新苏生，

有了偶像，有了灵感，

还有生命、眼泪和爱情。

下面的学生使劲地鼓掌，大声说好！

（写在导师张铁夫先生七十寿辰前夕）

多年师徒成父子

八八届研究生与张老师合影

前些天，接师妹沈云霞的信，说起为先生庆贺七十大寿的事，她说：想要弄得趣味怀旧一点，比如让先生唱俄罗斯民歌，比如我们朗诵普希金的诗歌，用俄语、中文和英文，师弟梁觉聪提了个建设性的意见，说排一出改编自普希金作品的戏剧，就由先生和我们一起演，想起先生在年轻的时候就演过戏，觉得是个好主意。那天和先生交谈的时候还说到时候我们找一个好去处，陪先生和师母过几天世外桃源的日子，先生欣然同意。让先生看自己的弟子团团围在他的身边，也是对他最好的安慰了。如今，他身边可以谈心的人越来越少了。他虽天性乐观豁达，那种寥落却也是不可避免的。以前和先生聊天都是说完事情就走，现在只要是去他家坐，有时就是一个整下午，先生谈兴很浓，总是惦记他的学生，也慨叹世事和人生的无常……

我回了封信，说生日当然要给先生好好地过。演剧是很好的建议，演普希金的亦可，自己编一部更佳，可以随意一点，生活化一点，让张老师、师母和所有弟子都进入角色……当然这要好好筹划！如今我想得更多的是"热闹"之后的事。先生其实是寂寞的，平时多陪陪他才最重要。大家都是匆匆忙忙，很少有真正陪先生喝喝茶、说说话的时候。陪他老人家，不一定要等到生日，比如这个春节，就可以找个安静的地方，住几天，听老师和师母说说往事……

写到这里，突然有种异样的感觉。读书时，对老师总是既敬又畏的，那时，老师就是真正的"导"师，无论学业还是生活，都是你的引导者、庇护者。那时，老师就是一棵参天的大树，永远翠绿着，挺拔着，为我们遮起一片绿荫。

毕业了，慢慢试探着，走进老师生活的世界，熟悉了，就不再怕了。老师在事业上会一如既往地支持你，当然，有什么事，你也可以为他分担一些了。久而久之，便有了些如亲如友的感觉。

后来，老师不再担任各种行政职务，虽然仍然教着书，带着研究生，有闲了，科研上也焕发出一个新的春天。但毕竟，永远不老的张老师，慢慢地也有点老了。不知从哪一天开始，对老师的"敬"与"爱"里，便多了一些"怜"的成分。

想起汪曾祺的一篇散文《多年父子成兄弟》，我们这些弟子跟老师之间，大约便是多年师徒成父子（女）吧！

子女长大了，当然得多陪陪父亲。陪他看风景，听流水，晒太阳，在有雨的日子里，为他撑一把伞……

陪老师看风景，听流水，晒太阳

秋天，去厦门大学开一个学术会，陪老师一起去的。到那里才发现，张老师的徒子徒孙，来了一大帮。开会，用餐，散步，游玩，大家都在一块，很是热闹。有一天晚上，在厦大海边的沙滩上，在月光下，大家席地而坐，听涛声，轮流背诗、唱歌，年龄最大的曾艳兵师兄还当场赋诗一首……这里有张老师的硕士,后来在曾师兄那里读博,有张老师的弟子的弟子,几代同堂。我奇怪,弟子们怎么会到得这么齐?张老师说:都是我一个一个打电话,叫他们来的啊!

原来如此!

然后便有些惭愧,以前也经常跟老师一起出去开会,每次都是到目的地,便自己一个人找朋友们玩去了。心里说:跟张老师反正有的是见面的机会。

也经常去湘大,答辩、议事,但大多是上午到,办完事,吃餐饭,就匆匆回来了。偶尔住一晚,也是一帮人在那里玩牌。问张老师玩不?他总是说,只在年轻时玩过。张老师习惯早睡早起,大家也就不勉强了。

前几天,张老师来长沙参加外孙的百日喜宴。吃过中饭,他和师母就想回去。我说,别回去了,把长沙的师兄弟们叫到一起,聚一聚。那天下午,在白沙源茶楼喝茶,大家便起哄,要让老师和师母讲讲他们过去的故事。张老师说,原来你们请喝茶,是早有预谋的。大家齐声说:是啊,是啊!

那个下午张老师和师母一边讲他们的故事,沈师妹一边在本子上记,我看着他们,想起沈师妹信里说的:她曾和聪聪商量,改编普希金的鲁斯兰和柳德米拉,然后想先生演什么角色,互相开玩笑说他年轻时当然是鲁斯兰,现在只怕只有魔王的角色归他了,呵呵,我们是不是有些太调皮了呢?

然后,我就想,其实敢于"调皮"了的我们,可以编一个珞伽山下、东湖边上的"铁夫斯基"和"簇林诺娃"的故事。他们一个在华中师大,一个在武大:

　　正当梨花开遍了天涯,
　　河上飘着柔曼的轻纱,
　　"簇林诺娃"站在峻峭的岸上,
　　歌声好像明媚的春光……

师母姓曾,名簇林,大学读的是历史,研究生攻读西方文化,后来转向文学。据说曾是著名的美女、才女。那个时候的东方的"喀秋莎"一定也是很迷人的吧！那天晚上，在白沙井上面的小山上，在微微的寒风中，张老师还用俄语唱起了《莫斯科郊外的晚上》：

Не слышны в саду даже шорохи,
все здес за мерло до утра.
Если б знали вы，как мне дороги
Под московные вечера.

Речка движется и не движется
Вся из лунного серебра
Песня слышится и не слышится
В эти тихие вечера.

Что ж ты，милая．смотришь искоса,
Низко голову наклоня
Трудно высказать и не высказать
все，что на сердце у меня

А рассвет уже все заметнее
Так пожалуиста будъ добра
Не забудъ и ты эти летние
Под московные вечера.

深夜花园里，四处静悄悄，
树叶儿也不再沙沙响。
夜色多么好，令我心神往，
在这迷人的晚上。

小河静静流，微微泛波浪，

明月照水面闪银光。
依稀听得到，有人轻声唱，
多么幽静的晚上。

我的心上人坐在我身旁，
默默看着我不声响。
我想开口讲，不知怎样讲，
多少话儿留在心上。

长夜快过去，天色蒙蒙亮，
衷心祝福你好姑娘。
但愿从今后，你我永不忘，
莫斯科郊外的晚上

然后，我们相约，我们都要去学几首俄文歌曲，到时在生日庆祝晚会上，为"斯基"和"诺娃"伴唱。

那天晚上回来，把老师和师母安排在学校的宾馆，又一个人陪老师说话，在学校的操场散步，转了好几圈。许多的心事，从来没跟他人说过的，却可以在老师面前全部倒出来，老师以他一如既往的宽容，理解你，开导你。问老师一些家事，他也一五一十地道来。我知道，老师的身后，也是有隐忧的。说着说着，在灯下，他的眼眶里便有了些闪闪的东西。

老师有两个女儿。我想跟他说，其实可以把我们当做您的儿子的！但终于没能出口。

分手时，我说，马上要进七十的人了，以后学问就别那么拼了，悠着点，写点闲散的文字。他说好。我说明天吃了中饭再走吧！他说不了，家里还有些事情要处理。第二天早上，我去送他们，心里实在不舍，说：我的那帮弟子，你的徒孙们都想见见您，二年级的都在做论文了，也想请您给他们指导一下，只是担心老师太辛苦了。张老师听了，也就欣然留了下来。那天上午，和几个弟子一起，跟老师一起聊学位论文，聊文学中的城市，聊陀思妥耶夫斯基、托尔斯泰、叶赛宁……中午吃饭，弟子们一个个起身向师爷、师奶奶敬酒。看席上酒香飘飘，人声鼎沸，这时，我就想，这大约就是人们理想中的合家团聚、儿孙绕膝之乐吧！

在雨中送走老师，回来，历历的往事又浮上心头……

（2006年12月31日—2007年1月1日，辞旧迎新之际，于潇湘听弈庐）

我的 2001

六十岁的曹老师笑得很灿烂

我的 2001，是与一个特别的人——曹顺庆老师联系在一起的。

生命中总有一些重要的年份，让你记住。比如 1979 年，我上大学，1983 年，成为一名大学老师，1996 年，混进教授队伍。到了新千年，又重为学子。于是，成都、川大、东八舍、九眼桥、望江楼……都走进了我的生命中。这一切，又都是因为曹老师。

与曹老师结为师徒，其实也是一种缘分。

1996 年，被破格，成为当年湖南省文科据说是最年轻的教授，颇有些志满意得。好几年，我都陷在这种安逸中，悠悠的，浑不觉时光的流逝。1999 年，去川大参加中外文论方面的一个会。这之前，多做的是俄罗斯文学研究，文论本是外行，当时正好给硕士导师张铁夫教授主编的《新编比较文学教程》写了一节"比较诗学"，虽对"诗学"并无深研，但还是有些野心，想写得跟别的教材有点不一样，于是苦心设计了一个体系：从中西诗学的逻辑起点（我把它归为"道"和"Being"）、范畴体系到理论形态，搭了一个很大的架子，看起来很吓人，仿佛有了这个宏大的理论架构，就可无所不包、万事大吉了。正好有中外文论方面的会，在发言时，就把如何回到中西诗学逻辑起点的设想说了一通。说完，还颇有些自得。评议的人（应是川大的老师）在例行公事地夸奖了几句后，提的一个问题却把我难住了。什么问题忘记了，只感觉自己从来没有从那个角度去做过思考。就是这一问，让我感觉，在夜郎国里待久了，该走出去，看看不一样的风景了。

也就是在那次会上，曹老师送了一本他新出的著作《中外文论比较史》（第一卷）给我。此前在比较文学各种会上，与曹老师也有碰面，但并无深交。曹老师的赠书，让我感动之余，又感到，确实该充充电，完善一下自己的知识结构了。当时，中国高校兴起高学历之风。哪怕是教授，要没有"博士"的光环，就会自觉矮了几分。但到哪里去混学位呢。这"教授"久了，总拉不下脸面跟应届的硕士（自己也带了一群）同场竞技。正在迟疑中，2001年3月的一天，接好友罗婷的电话（她2000年入曹门，应算师姐，以年龄或本科学历论，又是师妹，现在电话里或见面时，叫她校长），说川大招论文博士，只要在著作、论文、课题、奖励等方面满足若干条件，就可免试入学，跟曹老师说了，他很欢迎你来。哇，天上还有这样的馅饼啊？还犹豫什么呢，赶快吧！

就这样，在2001年，在成都那个多雨的秋天，走进川大，成了曹门的一员。

开学了，曹老师跟我们的第一次见面，是在望江公园的一个茶室。曹老师给我们布置了一些任务，然后让我们每个人谈谈博士生学习阶段的打算。曹老师和我们说过了什么，都忘了。唯有那幽幽的庭院，斑驳的竹影，还有茶的清香，永远留在了记忆中。

曹老师以这种方式跟我们见面，一下子就把师生之间的距离拉近了。此后，班上无论有什么活动，或是要讨论什么话题，都是去喝茶。一个小小的庭院，或者河边的一块空地，几张长桌，就可以供我们海阔天空了。

因为读的是在职的博士，在原来的单位还兼着课，所以在成都待的时间并不长。第一年的两个学期，每个学期也就两三个月。总共不到半年的时间，却感收获多多，也留下了许多的记忆。当然，这记忆首先来自课堂。第一个学期，上"中国文化典籍"，曹老师就让我们读十三经，大家轮流读、解释，以现场翻书来决定读的次序。十三经用的是阮元的注疏本，竖排，文字密密麻麻的，没有标点。这种文本，想临时断句，流利读下来，是很困难的。所以课前的预习，就成了每周必做的一门功课。博士阶段还像古代私塾的童生一样读书，曹老师解释，这也是无奈之举。因为我们这些在"新"式学校出来的人，实在太缺乏对传统经典的直观的感受了。课堂上其实读不了多少，但面对陌生的竖排本无句逗的文字，权当一种体验，所谓亡羊补牢，犹未为晚也。我们点头称是。特别像我这种外国文学出身的，更需要加强一点传统文化的修养。而我最近做的一件事，编一本《中国历代棋论选》（算是国家社科基金课题《中国围棋思想史》研究的副产品），每天与那些大多未经整理过的古代棋谱文字（有的还是行书甚至草书）打交道，玩猜字游戏（猜对了也没奖）……就会想起十多年前的那些晚上，在川大，大家结结巴巴地读经，斯情斯景，一下子变得温馨起来。

还有，让人难忘的，就是第二个学期，在"比较诗学"课上的背书。西方诗学部分是读原版的英文著作，中国文论则是背书加阐释。十几篇文论，要命的是，每周都是临时抓阄决定"中奖"者。像我等，年近不惑，在班上算"老一辈"了（同门同级中，"老男孩"还不少），记忆力衰退得厉害，分明读熟了，就是背不下来，咋办？班上一位硕士刚毕业的女生负责"抓阄"的程序。她会有意地把写了"背"的那个纸砣放在手掌最底部，然后由我们这些"老童生"先选。于是，每次背书的都是他（她）们几个年轻的古代文学出身的（为了掩"师"耳目，偶尔也会有老同志自告奋勇，替大家去露露脸，风光一下）。毕业了，在某些聚会的场合，把这些当趣事说给曹老师听，并解释，我们确实都很认真地把那些篇目读熟了的。曹老师笑吟吟地听着，一副很理解的样子。回去，据说立马就对"抓阄"的程序作了重大改进。想想，觉得很有点对不起后面的这些学弟学妹们（好在他们都年轻无极限，我"学"我"能"）。

跟着曹师，当然最大的收获还是完成了一篇与围棋相关的博士论文。我很长时间做的是俄罗斯文学，在那个行当混了个人头熟，也算小有虚名。但慢慢地，对替他者文化当二道贩子的活（往好里说是盗火给本族的人带来光明），兴趣越来越淡，发现自己骨子里是个中国传统的文人，一卷书，一杯酒，一盏茶，一局棋，"林间扫石安棋局，岩下分泉递酒杯"，真是一种挡不住的诱惑。"归去来兮"，便成了一种精神的呼唤。正好2001年，我出了棋艺文化方面的第一本书《围棋与中国文化》，很想沿着这条路继续走下去，梳理一下围棋与中国文学、艺术的关系。所以到了川大，见了曹老师，第一件事就是跟他谈博士论文的选题。有一次，曹老师生病住院，我和罗婷去医院看他，问候之余，话题自然就转到了论文选题（后来，在课堂上，据说曹老师经常向学弟学妹们讲述，我如何专程去医院看他，如何处心积虑、苦口游说，要挑战自我，终于把他打动了）。我说，做俄罗斯文学久了，想换个领域，比如围棋，把它重新纳入到琴棋书画的古代传统中。曹老师说：可以啊！

这一声"可以"，心头的一块石头就算落了地。后来还听曹老师说起，2001年暑期，贵阳有个国际围棋文化节，我在"围棋之道·名人论坛"中与金庸、陈祖德、聂卫平等同台论道，当时是电视直播，他也正好在贵阳，对即将加入曹门的我，也就多了份关注。不知道是不是有这一层因素，使曹老师在同意我的博士论文选题时，少了一分疑虑。因为像我这种"见异思迁"的人，在另一个领域，究竟能走多远，曹老师自己恐怕心里也没底吧！

曹老师是个具有敏锐的学术眼光的人。他提出的当代文论失语症，中国古代文论的现代转换，比较文学变异学、跨文明研究……等命题，都在学界产生强烈的影响。而这些命题，包括对西方文论的中国化、域外的中国文学与文化研究的讨论，往往成了博士生论文选题的"指南"，由此形成系列，慢慢地，在规划、完成重大课题时，便有了集团作战的优势。这应该算是博士生培养的成功经验，曹门的武功秘学之一吧。而在我们2001这一级，学位论文选题却是按照各自的兴趣，五花八门。这大约是因为我们这一级，"老童生"较多，学术旨趣、知识结构已基本定型，而不像后面的学弟学妹，具有更大的可塑性。所以曹老师也就不强求把我们都纳入到他的"武学体系"中去，这就是人们常说的因材施教吧。

正是因为有曹老师的开明，我才有机会剑走偏锋，拿游戏小道来做大论文，讨论在中国传统知识体系中，形下之"技"、"戏"与形上之"道"、"艺"是如何沟通的。2001年到2002年，一年多的时间里，基本上都是在围绕博士论文的读书、思考中度过的。2003年，以《围棋与中国文艺精神》为题的论文完成，自我感觉良好，导师看了，评价也不错。从来没有这样认真地做过一件事，一个很大的动力就是，不要辜负了老师的期望与信任。

我曾经在博士论文的"后记"中写道：

> 感谢我的硕士生导师张铁夫教授，是他把我领进俄罗斯文学那块广袤的土地。感谢博士生导师曹顺庆教授，在他的指点下，我得以完善自己的知识结构题，在中国文化、文论领域感受别样的风景。感谢川大的其他师长和学友们。非常怀念在川大的那些日子，学友们在望江楼旁，黄龙溪的乌篷船上，大榕树下，喝茶、下棋、谈学问。常常，我们在清谈时，边上麻将、棋牌一字儿排开，大家各就其位，各得其乐。这真是一幅意味深长的画面。也许，这就是生活。至今回想起来，犹有一份让人心动的感觉。

确实，博士求学生涯与论文写作的过程，充满了许多美好的回忆。能够按照自己的兴趣找到合适的课题，在寻寻觅觅、上下求索中，不断有所发现，有所会心，自有一种难言的快乐。成都本就是"棋城"，有道是，琴令人寂，棋令人闲，成都的闲适，也让我有了一份悠游的心境。读书、写论文，也就不仅仅是为稻粱谋了。

在求学的过程中，一帮年龄相当的师兄弟，经常会在一起聚会，喝酒、品茶、聊天。有机会，也会叫上曹老师。与老师相处久了，就发现，曹老师不光学问好，还是文艺全才。唱歌、跳舞、拉琴，样样都能。曹师喜热闹，酒量也不错。他一直当着院长，应酬多，但学生请他，只要可能，总是有求必应。想来，被学生团团围着，接连不断地有人上来敬酒，那种感觉，一定是很好的吧！

后来，毕业了，在各种学术会议上，吃饭时，大家也习惯于团团围坐在老师的身边，一桌不够，边上再开几桌。所以，只要曹老师在，总是热闹得很。老师学问大，酒量也好。不过，各个年级的同学敬酒，都是说老师随意我干杯。我便经常提醒，不能老这样啊，老师想干杯都不好意思了。老师能喝，就要让他尽兴嘛。

如此一来，曹老师究竟能喝多少，也就成了一个谜。有次，曹老师到湖南来，晚上聚会，长沙、湘潭的弟子，到了有10多人。那晚，曹老师的兴致很高，喝了不少，因为要上飞机，也就没能继续了。我便提议，什么时候专门把曹老师请到一个安静的地方，待几天，总得让老师尽兴一次吧！

大家便鬼鬼地，笑。

老师爽快地答：好！

只不知，什么时候，才会有这样的机会……

(2013年4月16日)

第三辑 子曰篇

小　雨

猜猜谁是小雨、无花、马姑娘……

小雨就是主动帮我建博客的同学。

小雨与几千年前那位治水的圣人同姓，不过既然都跟水有关，又长得一张清纯的娃娃脸，春风化雨，随风潜入夜，润物细无声，"禹"而成"雨"，也就更有了一分亲切感。

雨打芭蕉，梧桐细雨，小雨做的学位论文，是沈宝基，法国文学翻译家，三四十年代写过一些既古典又现代的诗。"花在雨中开了/玲珑塔上的雨淋铃/她在我影中睡了/睡红了我惜花的心"。如水一般的诗，很柔，很美。

不过，小雨说她写论文的日子里，感受更多的却是力不从心的倦怠与灰心，就像水里的鱼，"左冲右突，寻找了又寻找，迷失了又迷失，辨不清方向，找不到出路……"

然后就来诉苦，然后就有了许多高谈阔论、滔滔不绝的日子，谈完诗，下一个节目常常就是：吃。

别看小雨同学一付温文尔雅、杨柳依依的样子，吃起来却一点也不含糊，喝酒也豪爽。那天在我家一气吃了七八块粉蒸肉，然后说，过瘾。杨梅酒喝了很多，问好喝吗？好喝。还有一次，吃夜宵。她刚吃完一顿大餐过来，面对一桌的诱惑，她摸着小肚子说：可惜太饱了。大家吃得兴高采烈，酒酣耳热，她也受到感染，不一会就加入了战圈。问：缓过劲来了啊？她得意地笑，很满足的样子。

奇怪的是，小雨同学如此能吃，却总是亭亭玉立，一点不用为"绿肥红瘦"之类的操心。大家便感叹，小雨真是有福之人啊！又说，小雨脾气好，总是笑眯眯的，以后一定是幸福的。

在一起久了，师生间便有了些如亲如友的感觉。她发短信来，称我"何帅"，我说：大胆！其实心里是乐意的，恨不得"帅呆"过去。她在毕业论文的"致谢"里说，她们私下里称何导为"何亮亮"，缘于一次听马姑娘提到彭燕郊老师的诗论《和亮亮谈诗》，当下生疑：亮亮是谁，为什么偏偏又姓"何"？惹得马姑娘笑出眼泪。能够成为一代诗宗彭老师心目中永远的"亮亮"，真是三生有幸啊！小雨问，作为论文的"致谢"，这么写好像不太严肃，问要不要改一改。我说：没关系，就这样着吧！

风生水起，云淡天高，两年的时间一晃而过。水里的鱼，也终于浮出水面，要游到大海里去了。

临去时，大家拼命地找各种理由，喝酒。那天晚上，一大帮人在月光之下，在大排档里喝酒，大家不断地敬酒、干杯。小雨端着酒杯，说：舍不得走。

我也说：舍不得！

然后去唱歌，一个通宵。

清早，踏着残月回来，大家说：散了吧！

然后就散了。

在悠悠的闲散的日子里，有时偶尔会想起沈宝基先生的诗：

　　千里外的树影
　　印入此地池中
　　千里外念我的人
　　应在听梦……

无 花

幸福像花儿一样

大家都叫她无花姐。在我面前，最多只能算无花 mm。

我问，为什么叫无花？她说，这个网名源自彼岸花，听说是一种接引草，引导去往彼岸的人。她又说，其实可能并没有这样的花，幻想而已，人终究是孤独无助的，所以就叫彼岸无花了。

是花还是非花？泪眼问花花不语，乱红飞过秋千去……所以无花姐经常会活得有些无奈，有些累。

无花是个矛盾的人。喜欢动，喜欢唱，喜欢说话，喜欢喝酒时的热闹，好像要以此来填满生活的每一个空隙。这恰恰又说明，她是脆弱的。好像一静下来，人就会变得空荡荡的，没有着落。一个人独处的时候，我想无花一定很容易为某件琐事、某段文字、某句歌词沉溺不能自拔、或者想入非非的。

无花来读研，用她自己的话说，就是想换一种生存方式了。她说，读大学时，过了几年傻乐的无厘头的日子，后来做导游，大约与她旅行、流浪的梦有关。然后又想做酒吧歌手，有点愤青，有点颓废，有点歇斯底里，在"灯光与烛光的摇曳"里自由着，宣泄着，痛苦着，快乐着，那种人生的感觉，想来一定也很不错吧。只是梦终究是梦，回到学校，回到书斋生活，又一个"梦"开始了。

读书是快乐的，为"学问"、为做论文而读书却未必快乐。那些寻章摘句的日子是枯燥的，无花又很好强，很敏感，总怕从你的眼神里读出"失望"两个字。看她那么紧张的样子，我反而不知道该说什么好了。

无花的心，似乎永远在流浪着。

无花成家了，却从她那里感觉不到成了家的女人那种柴米油盐的幸福感。她家里那位姓朱，我们都亲切地叫他猪大哥。猪大哥很忠厚和善的样子，无花姐却总在想着：前面是哪方，谁伴我闯荡？寻梦像扑火，谁共我疯狂？

奈何？

人大约都是如此吧！生活永远在别处。

这"别处"，既在未来，也可能是过去了的。

我曾经写过一组文章，题目就叫《这么早就回忆了》。无花 mm 是下一代的人，居然也变得那么沧桑，那么容易回忆。

> 遥想当年醉里寻欢，
> 书生意气笑语嫣然。
> 逝水流年今夜无眠，
> 忆时旧梦去而不返。

我把一篇忆旧的文字《我的八十年代》发给她，里面谈到崔健、罗大佑对我们那代人的影响。她说，罗大佑的那些歌，都是她学流行音乐的启蒙歌曲，很久都没有听过了，的确哪天应该去唱唱午夜场，一曲不拉地唱完！

她走之前，我们果真去唱了。《童年》、《是否》、《酒干倘卖无》、《鹿港小镇》、《恋曲1990》、《光阴的故事》、《明天会更好》……一曲曲下来，几个人，无论会的，不会的，都跟着哼，跟着嚎：

> 遥远的路程昨日的梦以及远去的笑声
> 再次的见面我们又历经了多少的路程

走时，她说，以后有机会再请我喝茶，或者去唱罗大佑。我说好！

顺便补充一句，曾经跟无花姐单独出去喝过一次茶，整晚她都在拼命地说话，后来她问我为什么那么沉默，我说我一直在听你说啊，并且有的时候，静默，有点空隙也好啊！

就像人生，有时空白也是需要的。

此岸也有景，无花也可能有果，是不？

马姑娘

四小丫

马姑娘似乎是永远生活在诗里的。

她本来有份"白领"的工作,辞了,要回来读文学。这类人往往是比较自我、比较理想主义,也活得比较辛苦的。因为他(她)不肯世俗,不肯与生活妥协。

回来,把自己关在小屋里,痛苦地背书。除了听听课,也很少跟老师套近乎,打听考试的事情。改卷时,看到一份卷子,字柔柔的,细细的,小家碧玉似的婀娜着,一尘不染,便猜想,这一定是马姑娘。只是,卷子太"干净"了,论述题也常常只是简单的几行,我们几个老师便叹气:哪怕多几句废话也好啊,这丫头太实在,傻得可爱。

于是只好重来。

读了研,马姑娘却只一门心思读诗,不喜欢理论,连小说也很少看。顾城的诗被她读得烂熟:

我把你的誓言/把爱/刻在蜡烛上

看它怎样/被泪水淹没/被心火烧完

看那最后一念/怎样灭绝/怎样被风吹散

这样的诗,是很容易让人中毒的。马姑娘做的论文,也是诗,彭燕郊老师的诗。即使是彭老师的诗,她也不喜欢红色,只着迷那些蓝色的忧郁。于是，在很多个"无色透明的下午"，她会抱着"漂瓶"，伴着"烟声"，走向无涯际的"混沌"。很长一段时间，读诗，听歌，遐思，幻游，半夜里睁着眼睛看月亮、数星星，马姑娘似乎过的都是这样的日子，用她自己的话说，"沉迷不能自救"。

无花姐说，马姑娘和她一样，哪怕在公交车上，听到一首入心的歌，到站了，宁愿错过，也一定要把歌听完的。这在生活中，属于不可救药的完美主义者。

完美主义往往容易迷惘、感伤，于是喝酒。马姑娘酒量不大，有一段时间，酒兴却非常高。小酒馆、大排档、操场边的草地，到处留下喝酒的身影，常常是喝着喝着，就云里雾里了。正如她博客里写到的：

> 班上同学下了课喊着喝酒，十几个人，在大排档拼两张桌子，痛苦地喝到一路兴高采烈，送走他们后一个人坐在花圃边水泥台阶上吹风，夜凉如水。

> 最近这几天晚上接连的喝酒，只是欲醉不能。……抬眼就望见静静的圆月。今夕何夕？我仍然想竭力分辨出模糊不清的命运，及步步逼近的未来。

正迷茫着，在岁月长廊的转角，便有"贵人"，骑着"木马"，踏着"七色云彩"来了。马姑娘从此安心，从此不再喝酒，做小女人状，开始一心一意谋划未来的美好生活。

马姑娘曾经说过，她的理想，就是过一种茅屋柴扉、男耕女织的生活。如今，肯为她建"茅屋"，为她打伞、赶蚊子的人终于出现了，这"男耕女织"的生活也就有了多半的保障。那天，在湘大参加彭燕郊老师作品讨论会，几个人一起吃早餐，大家要的都是扁粉，粉端上来了，马姑娘执意说，她不要扁粉，要换成圆粉，大家就觉得，扁和圆之间有那么大差别么？再想想，原来是有"贵人"在。我不要这种冰激凌，三站路外有另一个牌子的，我要吃有"心"形叶子的青菜，另外那种叶子的菜丑死了……如果一个女孩子能够不断地这样"娇蛮"着，还有人肯乐颠颠地"听命"，那她一定是有福的。

马姑娘也会幸福的，我想。

只不知，以后再叫马姑娘出来喝酒，她还会拿着瓶子不肯松手么。

文学夏

沱江夜话

他姓禹，单名一个"夏"字，想起《论语》里那个擅长"文学"的"子夏"，索性就叫他"文学夏"了。在学校时，又有同学亲昵地叫他"猪头"，不知道是不是跟"乳（禹）猪"有关，湖南话反正读音相近。

跟他的师生缘，似乎一直跟凤凰那个边城有关。第一次是在六年前，带学界的一个朋友去凤凰，取道吉首，先在吉首大学作个讲座，也有找一接待单位，图个方便之意。他那时还是吉大新闻系大四的一名学生，据说还是学生会干部，负责来接我们。瘦瘦高高的，普通话讲得很好，看起来也很精干的样子。

然后就说起考研，我说欢迎。

那年他没能考上，回老家，在市广播电台做起了主持人。然后，他说，跟小城里的各类"文人"打交道，实在憋闷，真的很难融入。而他在别人眼里，大约也是个异类吧！于是继续考研，就这样来到了中南大学，读起了比较文学。

一直对他寄予厚望，觉得他踏实，肯思考，应该是个读书的胚子。但他有的时候又实在有点"呆"，对世俗的很多东西总是看不惯。我便劝他，拥有自己独立的精神世界，没错，但有的时候也要学会适应世俗。他点头，但事后看来，我的话似乎并没有什么效果，也就随他了。包括做论文，他总是要到最后一刻才交。我也不催。因为我知道，他是个做事很认真的人，对自己要求苛刻，文字肯定也不肯随便，催也没用。

他给人的第一印象，总是很深沉的样子。在他眼里，人生总是充满了太多的不如意，就像他做的论文，波德莱尔，恶之花，巴黎的忧郁……一个字，就是痛苦。有时他又很孩子气，聚会时，喜欢学樱桃小丸子的口气说话，哪个同学多夹了一块肉，他也会跟你投诉，似乎总也长不大。

毕业了，他回到他的母校，开始为人师表。

那年九月，我去凤凰参加一个围棋活动，他和湘潭大学同时分来的一位女孩一起来看我。游沈从文墓地，在一个小店吃饭，然后在沱江边喝茶，说话。不时有船工的歌子传来，我们闲闲地坐着，觉得沱江的夜色真好。

后来，他在博客中追述这次见面：

"还记得两年前的那次最近的相聚，导师来到凤凰参加一项学术活动，而我也刚好扎根湘西。于是，在那个传说中的人间仙境，我与他度过了一个充实而宁静的夜晚。我知道，作为他的学生，这应该是自己最后一次享受他智慧与品行的恩泽了。"

这"最后一次"马上就成了"历史"。前几天，又是同样的机缘，又是在凤凰，不同的是，少了一个人，多了几分绵绵的细雨。

那晚在房间里聊天，说起八月他曾去长沙，不想我出差去了，很是遗憾。我说，现在不又在凤凰见了吗？他说还曾与母亲来过一次凤凰，母亲想住一夜，不想宾馆都满了。我说江边的那些吊脚楼，住住也挺好啊！他说有种种的顾虑，连夜还是回去了。害得母亲生气了，一路不肯说话。后来他劝母亲，老家不也差不多吗，有什么好住的。我心里说，真是个呆子。我问找女朋友了吗？他说，这个世界上恐怕很难有能真正理解他、接受他的女子。我说，婚姻是个相互适应、妥协的过程。你也不能太自我中心，也可以尝试改变一下自己啊！

第二天回到吉首，先去他住的地方，两室一厅的旧房子，比想象的单身汉宿舍要干净、清爽。因为下午有讲座，中午想休息一下，他还中途跑出去，买了新被子，我说，这么隆重啊。吃过饭，我休息，他在那里帮我做课件，上午已经做得差不多了，我说不要太复杂了，他说好！结果又做了一个中午，他说，因为有些图片需要临时下载。我只好心里感叹：比我当老师认真多了。

晚上在火车站，他要送我进站台，我说不用了。火车快要进站了，我挥手让他回去。他却一直站在那里，很是落寞、不舍的样子。

回来，他发了封信过来，说昨日一别，不知何日能再相逢。感谢老师并没有将他这个学生排除在继续挂念与教导的范围。又说起：

昨天午饭时刻，谈笑中您突然拿出我在长沙期望拜会您时发给您的短信，这让我感动无比。曾以为或许一切都已过去，人情早已冷却，沮丧不已。但看到您仍旧保存着学生的短信，那一刻，我想只有上帝才会知道，被一个人惦记着，有多么幸福。

我本来拿那个短信给我们共同的朋友看，有点笑他凡事都那么庄重，还怕他心里有点不快呢。见信我也就放下心来。他又说，恳请我能原谅他曾经在博客日志里表露的不切实际的臆断。后面附了那篇日志，题为《将心比心的问候》：

在长沙时曾想去拜会读研时期的导师，满怀虔诚之意地发短信过去，结果却只得到了寥寥数字的回复，导师在外地，一切再联系。

心顿时就凉了下来。并不漫长的两年时间，真能把一个人从记忆里慢慢抹去吗？

不可否认，他对我的影响实在是太大了，如果我的成长历程里一直缺少了什么，而致使我经常迷失的话，那么，他就是能引导我不断提升自我的精神导师与父亲。

……想起了乔伊斯在《尤利西斯》里费尽心机叙述的那个故事，都柏林的年轻人斯蒂芬四处游荡，企图在都市中找到自己的精神归宿，而布鲁姆的出现则让他暂时找到了聊以慰藉与倾诉的对象。对号入座，两年孤独生活的我，实在有太多的话，想和他倾诉。

这样的结果必然让人难以接受。仅仅因为这两年我几近未与导师联系，就被千里之外的他尘封在生活之外了吗？……

我想起，那次我收到他短信，正好是在外地，在游山玩水的途中，回信自然比较简短，没想到给他留下那么多的"阴影"。然后又翻出那两篇"短"信：

何老师，您好，我是您的学生禹夏，很久都没问候您了，真的觉得很愧疚。您现在还住在长沙吗？一切都还好吗？离开长沙两年后头一次回来，最想做的事情就是想能再回铁道，像以往一样地向您请教，聆听您的教诲。但愿这些美好的时刻不要只能在记忆里重温，亲爱的何老师，您在长沙吗？我这两天能去拜访您吗？但愿您的手机不再关机，但愿能够收到您的回信。打扰您了。您的学生禹夏。

何老师，我可能明天晚上就要回去了。我是来参加省级普通话测试员培训班的，由于考勤非常严格，所以没敢提前跟您联系。现在我已经通过考试了，培训班也已经结束了，还将在长沙待两天，打算去拜访您。不过现在看来似乎有些不大现实了。是学生不好，没能提前与您联系，抱歉了何老师。

重温这短信，真不知道该说点什么了。人生处处，岁岁年年，有遗憾，也总是会有很多机缘的，只希望他以后的日子，既有"文学"，又能过得轻松自在一点。

（2007年9月13日）

大胡子

看看大胡子在哪里

大胡子是比较文学的开门弟子。因为一脸夸张的胡子，"子"而成"大"，他原来的名字，反而被人淡忘了。

大胡子本科读的是英语自考，我给他们上过大学语文。后来要考我大学母校的研，来找我，我便把他介绍过去，结果还是没成。第二年，我们自己也可以招了，一切也就顺理成章。

那年比较文学只招了三个学生，一位来自广东，本科论文做的是陀思妥耶夫斯基的死亡意识。不想把这样一个好题目糟蹋了，想让他接着做，便跟了号称"陀氏专家"的我。把大胡子推荐给另一位导师。那位老师自己也还在外面读博，我便做起了"代理"。

不想这一"代"就是两年，从上课、发文章到做毕业论文，事事操心，大胡子也就没把我这个不挂名的"导师"当外人了。

大胡子家在乡下，在洞庭湖的一个围子里。1996年高中毕业，正遇大水，家里被淹，父亲又偏瘫。父亲跟他说，两条路可供选择，或者去南边打工，或者去上学，自己挣学费。

大胡子就这样来到了当时的铁道学院，开始了边学习，边独立谋食的生涯。他摆过地摊，去株洲进便宜的服装，再转卖给学生。口袋空空，练就一身在火车上逃票的技艺（大胡子说，后来有点钱了，就再没有使过那些招了)。在花店打过工,专门负责送花。于是,在校园里,每天会有人看到一个大胡子,手捧鲜花,来到女生宿舍前,央求人把花带进去(女生宿舍不让男生进),大胡子便有了个外号,"花花"公子。不过也有人感叹,原来侠骨也柔情啊。大胡子还做过文化策划,说白了就是帮书商设计选题,还有,一把剪刀,一瓶糨糊(后来改成了电脑)闹革命,拼凑各类学习辅导资料。他还代理过外省一个厂家的白酒销售。一次到我家来,扛了整整一箱。我说太多了,他说,咳,便宜。

上了研,结了婚,又有了孩子,夫人第二年也开始读研,生活负担就更重了。后来,我问:你们是怎么维持生计的?他说,何老师,当时不敢跟你说呢,除了继续做点小生意,就是给人家当枪手,写论文。除了理工科的,人文社科,什么专业的活都接过。

大胡子读书不少,还有一个特点就是杂。毕业后,据说还承包过一些"副教授"的业务,自己忙不过来,就"代理",帮其他年轻老师牵线搭桥。我开玩笑说,大胡子,你干脆开一家枪手有限责任公司算了,把我们这些导师也招纳进去,免得像如今,写了字还可能倒贴。大胡子便有些不好意思,连说:不敢,不敢。

大胡子本科的专业是英语,一口家乡土话,就让人听得费劲,说起"英什么利希",就基本上没人能懂了。自考门门要过关,不知道他口语、听力之类是怎么混过去的。研究生英语,据说也一波三折,惊险万分。毕业后,他却去了一所女子大学的外语系,教翻译、英文写作。于是,课堂上便出现了一个从来不讲英文的英文老师(后来,不断有中文系出身的比较文学专业的学生去教英文,我便经常以大胡子的事迹来勉励他们。还有,普通话过关考试,大胡子竟拿高分,便有很多自以为"普通"得多的老师愤愤不平)。奇怪的是,只在黑板上"写"英文的大胡子,却受到学生的普遍欢迎。我猜,第一,是他能侃,一个词,一句话,一条典故,他能借题发挥,古今中外跟你扯上半天;第二,在一个纯女性的世界里,一垄雄性的胡子,这本身就具有无穷的吸引力。那些女老师再婀娜多姿、口吐珠玉也不顶事,挺着将军肚的大胡子往那里一站,就会有很多 mm 鼓掌、尖叫，抢着回答问题，以吸引胡子老师的眼球。课下，还不断有女生来套近乎，问些稀奇古怪、不着边际的问题。大胡子鉴于此，每到一个新的班上课，只好首先申明：本人年已而立，拖妻带女……回来，夫人问，那些学生怎么样？大胡子总要苦着脸，叹一声：唉，一个漂亮的都没有。

说到夫人，顺便就要交代一下大胡子的爱情了。

夫人曾经读的也是自考，与大胡子同一个年级，城里人。大胡子为了农村包围城市，采用"文学"夺取政权的手段，据说有一段时间，每天要跟她讲一个爱情故事，都是各类小说、名著里面的，讲着讲着，就把芳心俘虏过来了。下一关就是大人的面试，大胡子忐忑着，到了那个城市，不敢登门，先由做女儿的回家去汇报情况，大胡子在一个街心公园等着，并约定，如此如此，这般这般……等了许久，也不见人回来，大胡子暗暗叫苦，心想完了，心上人被软禁了也未可知，正心灰意冷，想要回去算了，一个袅袅的人儿，远远地过来了……

袅袅的人儿，后来也读了比较文学，成了大胡子正宗的师妹。毕业后又去了同一个学校，同一个系。登上讲台，才发现，那些十七八岁的女孩子，一个比一个靓丽。原来大胡子的苦脸、叹气，压根就是装的。于是赶紧做一规定，以后不准单独在家接待女生。

大胡子喜欢结交朋友，喜欢喝酒，大块吃肉，喜欢聊天，兴致来时，眉飞色舞……所以有时聚会，我们会故意只叫他一个人出来，好听他的神侃，他的精彩故事。大胡子的导师曾说，过去的研究生，不少还可以平等地与老师坐在一起聊聊天，如师亦如友，现在是越来越难得了。大胡子便算得是这比较"难得"中的一位。读书时便与老师们没什么隔阂，比较谈得来，工作后吃喝玩乐、胡侃海聊、谈理想、谈抱负的机会就更多了。他每年都会找出很多理由来请老师们吃饭，还把我们请去他的家乡，游洞庭湖，吃瓦子鱼、银鱼、青鱼、黄鸭叫、白鸭叫、芦笋、野菜，活的死的干的霉的一起上。我们说浪费。大胡子说，再怎么也难报师恩，没有老师们就没有他大胡子的今天。我们说，不谈这些，喝酒喝酒。大胡子便会一杯一杯地敬下去，老师随意他干杯。我们与后面的研究生有什么聚会，也乐得叫他过来，于是，比较文学每一届的研究生，无论哪个导师门下的，甚至还有英语语言文学的，便都有了一个共同的大胡子师兄。

　　大胡子有酒量（他说，唯一的一次出丑，是被何老师家乡的甜米酒麻翻了，引为平生之大失败，至今仍旧耿耿），也有文才。据说在家乡，就喜欢跟那些乡里的文人们吟诗作对（俺家乡新建祠堂，让俺写一对子，就是出自大胡子的手笔）。他的学位论文做的是卡夫卡与残雪，不过，卡夫卡的"独"，残雪的"怪"，好像都与他不大沾边。最近弄的湖南作家与女性主义，红颜一笑，是女大的招牌，也非关"胡子"。大胡子最擅长的还是作吹拍文字，"文"拍而达羚羊挂角、无迹可求之境界，高，实在是高。一次会上见到某大名家，回来连夜赶制"颂"文，一下子就说到人家心坎去了，人才难得，要不是中途生点小插曲，大胡子现在也是"胡博"了。大胡子还喜欢作点深沉的有文化味的抒情文字，比如《世间已无贾太傅》、《九疑山下舜帝陵》之类。他还写过一篇《橘子洲头是湘江》：

　　　　今夜，我们要游湘江，我们要回到八百年前，我们要去找找"朱张渡"，找找使湖湘子弟不再野蛮，而具有心怀天下大志的那两位思想者。……我们一行颇为庞大，其中不乏著名的文人，那些道德文章俱佳的湖湘学者。也有我们学生后辈，那承载着湖湘文化使命的年轻一代。我们租了三艘船，其中两艘是用来游览湘江夜色的，而那一艘，我们用来生火做饭。我们要在夜色苍茫，灯火阑珊处细细品味湖湘文化的内在之美，去对酒当歌，去举杯邀月。我们也要在杜甫忧国忧民而终老他乡的湘江上去体悟湖湘人的忧患意识，那可是屈原、贾谊、杜甫、柳宗元、王船山、魏源、曾国藩、左宗棠、郭嵩焘、杨昌济、唐才常、黄兴、陈天华及以后的邓中夏，蔡和森喝过的湘江水，那可是具有他们一样忧患情怀的湘江水啊。

　　大胡子说，跟何老师久了，文字也越来越带"何氏风格"了。不过，这是"小荷才露尖尖角"的时候，如今的何老，早不这样"说话"了。不过，还是很欣赏大胡子的创意。那是他们的毕业宴，把两个年级的同学招到一起，加上老师，在夜色中，在船上，吃鱼，喝酒，然后又游湘江，在沙滩上排排坐,让毕业歌随着夜风,飘得很远……此后,每一届同学,都想在毕业宴上有所创新,但大胡子的作品,似乎成了一个难以逾越的高峰。

大胡子点子很多,有头脑,很能与时俱进,总会跟你提起许多未来的设想。如今,他又利用新买的商品房,弄起了一个外语教室,叫"耐特",专门招收那些想要学英语的小学生。大胡子还挖空心思拟了份广告词:

说一口流利的外语,考一份满意的分数。传外语真谛,道外语人生,授外语技艺,解外语困惑。耐特外语,您的选择,我的义务。

如今,他的耐特外语教室已经开张,虽然学生还不多,但大胡子说,已经创下四个第一:首创私塾制教学,全程多媒体,拥有图书室,实行剑桥导师制。他说,还把几个导师列为国学顾问,以后要外语与国学并重。我们便祝愿他的外语教室越来越红火,以后事业发展了,再弄个胡子大学,我等也好去兼个职。大胡子一脸的神圣,说:一定努力!

最后再说说跟"胡子"有关的故事。

大胡子说,他的胡子史,可以上溯到中学时代,一脸的胡子,成了他们那个学校的一道风景,同学都叫他马克思。有次学校运动会,马克思同学被选为旗手,要不要把胡子剃掉,学校老师分成了两派:倒"胡"派和拥"胡"派。倒"胡"派说,一个中学生,留那么长的胡子,太招摇。拥"胡"派说,这也算是学校的一大特色。最后形成决议:胡子难得,随它去吧!

就这样,胡子成了一个招牌。不过这胡子为他带来的,有利也有弊。一脸的络腮胡,再加上那近双百的身胚,看起来就像本·拉登,或者至少,是个黑社会老大。有的时候,晚上出去打的,司机竟不敢停车。在公共汽车上让座,人家死活不肯,连说您老别客气。看来,长沙市的"爱心卡",大胡子是没指望拿了。胡子让他的年龄显得比实际上大出一圈,在学校里,总会有同事的孩子叫他大胡子爷爷,怎么都纠正不过来。有次,大胡子跟几个师兄妹去他导师家,导师的父亲很郑重地问:大胡子,你老实说,比我们家桂子究竟大多少?大胡子无言以对,其他几个人笑晕。

这胡子也为他带来很多好处。去任何地方吃饭、游乐，胡子本身就是一张最有效的名片。出去逛街，偷、抢之徒一般不敢光顾，以为前辈微服私访来了。在学校里，受女生追捧不说，连食堂大师傅都会为他多打点菜。有次，因为天热，大胡子把胡子刮了，去食堂排队，不再有人给他让位，从学校大门进去，竟招门卫阻拦。大胡子连连叹气：太失落了！

顺便说一句，大胡子的导师，也留一撮艺术家的小胡子。有一段时间，大胡子特意把自己的胡子留得短一点，以表尊师、谦让之意。有人便觉得，大胡子的魅力也少了大半。

我们便劝：走自己的路，留自己的"胡"，以后千万要小心爱护你的大胡子啊！

道理很简单，没有了胡子，还能成"大"吗？

借用毛主席的话说：皮之不存，毛将焉附？

（2007年9月15—16日）

驴　总

在这银色的海滩边，驴总父母家养了很多的鲍鱼

驴总姓卢，来自福建，自称福建驴。自从做了包工头，便成了驴总。

认识卢，是在上个世纪九十年代初，那时他是学校青青文学社的社长，我是他们的指导老师。

记不清是怎么认识的了，反正他来了，一下子，大家就觉得很熟悉了。

他是八九级土木工程的学生，据说因为喜欢文学，因为考试不及格，被退学了。一年后，又考回母校，继续文学的未竟的事业。那时的文学社，被他弄得红红火火的，还得过全国高校"十佳社团"的荣誉。有一次在学校的体育馆里举行庆祝会，好些校级领导都来捧场，活动安排得热热闹闹，卢忙上忙下，很兴奋、满足的样子。

在这样的场合，卢社长照例会请何老讲话，谈文学，谈人生感悟。然后，回去的路上，一人问：喝酒去？另一个仿佛早就等着这句话：好，喝酒。

在一起喝酒最多的，除了我和卢，还有伊女，文学社著名的才女，再就是一位哲学老师，比我小一点，我们叫他老刘。卢和刘都是属于好饮而不善饮的那类，喝酒的积极性忒高，但酒量有限，一不小心就醺醺然了。我虽然算不得酒中高手，在他们面前也就有了点老大的感觉。特别是再偶尔使一点家乡酒席场上的伎俩，他们就更觉得何老的酒量真是如大海般深不可测。卢最擅长的还是敬烟，常常是一边喝着酒，他就会不时掏出烟来：何老，来来，抽烟抽烟。都说烟酒不分家，趁着酒劲，吸上几口，确实有腾云驾雾的感觉，谈兴也特别浓，于是大家便都海阔天空、趾高气扬起来。

卢在校园里的形象，常常是一件军大衣，屁股后面挂着个军用水壶，装酒的。时不时，会掏出来，抿上几口。上门来，第一句话常常是：何老，酒来了。做毕业设计那阵，他白天读杂书，或在校园里晃悠，夜深人静了，开始来神了，一直奋战到凌晨。常常是天蒙蒙亮，就来敲我的窗户（那时我住一楼，一个人带着孩子），手上拎了几两猪肝或瘦肉，还有一把小菜。我们便做早餐吃，抿几口小酒，然后，我开始写作，他回去睡觉。

除了文学社这个圈子，卢在学校里，还有一大帮狐朋狗友，跟文学没有什么关系的。他说，老大是他练气功的师傅，很有些功夫的。一次，他们的老大在学校的舞厅里跟人发生争执，两派便约定某日某时在某处了断。他们准备了一批短棍、砍刀，发了誓言，还约了社会上的帮手，请喝了酒。对决那天，因为对方请的人，跟这边的帮手也认识，然后大家化干戈为玉帛，一场血战得以避免。卢经常说起他的老大，说很想跟何老认识一下。有一次，我们在校园内的一个小馆子吃饭，就在屋外的一个坪子上。那个夏天的夜晚，大家喝了很多酒，说了很多肝胆相照的话。他们觉得何老师豪爽，跟学生没有隔阂，够朋友，擂着胸脯说：以后有什么事，吩咐一声就可以了。

卢写得一手特别的文章，很平实又很逗的那种。后来他还专门编成一个集子，油印的，请我写个序。我写了，大意是，时下充满了各种很理想、很正经、很抒情的文章，卢却反其道而行之，以平白俏皮的文字，再现校园里的俗人俗事，让文学回归自然，回归它的本色。而人生最可贵的恰恰也在这里：面对各种矫情式的崇高，我们都别装了，行不？

卢活得很真实，有时也就比较累，情感上也是这样。他经常会跟我们谈起两个女孩：阿端和四妹。阿端是他未来的媳妇，在老家那边。在他的描述中，阿端属于端庄、贤惠、能干、古典的那种女子，使我们都很向往，什么时候要能见见阿端就好了。四妹是在学校里跟他要好的一个女孩子。他专门为她写过一篇文章，题目就叫《四妹》，使我们觉得，四妹应该是很大方、很新潮、很有趣的，我一直对四妹充满了好奇。临毕业时，他带四妹跟我们一起去爬过一次岳麓山。他说，跟四妹做了好半天工作，去见见何老师嘛。见了，发现四妹其实算不得美女，但耐看。那天，四妹很少说话，一付心事重重的样子。

毕业一年后，卢又回过一次学校，因为四妹也要毕业了。

卢毕业分回他的老家，福建漳州市的市政工程公司，成了一名跟土木钢筋水泥打交道的工程师。在学校里，他似乎并没有读几本专业书，在工作岗位上，竟也干得有声有色，据说还颇得领导赏识。然后又跳槽，跟一位做工程的大老板干，当了总工。后来，据说嫌赚钱不多，责任又重大，索性自己扯起一面旗帜，单干，成了名副其实的包工头。

文学卢与驴总，似乎是两个互相不搭界的角色。好一段时间，卢似乎开始务实起来，一门心思忙他的事业，离文学越来越远了。后来，兴起网络，文学卢摇身一变为gogo，在一个名为"四十情怀"的论坛上，把学生时代写的那些东东和新作贴上去。卢的文风本来就很适合于网络，gogo一下子成了风云人物，引来无数的追捧。论坛还为他建立了个人专栏，春风习习之余，他竭力撺掇何老和伊女也去风光一把。我去过几次，也发过几个帖子，但经常只能听到gogo的拍得心力交瘁的掌声，其余便是满眼的陌生，终觉无趣。不过，能在那里看到卢的那些俏皮的文字，时光又仿佛回到从前。

平时，他不时也会发个短信过来，描述他在工地上的生活：

　　山里工地都是公人，待久了，看到老母猪都会不自觉跟在后面，它的眼睛那么圆，那么水汪汪，那么的双眼皮，步态也华贵安祥，真是可爱无比、妙不可言，呵呵。

　　饭后二狗要给全体民工重要讲话：你们几个班组都太娇气，一点批评就委屈，就叽叽歪歪了，重申：1、坚决服从项目部指挥，否则打屁屁；2、不许擅自出外召妓惹事。

上午到施工现场指手画脚，边走边叫骂，结果走到烂泥处，右脚陷及脚脖处，左脚紧接着找不到皮鞋，旁边人这才告我：驴总，小心烂泥。这些人贼坏，横:)

文字一如既往地幽默，却也不难感到幽默背后的辛苦，活着的不容易。驴总之喜欢读书、上网，大约它们代表了另外的一种生存吧。并且，网络上的交往，那种若即若离的距离感，也最切合人的交际心理。卢有篇文章，说，有些距离感是与生俱来的：

时常感到自己跟这个世界的距离非常的遥远。而且在与别人闲谈时，听到的仿佛也是上一个世纪的故事，很少与我有关的。

保持一定的距离感，与人世间默默对视，或许能使生命的视野趋于广大与深远。我这样想。

新年的钟声已经敲响，很多人也将为我唱生日赞歌，新的一年，我会是过去那个如牛犊一般工作、如驴一般往前狂奔的gogo么？我不敢确定。当我坐在岸边，回头遥望对岸火红的枫林，我会流泪，我也会惊慌失措地逃离人间，遁入丛林里。一百次我把石头抛向空旷的山谷，一百次，我听到了自己内心贫乏的回音。

曲径通幽处，禅房花木深。每个人的内心，其实都是一个自足的世界。驴总说，他的QQ上累计有四只雌企鹅，从开始到现在，就这么四只。不过，他的风尘君、小柔君、水云姑娘之类，还是使我们很是羡慕。尽管他说，她们是哪里人、多大年纪、什么职业，都不知道，因为这些与写帖，与文字、思想的交流，没有太大的关系。

有一次，伊女给我发短信，说驴总有小蜜了，诡秘得很。我说羡慕了不是？什么时候，伊大人也蜜一下呢？伊女说，何老建议大家都蜜起来，嘿嘿，我是坚决反对的，作为一个搞比较文学的人，要肩负起先让全世界都蜜起来的责任啊。

然后，我们都认为，驴总是最有条件先"蜜"起来的。

时隔十年后，终于有机会去福建。

去厦门参加一个学术会议，告诉卢，他说，到时候来会何老。

于是，大家都很期待的样子。那天下午刚到，驴总便说，他从工地赶过来，晚上请我吃饭。

会见的仪式很隆重。他不仅带来了阿端、小驴，还有几位姨妹、妹夫，一大帮人，前呼后拥的，都来晋见何老。

终于见到了被卢念叨过无数次的阿端。想象中的阿端，应该是白白胖胖，很富态，很柔和的那种，当一个个子偏高、瘦，皮肤有点暗，似乎很操劳的女子站在我面前，便觉得跟"阿端"有点联系不起来。那天，出了点情况，他们停在楼下的车被别的车碰了一下，跟那车主协商不成，便留下阿端和另一人，全权处理。我们先去酒店。等了很久，阿端她们才过来，连说抱歉，说找交警、保险、修理行，一连串的事情。驴总说，辛苦了！敬爱的阿端，是我们所有的人的大总管。

吃饭时，我说卢毕业后，我们就没见过了，今天有缘相聚，真是难得。阿端用有点异样的眼光看着我。卢提醒说，还是见过一次的，有点尴尬的样子。我恍然大悟，说，噢，是见过的，一下子忘了。

饭后喝茶，阿端说，那次他失踪整整一周，音讯全无，回来只说了一声：看何老师去了。我说，是啊是啊，他在学校里的那几年，真是生命中一段难忘的时光。驴总一下子活跃起来，就着福建的功夫茶，说起校园生活的种种，很有些兴奋。他说，他之所以退学，看起来是因为几科考试不及格，但学校连补考的机会都没给他，因为闹学潮时，他那里保存了一些头头们的信件，被学校搜出来了，于是乎，后来就以考试为由，把他开了。回家后，他又重新进原来的中学复读，她母亲找到在人民日报的一个远房亲戚，那位亲戚放出话来，说想就一个学生的退学背后隐含的深层次的问题，展开一次讨论。学校这边听说了，赶紧去疏通，第二年高考时，又单独为他划出一个指标，这样才有重新上大学的机会。接着，他又说起大学里的种种人与事，特别是跟着老大打架的事情，让他眉飞色舞、滔滔不绝，颇有些好汉重提当年勇的英雄气概。看着高高瘦瘦、不脱书生气的驴总，我想：在那个英雄帮里，文学卢最多也就是个摇鸡毛扇的军师吧！

那晚聊到很晚。分手时，卢说，过几天他再带我去他们老家漳浦看看，那里有个台湾人弄的茶博物馆。

有天中午，下着雨，他果真来了。同来的还有他的一位朋友，帮他开车。我们从厦门往漳州，先到他漳州的家，喝了会茶，阿端要留吃饭。卢说，还有事，就拉着我出门了。阿端有点不高兴的样子。往漳浦去的路上，他一路还在给阿端发短信，大概是在作解释。我说，既然这样，开始就不进家门不就行了。他说，从工地回老家这边来了，不露个面，到时候阿端又会问这问那的。赶到漳浦，茶博物馆已经关门。在一家小餐馆吃野味，在茶博物馆的一家店子喝了会茶，卢买了一大堆跟茶有关的书和食品给我，然后又往回赶。一路上，驴总都在说他的事业，怎么揽到的项目，怎么争取贷款，怎么摆平黑道白道上的各色人等，到一个新地方，怎么跟当地的村干部包括那些烂仔搞好关系，营造一个安定团结的环境，怎么善待民工，改善他们的工作条件、生活待遇，让他们自觉地维护工地的利益，工程结束后怎么讨债，怎么开辟新的战场……一边说着这些，一边不断地接电话，发出各种指令。我问当老板的感觉如何？他笑笑，不答。我说，什么时候，赚了一大把了，就可以洗手啊，过点闲散的日子。他叹了口气，说：不行的，每次都是用上一个工程的钱来养下一个项目，如果你不做了，前面的几百万也就讨不回来了。我说，那不真的成了驴推磨了啊！他说，是啊是啊，现在要听不到工地的轰鸣声，反而都睡不踏实了。

回到厦门，已是半夜一点多钟。他说，找个地方休息一下，明天一早就得赶往工地，就此别过。我说：悠着点吧！一不小心，我们就都成老黄驴了。他说好！

回来，驴总还会不时地发个短信过来，报告一下行踪：

写字中：铺路造桥不是昧着良心的黑包头，市场的规范有序，将如外国鬼子的妓、同性恋等一样，是共建和谐社会的正义事业，正义的事业是不可战胜的啊！

上午十一点半回到晋江工地，刚忙完饭完，戴着老花镜躺床上算账中，市场经济更要耳朵上夹笔，脚后跟拨算盘:)

　　工地无大事，洗刷完，猪圈中续读张寄谦先生的《中国通史讲稿》，愿晚上能梦见一只小母猪。

　回应一下，他又无声无息了。想起过去的种种，叫他把以前的文章发过来，让我再重温一下。他答应了，却很久不见动静。有天下午，又催他，说想写一篇歌颂伟大的驴总的文章，想看的话就快点履约。他回信说：低烧昨晚已退，喉咙还疼，感冒初愈，脸色青青，说话有气无力，身穿深蓝色尼制"劲霸"休闲服，吃白加黑，吃得人傻傻懵懵的，看上去像个忧郁伤感的王子呵。

　当天晚上，他又发过来一条短信：陪郑经理酒，刚回。早驴不在工地，庄总连襟老王竟拿利器追打22局郑经理等，导致姜工脸颊缝四针，手指两针。驴曰：国人多贫困，不识字，精神障碍者约1%。

　既然如此，我也就不好意思再催他了。

　有一天，我还是自己上了"四十情怀"，搜索"gogo"，帖子排了一长溜，有好几页，却并没有看到他学生时代的那些文字。挑一些感兴趣的，打开，除了近期的，以前的帖子都只剩下两个字：已删除。再去他自己的博客：红房间，有电脑键盘、摊开的书、鹅毛笔、放大镜，文字却不多，大多是一些心情感悟，一路浏览下来，一段文字跳入眼帘：

　　时光一天一天的逝去，随着岁月的沉积，慢慢地习惯了颓废，今天莫名的想起一些过去发生的事，景象如此清晰，犹如就在眼前……

　　现在的生活不知何时是个终点，第一次这么渴望停下来，让自己闭上眼睛，无论是过去还是未来，无所谓，只要能静静的停下来思考……

（2006年3月16—23日）

岁月如烟

几年前的一天,在饭桌上接到一个女生的电话,说她是黄晶啊!我半天才反应过来,原来是多年前教过的文秘班的一位学生。然后,一个圆脸、秀气、安静的女孩的形象便浮现在脑海中。我问你在哪里,她说在北京的一家外资公司,有机会联系啊。

不久就有了去北京的机会。她说来看我。早春二月,北方的呼呼的风颇有些寒意,天黑透了,她才赶过来,然后在北大校园里的一个小店子吃饭。

那天,她穿得很单薄,薄薄的T恤,松松地挎了件外套,鼻子便有些嗦嗦的。人比先前瘦了很多,颧骨都顶了出来,皮肤白里透黄、燥,颇有些沧桑的样子。岁月竟可以在一个人身上烙下如此无情的印痕啊!乍一看,我都有点认不出来了。

问毕业后的行踪,她说先上了一段时间班,觉得无聊,去南边发展,在酒吧里唱歌,竟也唱得小有名气。我说在学校里没听你唱过歌啊!她说人都是有潜力的,喜欢的是酒吧的那种氛围。不过,几年暗无天日的颠倒的日子下来,人又疲了,于是洗手,重新回到办公室,做起了所谓的"白领"。然后,我们一起回忆在学校的日子。有一段时间,她常来借书,我们还常结伴一起坐火车,她回家,我去看寄放在外婆家的儿子。她说,我还曾为占座位，爬过车窗呢？我说，原来何老也曾有过这么生猛的时候啊！然后便笑。

吃过饭后又喝了会茶。谈起曾经共同的文学，她说曾写过小说，有七八万字了，却没有心情再写下去了，主要是因为浮躁，心总是静不下来。我说发给我看看吧！她说好。走时，我送他一本散文集《棋行天下》，想起过去的种种，写了四个字：岁月如烟。

不久，她果真把小说发过来了。

午夜二点四十五分。四周静谧，空气仿佛已凝成一块铁。

我还在酒店的客房里呆坐着。床头灯光调成幽暗的色彩，微弱的光线被桌上的银器反射出晶亮的光泽。……我见到镜子里的脸，它因缺乏睡眠而显得憔悴，眼圈发黑，色蜡黄，令人难过。我与她孤独地对视着，在这个毫无情调可言的深夜。

小说就这样开始，写几个酒吧歌手的生活。我猜想，这里面大概有不少她自己的生活体验吧！然后回了封信，说，上次在北京见你，感觉变化挺大的，跟印象中的你完全不一样了。不知是这个世界改变了你，还是人本来就是多重的。小说挺有特色，可以续下去。其实，另外的那个很有个性的"你"，我也是很欣赏的，云云。

之后，她就在博客上写了一篇文章《岁月如烟》，说大家都很喜欢与学生们有着非常平等和良性互动的何老师，找他借书，聊天，下棋，而他也总是笑容满面又有些腼腆地招呼那些比他小不了多少的学生们。然后便感叹：是啊，岁月如烟，人生几十年还不是说流走就流走了，就在不经意间……

后来又通过几次信，偶尔也上她的博客去遛遛。发现她写得最多的还是酒吧，北京、上海、深圳、珠海、广州……一个"印象"系列，她说：

生活在这个年代的人应该都在酒吧里混过，或多或少，那些在生命中留下痕迹的酒吧就像一张张储存卡，记录着一些风雨凄迷的往事。夜深人静，闲时无事，总有些人一些场景会幻灯片般在心底滑过。开心或者失落的一切，都已随风远去。只有那些酒吧仍像是历史长河中的一首首歌,对着我们尘埃落定的安逸的脸唱道——都别他妈装了!

看来,她内心里最留恋的还是那在迷离中放松、放纵自己的日子啊!

她说:有时候我对自己大型外企职员的身份颇有些怀疑。说句心里话我对这工作一点儿兴趣都没有,枯燥,乏味,单调,接触面窄,成就感低。条件允许的话我宁愿选择去做DJ,大巴司机,啤酒推销员,的厅领舞,摇滚乐手,音像店导购,网络写手,售楼小姐,时尚品牌店里的小售货员,或是珠宝店的职员……我羡慕他们,心灵自由如大巴司机,驾驭音乐我行我素如DJ,受人关注天马行空的的厅领舞和摇滚乐手……所有这些职业都比最少八个小时穿着毫无创意的套装坐在高档又封闭的写字楼里用EMAIL斗来斗去的白领有趣一百倍。然而,我仍在明日复明日地重复着这种朝九晚五的职业而且一做就是多年还不知道何时是个头,即使沦落到朝九晚九也早已麻木不仁了……

后来,她被公司调去香港,后来,据说她结婚了。"盼望接受,爱的问候,盼望有人能够把我拯救,快到来,我在等待,把我带到安全地带。这种时候,伴我左右,让我去感受你的温柔",过惯了精神流浪的日了,终于需要一个实实在在的"家"了。

很久不联系,有时会想,不知那颗流浪的心是否已经安顿下来?抑或,还在挣扎?

(2007年9月14日)

放逐自己

如果能像流水一样放逐自己

"放逐自己"是她的网名。去年暑期,我准备一个人躲到一个山上去,写点跟饭碗没有关系的文字,跟她说起,她说很羡慕,如果真的有时间将自己放逐到天之涯海之角,该多么幸福啊!

她在一家民航企业做工会工作,每天忙一些琐碎的事情,她说有时会感到厌倦,但又无从解脱,很有些无奈。我说,工会的主体就是组织各种文娱活动,也正好可以发挥你的所长啊!她便感叹,时间过得真快。

于是,记忆中,时间倒回到十多年前……

那时她还是外语系的一名学生,留个马尾辫,喜欢穿白色的连衣裙,很清纯的样子。代表学校参加全省大学生辩论赛,我是指导老师。她做一辩(四辩是柴静,那时的柴静,还是一个文学青年,一个胖胖的小丫头,在铁道学院学财会),辩论赛止步于复赛,大家便很沮丧,纷纷数落裁判的不公,而她也一如既往地做着进入电视明星圈的梦,参加各种大赛,但好多次,运气似乎都差那么一点点。偶尔,她也会到我的小屋坐坐,借点书,坐在那把摇椅上,听听歌,我便安慰她,行到水穷处,坐看云起时,一切都顺其自然吧!

然后,毕业,南下,跟很多人一样,过起了上班族的生活。

多年不通音讯,她的一个电话,又把许多陈年旧事勾了出来,大家便都有些感慨。我说，时隔许多年后，又一次听到了你的声音，很高兴。如你所说，时光流走，声音依然是熟悉的。一直待在学校，喜欢的就是校园里的这种氛围。读书、教书、打球、散步、喝酒、吃茶、看电影、写点正经的或闲散的、无关痛痒的文字……日子就这样忽悠悠地过去，浑不觉时光的流逝。

她回信说：其实辩论赛的时候，我还是个大孩子，那时何老师也还不到三十岁吧，其实那么年轻，但是那时在我心里老师该是老成的，所以看见何老师摇着摇椅，听《十七岁的雨季》，心里真是惊奇极了。现在再看何老师的文章，仿佛又闻到校园的气息，能够一辈子这样，真好！

《十七岁的雨季》，我真的一点印象都没有了，好多事情都已在记忆中模糊。就像她说起的一件事：一次湖南省主持人大赛，我去看了她和柴静，她穿一身白衣服，头上扎了白手绢，后来我对她说，"你那样站在那里，一身白，我怎么看都像是悲剧里的角色。"这些年，每每不如意的时候，她就会想起这句话，怕自己真的会是一个悲剧人物。

她说，我的这句话，一直都在影响着她。而我，确实早就忘记了。没想到，一个老师，普通的一句感想，会让人这么在意。我只好说，其实你应该是幸福的，有稳定的工作，可爱的儿子，有知冷知热的丈夫，美满的爱情，夫复何求？就像她文字里描述的：

  在我还是个女孩子的时候，我真的是个很不能干的人。在我毕业刚来到广州的时候，我租的出租房里，摆满了我喜欢的姜花、那种很朴实的白色，有着特别清新的香味的花。每天下班的时候，经过菜场，我都会买一小束，所以房间里桌子上，地上，窗台上，到处都放满了花，可是我不会自己做晚饭，我洗不干净自己的衣服。

  我们在一起了。恋爱的时候，老公真的很宠我，但这不是我嫁给他的理由，他并不是我认识的男孩中，或者我生命历程里最疼我的那一个，甚至第二，第三也排不上，我想吸引我的是那种家的感觉。他是个很实在的人，不会什么花言巧语，那时他的温柔与浪漫想必真的是心里有着浓浓的爱吧。……我们恋爱几个月，他都不敢牵我的手。

我们恋爱的时候从来没有去过公园,看过电影,出去吃个西餐什么的,我们一起下班,去菜场挑红拣绿,回到他租的房子,常常是他在厨房煎煎炸炸,而我坐在客厅里看那时的长播《一帘幽梦》,他还会经常跑出来给我递一个小枕头让我抱在怀里看电视,这么细小的习惯,他在忙碌中还记得,这是我要的家的感觉。从小我在家里就不太有做主的感觉,可是现在我想看电视就看电视,打碎东西也不要紧,我真的迷恋于下了班我们的世界。吃完饭,他就帮我削着水果陪我看《一帘幽梦》。

  我什么也不会,他帮我做饭,替我洗衣。周末我懒觉醒来,边刷牙边看电视,然后又会懒懒地回到床上看小说,他加班到中午会买了盒饭又爬上我住的七楼送给我,然后又去上班。不懂事如我,他却爱我。

爱就在这一蔬一饭中绵延着,只不知,久而久之,一蔬一饭又会不会冲淡了那份绵绵的爱意?就像一个人,拥有了平常的幸福,却又常常觉得精神没有着落,想要"放逐自己"。她说,她最喜欢躲在别人的文字后面,看悲欢离合,看柴米油盐。在忙忙碌碌中,时常想着逃离,而悲伤的是,"放逐自己"是个路盲,不知道该往哪里去?

那天,我把关于"驴总"的文章发给她,她说,看到最后,一段文字让她屏了呼吸,往返三遍,是了,这就是她现在的感觉:

  时光一天一天的逝去,随着岁月的沉积,慢慢地习惯了颓废,今天莫名的想起一些过去发生的事,景象如此清晰,犹如就在眼前。

  现在的生活不知何时是个终点,第一次这么渴望停下来,让自己闭上眼睛,无论是过去还是未来,无所谓,只要能静静的停下来思考……

难道,"放逐",这就是现代人的宿命?

(2007年10月10日)

东 哥

何老要扣球，光膀子的东哥虎视眈眈

　　东哥名叫林旭东，是铁道外国语学院学生排球协会的首任会长。因为资历老，就成了大家的东哥。

　　东哥来自海南。海南是著名的排球之乡，许多村子男女老幼都会打排球，村组乃至家庭之间都有排球赛。少的几个人也可以上阵，甚至可以单挑。那样的环境，造就了东哥的球技。东哥虽个子不高，但弹跳好，灵活，技术全面，成了学生中的佼佼者。

　　东哥刚进校时，铁道的排球氛围还不浓。那时每个排球场都只有孤零零的两个柱子，每次打球都要自己去架网子。并且，排球场常常被踢足球的学生占了地方，一起争执，那边人多势众，排球却显得势单力薄。东哥去体育部，要求架上固定的球网，人家不理，他便拉上我。我们一起找到体育部的主任，终于把球网问题解决了。

　　排球场虽有了球网，那些踢足球的学生仍然时时光顾，把网子掀起来。无奈之下，东哥又去找老师，把球网用铁丝固定起来。就这样，终于算有了固定的场地。上一届会打排球的学长们走了，东哥又谋划着扩大队伍，于是开始张罗在外语学院成立排球协会，我便成了他们挂名的指导老师。

　　东哥作为排协会长，工作可谓尽心尽力。每个星期都有几次固定的训练,他常常手把手地教那些低年级的不太会打的学生,每个学期都会有各种形式的排球赛,外语院打排球的学生日渐的多起来。有的学生从零起步,天天泡在球场上,几年下来,就成高手了。最典型的就是小水,作为排协第二任掌门,当年的球技属于"水货"之列,所以落下这样一个名号,如今,再想让小水"放水",可就比较难了。

东哥终于要毕业了。想把东哥留下来,加强教工排球队的力量(外语院教工排球队在铁道无对手,在中南大学也在三甲之列),可惜东哥成绩与球技不成正比,留校云云也就只能说说而已。老师与毕业生打过"毕业杯",喝了一场酒。酒席上大家很有些不舍,我问东哥工作有着落了吗?他说还没,准备去深圳看看。我说:如果没有合意的工作,想回来的话,就考研吧。东哥点头!

一晃两年,在校园里照旧上点课,读读书,打打球,喝点无关应酬的小酒,日子就这样晃晃悠悠地过去。东哥也渺无音讯,有时,打球时,偶尔会想起,不知道现在的东哥怎么样了。

有一天,突然接到东哥的电话,说五一节约了一帮毕业的球友回来打球,让何老师一定不要出去。我说好。那天,果然回来一大帮人,有外语院好几届的毕业生,还有铁道其他院的。放下行包,就到球场,上下午差不多整天就泡在球场上了。有的走的时候,也是拿起行包,直接就从赛场奔机场。那两天进行了两场正式比赛,分别对外语院在校学生和老师。东哥发现,如今的学生排球水平水涨船高,不禁大为感慨。

晚上的聚会,东哥很激动,喝了很多的酒,喝着喝着话就多了起来。不断地请老师们致辞。我说,当年,只能在有比赛时才能见到排球的影子,如今的铁道,却俨然成了长沙市高校的一个排球据点,吸引了周边的许多球友,各类比赛你方赛罢我登台,还办起了排球文化节,这里有体育部老师的支持,也有东哥的一份功劳。东哥对排球的热忱、奉献,如今也一届届地传了下来,希望能够继续发扬下去,不辜负东哥远道回来的一番苦心。

东哥连说见笑,自己是小人物,首先要感谢何老师对排球的支持。当年他打报告成立排协、办比赛，都是打着何老师的旗号。管学生工作的书记一看，便大笔一挥：同意。有时还有意外之喜，经费超出预想。我说，原来如此啊，那也就算何老师为排球事业作的贡献了。

　　回校园的路上，东哥走路都有点歪歪扭扭了，一路还在唠叨着排球，重复着一些说过的话。我说欢迎以后有机会再回来，再打球。他说一定！

　　回到家，想起球场上的一幕幕往事，然后就想，如果以后哪一天，我也不住在铁道了，最不舍、最怀念的，恐怕就是那几块球场吧！

（2008 年 6 月 5 日）

园　长

和园长、乞儿一起读《无色透明的下午》

　　园长就是著名的肖志兵。

　　肖志兵之著名，一是因为他的热心。他当06级比较文学研究生的班长，从入学到毕业，从选课、请老师吃饭，到打印论文、毕业答辩，事事操心，不管是自己还是别人的事，有叫必应。他还做得一手好菜，各种聚会，都是由他掌厨，从买菜到做菜，一条龙。以致后来，他导师搬了新房子，门下弟子的聚会，十七八个人的吃喝，也由他包办了。因为他的能干、肯干，大家最后都形成了一句口头禅：有事就找肖志兵。他被大家称为"园长"，恐怕也有这一层意思吧。幼儿园园长，当然要事事操心了。

　　肖园长之著名，还因为他的活跃、不拘一格的个性。比较文学的几门课，都是和英语语言文学乃至语言学专业一起上的，他在课堂上总是踊跃提问，有他在，课堂讨论就不会沉闷、冷场。有什么学术讲座，也总有他的提问，且提的问题总会有一定的深度，以至形成一种惯性，哪天他不开口了，人们就会奇怪了。他说，他最心仪的，就是那种无拘无束的课堂。他推荐大家看一部电影《死亡诗社》，里面讲美国的一所中学，一个新来的老师，如何打破成规，将一种新的自由的教学理念引入课堂。他自己也当过中学英语老师，他说，受那位"老师"的影响，他自己也从来不把舞台局限于三尺讲台上，而是满场游走，激动了，甚至还有过站到讲桌上去的壮举。

肖志兵受众人瞩目，还有就是他的女人缘。他喜欢和女生来往，课堂上，总是会和某位女生坐在一起。很多女生也乐于接近他，有事找他，他也总是有求必应。不过，对所有的女生都热情，也会给他带来种种负面的影响。这就是：有的女生会觉得他"花心"，反而不敢芳心暗许了。两年来，也不断传出关于他的种种"绯闻"，什么时候又跟哪个女生好了。其实都是没影儿的事，但大家说得活灵活现，有板有眼的，连"辟谣"都无从辟起。

肖园长其实是个很羞涩的人。别看他平时大大咧咧的，喜欢热闹、喝酒，喝过之后有时会很"疯"，但内心却是柔弱的。也许因为曾经有过喜欢一个人而被拒的经历，导致一种心理阴影总也挥不去，真要发现心里装了个人了，他反而会变得特别的小心谨慎。悄悄地细心地呵护着、培育着心中的那朵花，咀嚼着那份不为人知的快乐。一旦花儿怒放，花香满溢，希望那个人共享，而那人却宁愿远远地嗅着花香，也不肯做一园中之人，共赏满园的风景。此时，对他的打击也就可想而知。何以解忧，也就只有那一杯浊酒了。

在卡拉OK厅里，园长让人印象最深刻的，除了那句"你到底爱不爱我"，还有一首就是《痛哭的人》：

今夜的寒风将我心撕碎
仓皇的脚步我不醉不归
朦胧的细雨有朦胧的美
酒再来一杯

爱上你从来就不曾后悔
离开你是否是宿命的罪
刺鼻的酒味我浑身欲裂
嘶哑着我的眼泪

园长可以把所有的歌曲都唱成摇滚版。有些嘶哑的嗓子，发自内心的呼喊，把人带入到歌的情绪里，心里仿佛也充满了一些莫名的感伤。

有一次，园长和几个死党逛街，见一街头艺人在那里卖唱。他接过人家的吉他，吼了一曲《痛哭的人》，竟赢得许多的喝彩。

因为某种机缘，入学时，肖志兵选择了另外一位导师。

后来，他跟我说起这事，说跟何老师还是少了一点师生缘。

我说，这样也挺好啊，权当你多了位老师，我多了位学生。

确实，在他们这一届学生中，跟我走得最近的，反而是他这位编外的弟子。

他后来说起，说跟老师，当然你自己要主动，没有哪个老师会来主动接近你。也正是在他的"主动"下，我们仿佛一下子就走得很近了。

其实，这也是中南大学外语院比较文学的一个传统，师生之间，最少门户之见，大家都很融洽，平时活动也就多。肖志兵是个爱热闹的人，他会时时弄出些名目，让大家聚一聚。给他们上课是在晚上，下课后，他会时不时拉上我和几个同学去大排档吃夜宵、喝啤酒。一个学期的课结束了，我的博客点击过万……等等之类，都可以成为他招集的理由。于是，岳麓山顶、湘江河畔、路边小店，到处都留下了一帮人且歌且狂的身影。印象最深刻的一次，是在一个冬夜，在一位研究生租住的屋里，大家吃火锅，喝米酒、杨梅酒，伴着吉他，唱"光阴的故事"、"一无所有"。连邻栋的住户都被骚扰了，大家只好放低声音，接着唱……还有一次，去昭山，大家在湘江边的一个木棚下喝酒，在沙滩上嬉戏，站在水中，读彭燕郊老师的诗《无色透明的下午》：

"是你在我身边走着吗？我的光……"

两年时间一晃而过。离别总是难免的。我的一个学生，人称"龙少"的，在毕业论文的后记中写道：

> 除了学习，在生活上四位导师平易近人，甚至让我们患了"间歇性称兄道弟症"，这里需要被"点名批评"的就是何老师了，这个"老乡"仿佛全然不知现在的流行时尚，经常带着我们去他家或者外面某个小店"打牙祭"，美食加美酒的轮番轰炸让我们这些女弟子们从此与"骨感美"绝缘，减肥大计从此泡汤。要对我的体重居高不下

同样负责任的还有小呆、美芽、小新、昆仑和园长，他们搜索全长沙城物美价廉食物的能力让人叹为观止，制造笑话和分享秘密的"特长"也堪称一绝，谢谢他们让我在歌声与欢笑中度过了这难忘的两年。

呵呵，这可不怪我，主要责任还在"园长"。"园长"带着他"幼儿园"的一帮小朋友小白（龙少）、小呆、美芽、小新、昆仑过家家，到后来，大家太熟了，索性酒也免了，经常是菜一上桌，就狼吞虎咽，风扫残云，只让人担心那些盘子，可别也被吞了。

终于，龙少走了，园长还在校园里磨蹭了一段时间，不得不也要走了。园长曾说过，毕业后他有两大心愿，第一，作为这一届唯一的男生，总得在学业上有点成绩，不要辜负了导师们的期望；第二，赶快找个人，把婚给结了。

园长经常说，他理想的婚姻生活，就是像钱钟书、杨绛一家子，在书房里，一人占一个角落，安静地读书……不知如今的园长，是否找到了愿意陪他读书的人。

不时有他学校的人过来，说起园长如今的生活。园长曾说过，毕业后，他每个月至少要回来一次，跟大家聚一聚。大伙便等待着，园长什么时候履行他的诺言呢？

园长走了，大家都感到了一丝寂寞。

（2008年8月1日动笔，2008年9月21日完成）

乞　儿

有一次，贴了一篇文字《乡梦不曾休》到博客上，乞儿回帖说，毕业已近半年，可是"俺心中的何老"这篇文字，还是没底，几次执笔，几次易稿，现在依然空白。为什么这么难开始呢？因为回忆太多。

然后，我也想起自己曾经的承诺，有机会写写乞儿，可他毕业也有半年多了。这半年我干了些什么呢？那之前做完一个课题，除了教教书，便很少提笔写点文字了。长沙的春夏，让人慵懒困倦。

好些天的暑热，终于有了一丝凉风，看了乞儿的回帖，突然有了表达的冲动。

然后回头翻看博客中乞儿和各位亲爱的"们"的回帖，翻出乞儿过去发给我的诗，往事也一件件地浮上心头。

乞儿曾在一个帖子中说：在毕业离校后的两个月后，何老让"园长"梦圆了。眼看自己也临近毕业答辩的日子了，何老对我的那个"承诺"也经常萦绕在我的脑海中……记得何老曾在酒酣之时提到"至于 xx 同学，现在至少有三件事可写：一，写诗；二，醉酒；三，"安徒生"。

呵呵，难为他记得这么清楚。那我就先说说"安徒生"。

有一次乞儿回家，在旅途中，他给我发短信，说在火车上，碰到两个女孩子，一路相谈甚欢，让人想起安徒生的那次旅行……苏联作家康·巴乌斯托夫斯基谈创作的一本书《金蔷薇》中有一篇《夜行的驿车》，写童话作家安徒生一次在从威尼斯到维罗纳的夜车上，一位女子和安徒生同行，半路上又上来三个村姑，在夜色的掩护下，长相丑陋的安徒生像童话里的巫师，预测着三位姑娘的性情、命运。三位姑娘下车时，每个人都在安徒生额上印了一个温热而响亮的吻。而同行的那位女子叶琳娜·瑰乔莉也深深地爱上了安徒生，童话诗人在现实面前却选择了逃避。"一颗晶莹的泪珠，落在天鹅绒的衣裳上，缓缓地滚下去了……"。

后来我问乞儿，是否也收获了"响亮的吻"，乞儿说，呵呵，电话号码留了，还有两声响指，那指头弹拨的动作优雅极了。

再说醉酒。乞儿他们那届英语语言文学专业的研究生中，有好几个男生，再加上比较文学的肖志兵，时不时聚一聚，找个理由跟老师喝酒。第一次看乞儿醉酒，是在一个吃鱼的馆子，三个老师，五个学生，他们买了一厢（12瓶）干红。乞儿与邻座的老师相谈甚欢，红酒被当作了啤酒，一杯杯地干下去。我就想，乞儿果真不愧是山东人，虽然胚子偏小，但来自梁山好汉聚义的地方，总要沾些豪气，比如大碗喝酒之类。不想，酒毕，走在路上，就瘫了。只好由好几个人架着，或者背着，好不容易弄回宿舍。后来又听说，那晚还被送到了校医院，乞儿一边打着点滴，一边叫着：护士姐姐，我不想死啊。

交往多了，慢慢也就知道了，乞儿其实是属于那种酒量并不大，但兴致高，经不起劝的人。平时喝酒，也就尽量随意。只是有一次，湖南罕见的冰冻，外面冰天雪地，一帮人躲在屋里吃火锅，喝酒。大胡子、乞儿还有尧尧，他们三人来白的，一瓶白酒很快就被他们干掉了，再开第二瓶。慢慢第二瓶也快见底了，被我夺了过来。因为我发现，乞儿则连说话也有点不顺溜了。说着说着，眼泪也出来了。问他有什么心事，是不是喜欢上哪个女孩子了，他只摇头，任泪水静静地流……

乞儿曾在我博客中谈到他的醉酒：

在宗族谱系中，对于酒的偏爱，我似乎是一个例外。在我的记忆中，爷爷和父亲是不喝酒的。即便偶尔喝点，也是点到为止，倒是蛊沿儿碰到唇边儿时，酒入口中的那一刹那发出的"滋滋"声，就令人神往！不用等到酒入肚中才体会，但是这"滋滋"声就能让人"听出"这酒中滋味了！

鄙人自恃酒量有限，但酒性颇高。……"酒逢知己千杯少"，随着举杯频率的不断增加，平时深深隐藏的本真自我也就渐渐被剥离出来了。"喝，喝，喝"似乎变成了军训场上的口令，言出即从。人，就这样醉了。

当然喝酒的最佳状态该是介于醉与不醉之间了。跟何老在一起品茶论酒是一种享受：在淡淡茶色中咀嚼文学的淡淡忧愁，在屡屡酒香中体会人生的醉醉醒醒……

乞儿是个感情纤细敏感的人，很多时候，甚至比女孩子还细心。

很多时候，出去玩，他总是第一个把我手上的东西接过去。一帮人到家里来火锅，他经常承担了洗菜洗碗之类的任务。有一次，我突然犯眩晕，正好他们有个生日聚会，为了不扫他们的兴，休息了一会，我还是去了。饭后，大家准备散去，我去上卫生间，怕有什么意外，他一个人守在外面，直到见我出来。下台阶，又小心地扶着我……那份细致体贴，让人很是感动。

细致之人，不外露，不张扬，便容易产生情感的郁结，酒，有的时候就是一种发泄。还有，就是诗。

乞儿是学外语的，却喜欢写诗。写自由的白话诗，也有旧体。

乞儿从来没有跟我谈过情感方面的事，但从诗中，我却似可触摸到他的内心。他说，他的平生乐事就是"花雨伴酒醉千古"，而他的"梦"，仿佛是"荒芜的地上/生长着/延伸的天"，邂逅一个人，"你我相遇/相遇在这凉秋的/傍晚/伸出手，试着拥你在怀/却碰落晚露的感伤！"在淅淅沥沥的雨夜，"你在你的床 /我守着苍凉……"一切都太残酷，咫尺也天涯，"望着你，望着你……却只能/呼吸你如梦的芳香/感觉你似泪的冰凉！"世界上最远的距离，是"想你痛彻心脾却只能深埋心底"。

读着这些诗句，我仿佛明白了酒中的那一行泪……

乞儿在一首关于《千古逻辑》的诗中说，"曾经的姑娘/回首/天各一方/再回首/一枕黄粱……爱的与被爱的/逃不出/千古逻辑。"爱情如此，我想人生大约也是这样吧！

聚聚散散，就是人生的"千古逻辑"。乞儿他们一帮人，后来经自然进化，形成稳定的"六人帮"，三男三女，形成三个"家庭组合"，"园长"和"小白"，"昆仑"和"小呆"，晶晶姑娘（美芽）和乞儿（小新）。去年六月，"园长"和"小白"先走了。有一次，"园长"回来，不断地说，寂寞啊，在那个小学校，连可以说说话的人都没有，然后就一边喝酒，一边滔滔不绝……

半年前，乞儿也走了。

而今，"昆仑"、"小呆"、"美芽"也毕业了。

很快，铁道外语院也搬家了，搬到新校区去。

与"昆仑"、"小呆"、"美芽"道别，他们一句共同的话就是：不舍。

乞儿说，他还会回来的，争取读个博士。

（2009年6月22日）

第四辑

人在旅途

山上的小屋

山上的小屋，那一刻，属于我

每年假期，都想找个安静的地方去待上一段时间，写点东西，也让躁动的心休息一下，可因为各种各样的杂事，一直未能如愿。以至久而久之，俗世中的隐居，甚至成了一个心结。

今年暑期，终于痛下决心，来到离长沙不远的浏阳大围山，找了个小木屋，住了下来。小木屋是宾馆搭建的，木质结构，名为土家吊脚楼，悬在半山坡上，被几棵大树罩着，坐北朝南，独门独户，下面就是一条小溪，对面是连绵的青山，让人一看就喜欢上了。

就这样过起了简单的日子。屋子大约不到 10 平方米，一床一椅一小桌，带一独立的卫生间，唯一现代化的东西除了一台电视，就是我带去的笔记本电脑了。每天很早，曙光就肆无忌惮、毫无遮拦地爬进了窗户。然后起床，简单洗漱一下，便开始写作。八点吃过早餐，继续码字。午饭后，睡足了，夹一本书，趿拉着拖鞋，在水边树荫下，找一块大石头，坐下来看看书。书也是休闲的，围棋古谱，或者中国茶书诗话之类。看书之余，可以想点什么，想想谁，也可以什么也不想，就在那里发呆。晚饭后，溜达一圈，看看电视，一天的时光就这样打发了。

一直想抛下所谓的学术，写一部名叫《黑白》的小说，写围棋，写校园里的人与事，所谓黑白之棋、黑白人生。却很长时间找不到写作的感觉。在这个远离校园、远离熟悉的生活圈子的小屋里，心静下来，往事历历浮上心头，然后就有了表达的冲动。每天沉浸在那个既熟悉又陌生的世界里，然后，自己也成了一个心灵的放逐者，一个隐逸的梦者了。

从"梦"的世界里醒来，累了，便在小屋的木梯上坐一会，看流水，看蓝天白云，看对面的山。山上的树，尽管是一色的绿，却有不同的绿法。有带鹅黄的嫩绿，有粉绿，有墨绿，一层一层的，洇染开来。小屋内外，一天不同的时间，不同的天气，也在不断变幻着色彩与情调。早上，阳光穿过树梢，透过窗户，拥进来，然后，满屋都是灿烂的金黄了。这时，屋旁树上的知了，也兴奋起来，经常声嘶力竭地叫着，叫床似的，没完没了。拉开门，坐在门边写作，音乐从电脑里流出来，和着无边的山色，涌动着，弥漫开去，又仿佛可以一直流到你的心的深处。中午，阳光被挡在了树后，一切都安静下来。黄昏时分，满天的彩霞挂在山腰，然后，慢慢地，天色一点点地暗下去，山色如黛，山峦也慢慢变成了朦胧的剪影。灯光下，屋前的狗尾巴花，黄黄白白，一片一片的，在晚风中自在地招摇。这个黄昏，你的心也就飘飘的，柔柔的了。

有时，阳光正灿烂着，飘过来几朵乌云，不一会就大雨倾盆如注了。在雷鸣、闪电中，躲在小屋里听雨声，整个世界仿佛都被隔离了，只剩下你一个人，独自面对大地与苍天。那条小溪，本来清清爽爽、安安静静的，一下子变浑浊了，咆哮起来，浩浩荡荡，奔涌而去。半夜里醒来，看雨后的月亮挂在树梢，爬起来，推开窗户，清冷的月光，悄无声息地弥漫开来，万籁俱寂，沉静得有些可怕，赶紧关窗，仿佛要把逼人的寂静挡在窗外。一觉醒来，也许又是一个艳阳天了。

每天枕着哗啦啦的溪水入梦，慢慢地，就与那山、那水有了些依依的感觉。有天，老弟一家去大围山漂流，顺便来看我。说起在大门口，碰到一群人，正在骂骂咧咧的，说每个人花了50元钱的门票，开着车在山上转了一圈，什么可看的也没有，简直是骗人。我笑了起来，说要看风景，最好去张家界，大围山不是给人看的，而是供你感受、让你静心的。这山，就像一个素静的村姑，需要你有耐心，才能慢慢体会出她的好来。大围山的峡谷漂流，可能让你有一时的刺激之感，而栗木桥的那条小溪，那如珠帘翠玉蜿蜒在山间的小溪，那如少女穿着白裙子，展开柔曼的舞姿的瀑布，却更需要你在与她的厮守中，去慢慢品味。

那天，带老弟一家去那条小溪看瀑布，不小心脚扭了一下。第二天脚肿胀起来，行走不便，索性不再下楼，连一日三餐都是由人送上来。身体受限，大脑反而活跃起来。写作之余，唯一的消遣就是坐在木梯上看风景。有次给朋友发短信：

"前几天脚扭了，不再离开小木屋，每天坐在木梯上听流水，看蝴蝶调情、蚂蚁打架、四脚蛇在面前耀武扬威、蜻蜓炫耀她的红尾巴……"

蛰居在小木屋里，少与人打交道，与各种小动物便更多了份亲近。小屋前有几棵大杉树，笔直的，插向半空，经常，小松鼠便在树干、枝杈间蹿上蹿下，自在地嬉戏。还有鹅黄的硬币大小的蝴蝶，经常成双成对在草丛中翩翩飞舞。一次，一只金黄的蝴蝶，像一块手绢，在溪边，在树丛中，在树梢，飘飞着，然后就想，不知谁会有幸，能得到这爱情的信物。而红尾的蜻蜓，高高地翘起长长的细细的尾巴，立在兰草上，仿佛在用红色，向人昭示一种蓬勃的生命与爱。

不时，还会有四脚蛇在屋前的小路、草丛间爬过。一个黄昏，坐在小屋的木梯上，一只四脚蛇，挺着个大肚子，爬上木梯边一块长满青苔的石上，然后就停在那里，我目不转睛地盯着它，她也不时偏过头来，与我对视。我们就这样共守着一个黄昏，直到下面的狗吠声，让它受了惊一般，爬进了草丛。

在你坐着不动时，蚂蚁经常会在身上爬过。有一次，一只大蚂蚁经过长途跋涉，停在我的手臂上，我拍了一下，它掉到地上，又奋力往前爬着。可能是把它的几只脚弄坏了，它连滚带爬，不小心翻到了，又拼命挣扎着，直到再翻转过来，继续它逃生的历程。到木梯边，它似乎耗尽了最后一丝力气，不动了。我以为它死了，有点后悔，这也是一个独立的完整的生命，为什么要去轻易地剥夺它呢。不一会，它又动了起来，终于把自己摔下了悬崖：木梯边的草丛中。这只以小小的残损的身躯，昭示着生命的不屈的蚂蚁，让我不禁要担忧它的命运了。

大围山的蚊子也始终保持着山里人的性格，质朴、笨拙，很少张牙舞爪地鸣鸣地叫，也很少主动来骚扰你，反而是生怕被你知道它的行踪，被人骚扰似的。不像岳麓山的蚊子，既贪婪又恶毒。它们总是笨笨的，很少有防人之心，很轻易地就把它抓住了。然后就想，这些蚊子，可能跟人打交道的历史还不长，还没来得及学会狡猾。

就这样与各种小生物们和谐相处，它们与你交流，成了你寂寞的生活中的伴侣。相反，看山坡下的马路上人来人往，看游客们成群结队地出去、回来，忙忙碌碌，逛街、购物，反而有了几分陌生的感觉，仿佛他们与你都不相干似的。而你天天坐在木梯上看风景，呆呆傻傻、无所事事的样子，在他们眼里，大概也成了一道奇怪的风景吧！

本来想在小木屋里住满一个月，因为脚伤一直不愈，拖了一段时间，终于挺不住回来了。回到熟悉的生活环境，你又成了教授，又有许多在你饭碗内该干的活需要去完成，自然就没有了写小说的心情。然后就想，什么时候再去找一个安静的地方，放逐自己……

（写于 2006 年 10 月国庆中秋之季）

月光如水

有一首流行歌，歌名叫《萍聚》，内容已记不清了，这名字却一直留在记忆里。大约是这两个字道尽了人生的一种共同感受：人与人之间，常如萍水相逢，又萍水般错过，旅途如此，人生亦然。

有一次，我去成都开学术会议。取道株洲，上了广州开往成都的特别快车。走进我所在的软卧包厢，里面有一女子，带个大约两岁的小孩，半躺在铺位里。见我进来，有些惊诧似地坐了起来。随后，我们便很随便地聊了起来。奇怪的是，在这个小小的包厢里，陌生人之间在旅途中常有的戒备和隔膜，竟一下子便消失了。从交谈中得知，她在广州一家工厂打工，那小厂是亲戚筹办的，管理人员基本上都沾亲带故，吃住在一起。她一边做会计，一边一个人带着孩子。聊着聊着，她便说起了她的过去。她是在乡村长大的，中学时有个要好的男同学，后来上了农学院，尽管她们相爱，城乡之间的那道巨大的鸿沟，却成了他们无法跨越的障碍。她主动离开了他，那男孩子毕业留在长沙，他们再也没有见过面。后来别人给她介绍了现在这个丈夫，也是大学毕业生，在县邮电局工作。尽管人也不错，但内心深处牵挂的仍然是过去的那个人。

当她诉说着这一切，突然又觉得很惊讶，她说，这些话她在任何人包括最要好的亲友面前，都从来没有说起过的。我说，大约是你看我还像个好人吧！她摇了摇头，而后告诉我，也许其一，她从小就敬重有知识的人；其二，我脸相很像她过去的男朋友，在我进门的一瞬间，还真差点产生错觉。

也许，人生中，本来就常有这种情况：有些心事，小心地供奉在心灵的隐蔽处，机缘凑巧，碰上某个"熟悉"的陌生人，不经意之间，就把一切都倾诉出来了。当她知道我是老师，又跟我说起小时候读书的种种记忆。说到其中一个最难忘的老师，很年轻，从县里来的，来她家家访时，吃柴灰里煨熟的红薯，吃得满嘴满脸都黑黑的。十几年后，还记得如此生动的细节，我知道，这里面肯定隐含着一个少女的一份最初的最朦胧的情感。想到这里，我竟有一种深深的感动，加上一分酒意，真想痛痛快快地也跟她说说我的过去，我的情感经历。几次话到嘴边，又忍住了。我问她，一个人带孩子，又要做工，不辛苦吗？她轻轻地叹了口气，说丈夫不肯辞职跟她去广东，她又不想回来，在那边收入不低，回来连职业都不好找，只好就这样耗着了。

夜渐渐地深了，这世界仿佛只剩下列车行驶时哐啷哐啷的声音。她默默地抱着孩子，看上去仍保持着少女时代的苗条与娟秀，但眼神中又隐隐现着一丝淡淡的忧伤。列车终于到达她的故乡，那个湘中小城。列车员和我一起帮她把五大件很重的行李搬到车门口，几个女孩来接她，我注意到，她的丈夫没来。

列车继续前行。包厢里只剩下我一个人。关掉灯，月光突然一下子全扑了进来，那天是农历八月十四。在如烟如水的月光中，心也有了一分润湿。也许，许多年以后，我还会记起这个月明之夜，想起旅途中邂逅的这个不知道名姓的女子，究竟怎么样了呢？

凤凰三记

凤凰，如果没有沱江……

一、凤凰的沱江

已经是第六次到凤凰了。

经常跟人说，张家界最适合观看，而凤凰是供人体验的。

所以张家界看过一两次就够了，凤凰却可以反复地去。不需要着意想看点什么，去了，在河边找个吊脚楼住下来，闲闲地逛逛，喝点糯米酒、猕猴桃酒之类，没事看看书，就够了。

第一次是 2002 年中南大学合并不久，请北京的一位学者朋友来讲学，然后陪他们夫妇去凤凰。游完张家界，又在吉首大学讲了两场。吉大文学院为我们请了位导游——一位漂亮的土家族姑娘，从奇梁洞、南长城、黄丝桥古寨，一路游来，晚上住在沱江河边一农家旅舍。晚饭就在靠水的一个小平台上，大家喝酒品茶，很是惬意，从此对凤凰有了一个好印象。

第二次是 2003 年 6 月，湖南省比较文学与世界文学学会在吉首大学举行，完后组织会议代表游览凤凰。半天时间，很多代表走马观花看了看就回去了。我跟比较文学的一帮研究生留了下来。再去找曾经的那家旅舍，却发现河边的平台不见了，盖起了房子。然后继续寻找，终于在"老哨营"安顿下来，因为我们看中的，就是三楼的那个大晒台。那晚吃过饭，喝茶喝到很晚。后来在《吃茶》中还写到那晚的情景：

  黄昏时分，先去河边的一条船上喝酒，十来个人，酒酣耳热，兴冲冲回来，在三楼的露天大平台上，让主家摆上桌椅，接着喝茶。沱江水就在边上缓缓地流着，吊脚楼里或明或暗的灯火，映照在水面上，颇有些如梦似幻的感觉。不时有游船划过，有船夫的山歌飘荡在夜空中。大家正陶醉着，不巧下起雨来，兴犹未尽，于是转移到屋内，继续喝茶、聊天、讲各人的趣事……茶筛了一遍又一遍，直到窗外的灯火一盏盏的熄了，直到小城进入梦乡。

  牵挂着那条河，所以当几个博士同学来永州开会，完后又陪他们奔向凤凰。只在凤凰住了一晚，印象最深刻的就是晚上坐游船、放河灯。那年，那河，那些人……很多年以后还想念着。

  第四、五次去凤凰，都是因为天下凤凰旅游公司举办的大型围棋活动。作为特邀嘉宾，住宾馆，出席各类活动，风光之下，倒没有太多值得一记的了。倒是在吉大的夏同学两次都去凤凰看我，一起游从文墓，一起在河边喝茶，让人颇有些依依之感。

  上次去凤凰，还是去年九月，没想到，一年不到，我忍不住再次踏上了这块土地。

  凤凰的妙处，全在那条河。

  河叫沱江。我的外公曾在零陵的江华教书，江华是瑶族聚居地，那里有条水也叫沱江，后来县城也搬到了沱江镇上。我去过，留下许多美好的记忆。所以，凤凰的沱江，让我一听也就有了亲切感。

  几条老街多是围绕着河的，吊脚楼样式的客栈、餐馆、酒吧，沿河边一路蜿蜒下来，一到晚上，灯影朦胧中，更增一分迷幻的效果。

  河水很清。不少居民都是在河边洗菜、洗衣。安顿下来，你也尽可加入到浣衣者的行列，与水亲密接触。水很凉，不时可以看到有餐馆将大西瓜用绳子系着，让它们漂在水中，令人恨不得抱一个走才好。

  临河吃饭，价格一般都会贵一点，但要的就是那一份感觉。傍晚，河风吹来，一边喝酒，一边看河边的行人，看河里往来的船只。饭后再来杯茶，月亮升了上来，彩灯也一盏盏地亮了，人在画中，你也就成了江边之一景。

要想跟水有进一步的接触呢，那就去划船。船有两种，旅游公司的游船占据了河道的繁华地段，但游程较短。坐这种船最好是在晚上，不妨再买几盏河灯，一边看夜景，一边放灯。卖河灯的小姑娘告诉你，这灯是可以达成人的愿望的。于是，经常可以看到，河面上，一盏盏的河灯，闪闪烁烁，星星点点，摇曳着，漂向未知的远方。

还有一种船，是在稍下游的地方，附近农民自发组织起来的，可以谈价格，商定路程的远近，最远可到桃花岛。那天，我们几个四十元租了条船，一路往桃花岛而去。桃花岛本身没什么好看的，门票却要每人40元，不看也罢，香遇桃花岛之类，就留在梦里吧。倒是沿途风景不错，山光水色，交相辉映，不时有一群群的鸭子、白鹅在水上悠游，令人想起"白毛浮绿水，红掌拨清波"的诗句。想动手时，还可以自己划一划，比起坐"官船"，便更多了一分野趣。

这次去凤凰，有意挑了一个下游比较安静的地方，白天逛逛街，早晚在阳台上看流水，看水面上升起的薄薄的雾霭，看看闲书，晚上枕着溪水入眠，人生之适意自在，大约不过如此吧！

二、沈从文的凤凰

凤凰是沈从文的凤凰。

是凤凰的山水孕育了沈从文，是沈从文赋予了这方山水以灵气，以厚重的人文气息。

想想，如果没有沈从文，凤凰还是凤凰吗？

所以每次去凤凰，必有一个节目：去沈从文墓地。

墓地依山傍水，水是沱江，山有一个很好听的名字：听涛。

凤凰之子沈从文便躺在这里，每天听着涛声。沈从文曾经谈到他的写作与"水"的关系。作为顽童，最喜欢的就是泡在水里，长大了，他的思索，对宇宙的认识，乃至人生的那份孤独感，在他看来，也都与水不能分开。而他的创作，也多是写的"水边的故事"。就像《边城》，一条河，一只渡船，一个水一样的姑娘……很多人到凤凰，就是奔着"翠翠"来的。而沈从文，最终也回到了他水的故乡。

沿石阶而上，先会看到一块长方形的碑，字是黄永玉题的：一个士兵，要不战死沙场，便是回到故乡。

沈从文也是一个战士，但这个战士只有一支笔，后来，那支笔也要放下了。所以最终他选择了回到故乡。据说他的骨灰，分成了三份，一份留在北京的八宝山，一份撒在沱江，一份埋在了听涛山的墓碑下。

而文坛很多的"士兵"，功成名就，既没有战死沙场，返回故乡的路也断绝了。

从黄永玉题的碑，再往上绕几步，就是墓地了。

说是墓，其实只有一块天然的花岗石。石碑正面有两行字：照我思索，能理解我；照我思索，可认识人。背面是姨妹张充和题写的：不折不从，亦慈亦让；星斗其文，赤子其人。每句取最后一个字，换一种读法，就是"从文让人"。

这是我见过的对沈从文最好的概括文字。"星斗其文"，沈从文的文学成就不用说了，关键是，他对生活，对世界，对故乡，永远保持着一颗赤子之心。他骨子里是硬气的，有着湘西人固有的蛮劲和野性，但他表露出来的，却永远是低姿态，低调，平民化，忍让。在时代大变革中，他之放下笔，在他看来，是因为对新生活的不熟悉。他诚心地希望回归一种简单的生活，作为一个普通劳动者，"劳动收得成果，两顿简单窝窝头下咽后，如普通乡下人一样，一睡到明"，让生活重新回归到"明澈单一"中，以此获得"新生"。这并不是老人的牢骚语，或故作姿态的作秀，恐怕他确实就是这样想的。所以他到历史博物馆，那些自视甚高的研究员们都是在办公室里作"研究"，他却主动要求下到陈列室里，亲自作讲解，这反而给了他近距离亲近各种文物的机会，最后从小处做出大学问。当昔日的作家同行们，赫赫烜烜，国内国外飞来飞去，他每天"天不亮即出门，在北新桥买个烤白薯暖手，坐电车到天安门，门还不开，即坐下来看天空星月，开了门再进去。晚上回家，有时大雨，即披个破麻袋。"面对这种日子，他也安之若素，既从来不找他们，也无羡慕或自觉委屈处。人生到此境界，可谓真正的"平淡"。

所以，去沈从文墓地，也就不仅仅是为了看"风景"了。

每次都是在黄昏。这个时节最悠闲，心态也最平和，因为你已准备歇息下来，不需要再赶路了。这个时候游人也最少，"山气日夕佳，飞鸟相与还"，你尽可以安安静静地坐下来，看夕阳，看对岸的白塔，看天边的云彩，听听涛声，岩缝间滴答出的水声，还有松柏竹叶的私语……然后就想，沈从文安息在这里，也是适得其所了。

凤凰城内有很多景点，所幸"沈从文墓"还未被列入到"景点"中。想想，如果这块地也被圈了起来，游人花钱买票，来去匆匆，凭吊一番，而像我等一般的闲人，也就不可能时时来瞻仰了，老人在地下，一定不会安心的。

沈从文永远只把自己看作是个平民。平民也就不需要把自己跟大众隔绝开来，或者以神圣的仪式来显示威仪。记得有一次，来墓地时，天已经快黑了，除我们几个外，没有一个游人。一个老人主动上前与我们搭话，问他的身份，他说是看管墓地的。再问，谁来供他呢？他说没有，是自愿守在这里的。

这次去墓地，发现下面的小屋，已改成了书社。有书跟一生弄"文"的老人相伴也好，那就买几本书吧，挑了本《沈从文自述》，还有黄永玉的《比我老的老头》。

《比我老的老头》里写得最好的一篇，就是关于沈从文的，篇名也勾人，《这些忧郁的碎屑》[①]，一下子就把人拉到了遥远的过去，那些温馨又

[①] 沈从文是黄永玉的表叔。看得出，黄永玉对他这位表叔，颇为推崇，也是有着深厚的感情的。他们身上，也有不少共同之处，其中最重要的一点，恐怕就是那种边民的"野性"。不过，如今黄永玉作为名动一时的大画家，似乎比他的表叔更风光。因为好奇，去过黄永玉在凤凰的家：玉氏山房。一到大门边，就见一条威风凛凛的狗，铁栅栏下挂了一木牌：家有恶犬，非请莫入。远远地看去，玉氏山房雄踞山巅，屋舍俨然，高墙森森，据说院内长年只住着管家、佣工，再加十几条"恶犬"。看着那森严的城堡，然后就想，虽是叔侄，黄永玉毕竟不是沈从文啊！

苦涩的记忆。文中写到沈从文最后一次回凤凰：

  一天下午，城里十几位熟人带着锣鼓上院子来唱"高腔"和"傩堂"。

  头一出记得是《李三娘》，唢呐一响，从文表叔交叉着腿，双手置膝静穆起来。

  "……不信……芳……春……厌、老、人……"

  听到这里，他和另外几位朋友都哭了。眼睛里流满泪水，又滴在手背上。他仍然一动不动。

而今，老人终于永远回到了故乡，静静地听着故乡小河的涛声。

三、变调的凤凰

曾经去过黄丝桥古寨。这寨子的特色就在于四面的城墙，把寨子围在当中，其中东、西、北还有三道巍峨的城门，俨然一座守卫森严的军营。

据说黄丝桥古代曾是一座"城"，在唐垂拱二年（686年）就建起来了，史称"渭阳城"。明清之际，为防苗民造反，这里又成了重要的军营。它还曾是县府所在地。在寨子里，还保留有县衙遗址，被审之人跪的石板，至今犹存。只是后来，因为缺水，古城没有护城河，康熙三十九年（1700年），才把县城迁到了凤凰。

第一次去古寨，围着城墙转了一大圈，寨内寨外尽收眼底，也颇为保持完好的城墙而庆幸。所以这次在任何"景点"都没去的情况下，特例向几位同伴推荐了黄丝桥，顺便还可以去阿拉镇赶赶集。租了一辆的士，司机竭力向我们推荐可以先去勾良苗寨看看，反正顺路。到了那里，一看128元一张的门票，我们就打了退堂鼓。到了黄丝桥，原本20元的门票，也涨到了40元。问何故？曰多了一个叫紫禁园的"景点"。进得村来，上趟茅厕，被告知要交1元，对"导游"发牢骚，买了40元的门票，到你们村里来，上趟厕所还要收费，太那个了吧！导游无奈，说那是私人设的"公厕"，当年村里很欢迎大家来的，从来没人收钱。旅游公司来了，什么都收费，村民也学"坏"了。我们要上城墙，又被告知不行。原来"城墙"是属于"政府"的，政府又包给了旅游公司。导游说，旅游公司要把寨子的村民都迁出去，好统一规划建景区，按房屋面积每平方米补偿800元，政府却只给了350元，村民不干，几方僵在那里，旅游公司索性暂时取消了这个景点，把城墙也封掉了。这时才明白，俺们买的票，是寨子私设的。我说，我们是来看城墙的，不让看要投诉的。导游就是一村妇，她说她也不知道大家为什么对这里感兴趣，既然要看，还是悄悄带我们上去了。越过封锁线，终于上了城楼，发现满地断瓦废墟，杂草丛生，城墙早已改变了旧模样。不甘心就此打道回府，一个人沿城墙走去，那"导游"却急急把我叫了回来。问何故，说进口的城门那边有旅游公司留守的人。罢，罢，那就去那什么"紫禁园"吧！几块岩石，一小池荷花，一个新修的炮楼，一间大屋，屋里供奉着"东山圣人"、"南山圣母"之类的牌位，据说过些天正式开园时还要请苗寨里的巫师来做法。这就是村民能够想象、营造出的"紫禁"气象了。问"导游"，她说她也不知道城里人为什么喜欢来看这些东西。其实，我也想说，你们又怎么知道城里人就喜欢这类玩意呢？

离开"紫禁园"，再在村里逛了一圈，又回到进口处，两同伴入那"公厕"，一妇女站出来，说交两元。发了几句牢骚，那妇女说谁叫你们去买那野鸡门票呢，方知遇到了旅游公司的"代表"，我说那你们的票又去哪买呢，堂堂旅游公司的"代表"，只全权代理厕所门票，也太那个了吧！

离开黄丝桥，不免感慨，一个古城，被弄得这个样子，不知责任该由谁来负。归根结底，这里涉

城墙上，已经是草木萋萋了

及政府、旅游公司、村民三方的利益分配问题。过了两天，去王村，漂猛洞河，又遇到同样的情况。那天下午，漂流完，在王村住下来。王村因为上世纪八十年代谢晋在此拍《芙蓉镇》而声名大振，游人纷纷慕名而来，逛古街，品尝晓庆正宗米豆腐（很多店家都以此招揽生意），而今颇有些冷清，街道空荡荡的，很多店铺都已经关门，或者要转让。一问，才知是因为镇政府围镇收门票（票价100元），很多游客被吓跑了。店主们的利益受到很大影响，纷纷罢市，不少店家公然贴出"因围镇卖票，门面转让"，以示抗议。想起柳宗元的《种树郭橐驼传》，说"见长人者好烦其令，若甚怜焉，而卒以祸。"主事者弄出种种的政令，看起来是怜恤百姓，其实是带来灾祸啊！

郭橐驼种树种得好的诀窍在于"能顺木之天以致其性"，柳宗元由"种树"之术联想到"种人"之道。看来，当今的主事者，也不妨读读柳宗元啊！

（2008年7月8日写毕）

背篓上的孩子

有一年六月,陪北京的两位朋友去凤凰。看过齐梁洞,游过黄丝桥古寨,来到南长城。几个人沿着石阶往上爬,到半路,赶上一个孩子,光着上身,背着一个很大的背篓,里面塞满了各种汽水饮料。孩子太小,又瘦,背篓的体积比他还大,似乎还很沉,把他的腰都压弯了。他就那样匍匐着,两只手撑着台阶,一步一步地往上爬。见到我们,转过脸来,问:要买饮料吗?我们手里正好每人拿了瓶矿泉水,只好摇摇头。

终于爬上高高的石阶,找个阴凉处歇息一下。快近中午了,白晃晃的太阳挂在头顶,蒸烤着岩石、草木,炎热让人无处躲藏。回头,那个孩子还在继续往上爬。好不容易上来了,放下背篓,汗珠不断地从黝黑的皮肤里往外冒,肩上也被勒出了两条红印子。

我们在几个垛口上转悠了一会,孩子也忙他的生意去了。但这个时候,游客实在稀少,孩子只好又跟上我们。我们问他几岁了,他说十一岁(看起来就像八九岁的样子)。问他为什么不上学,他说交不起学费,妈妈让他来卖饮料,挣了钱,下个学期就又可以上学了。到一个塔楼里,他又殷勤地给我们介绍,说新的城墙修好前,这个塔楼就有,只是塌了一半,他们几个小伙伴砍柴时,经常在这里玩的。看他这么热心的样子,我有些不忍,说要瓶橙汁饮料。他很兴奋,马上从背篓里掏出一瓶来,递给我,说三块钱。我给了他一张二十元的钞票，说不用找了。

我手上其实还有一瓶水，拿着这瓶饮料，看着孩子满头大汗的样子，想着：也许他一个上午都还没有喝过水吧！尽管他背篓里就有矿泉水，但肯定是妈妈点过数，要回去交差的。我把手上的饮料递给孩子，说：叔叔送你的。他有点诧异，犹豫了一会，才接过来，看看我，然后拧开盖子，迅速塞到口里，咕噜咕噜，一下子就喝掉大半。之后，看看瓶子，又有些不舍了，小心翼翼地拧紧盖子，离开我，躲到另一个墙角去了。

我知道，他是去慢慢享用他的美味去了。

要上车了，小男孩突然出现在塔楼口上，手上还拿着那瓶饮料。猛地下了很大决心似的，喝干最后一口，然后背起背篓，飞也似的冲了下来。生怕他摔跤，大声叫小朋友慢点，可怎么也止不住。冲到车前，他才停下来，气喘吁吁地说：叔叔阿姨再见。澄澈的眼睛里，满是留恋与不舍。

车开了，好一段，回头，小男孩还站在那里，挥着手臂，仿佛还在说再见。

回到长沙，经常会想起南长城上的那个小男孩，那个扛着一背篓的希望的孩子，不知道他挣够了自己的学费没有，还能继续上学吗。然后又后悔，当时买他的饮料，给一张更大一点的钞票，就好了。

丽江印象

束河的浪漫

翠翠

写丽江之行，先得从翠翠说起。

六月份去云南开远参加一个围棋活动，先飞到昆明，吃饭时，见到了原在《围棋天地》杂志社的老姚（老姚其实并不老，大家都这么叫他，我也就随众了），他现在《春城晚报》做记者，负责评论栏，准备跟我们一起去开远。老姚的身边还有一女子，我问怎么称呼，她说很喜欢沈从文的文字，喜欢他的"边城"，叫她"翠翠"就行了。

然后一起出发。翠翠穿着粗布深蓝的背带裙，背着一个大旅行袋，一付旅行家要远行的样子。聊起来，果真是高烧级别的"驴友"，国内几乎没什么地方她没去过，并且到一个地方后，经常是租自行车乃至徒步游，属于那种"明知征途有艰险，越是艰险越向前"的冒险者。一说起旅途，便有聊不完的话题。问起职业，她说一般是闲着，给各类媒体写写稿，然后就是玩，每年总有好几个月在路上。那么生计问题如何解决？我问。翠翠说，有姚家哥哥供着。他们原来都在福建一家对台广播电台工作，属于军籍。后来退役，翠翠选择了一次性领一笔补偿金，老姚则还挂着，现在又在报社做事，老姚部队里的那份薪水正好够她"玩"的了，反正他们也没要孩子。如今，翠翠又在努力学英语，目的就是，以后有机会行遍世界。我说，真羡慕翠翠同学，活得如此自在洒脱。

听说我七月份还想来云南丽江避暑，她非常热情地说，行，到时候她帮我好好地设计一下行程。临出发一个星期，跟老姚打电话，说起行程，老姚说，翠翠不在家，他会叫她跟我联系。不一会，就收到翠翠的短信，说她在外面，晚上会给我写邮件。

晚上果然收到了"萃萃的信"（然后才知道她的名字是出类拔萃的"萃"），令我吃惊且感动的是，这是一封足有两千多字的长信，里面详细介绍了丽江古城、束河古镇、虎跳峡、泸沽湖的吃、住、行的情况，细致到到哪里，该住哪个客栈，老板电话多少，怎么玩，哪个店子的饭菜最有特色，等等。信的最后说：

不知你们还要不要去大理和香格里拉——要去告诉我一声，我再给你写邮件:)

您一定会沉浸在山水的美好中！

相信，如果我们说要去大理和香格里拉的话，翠翠会继续给我们耐心的指点。到昆明那天，翠翠去机场接我们，她说老姚帮我们去车站买第二天到丽江的票去了。然后一起吃晚饭，很好吃的云南菜。饭后去翠湖公园逛一圈，去一老外开的酒吧吃据说很有名的冰淇淋，喝薄荷冰红茶，聊天。翠翠叫老姚，口口声声都是哥哥、姚家哥哥，在我们面前，则称"我家哥哥"。他们结婚七年，在昆明也不住一块。翠翠喜欢热闹，住在闹市繁华地段，老姚喜欢安静，在郊外有套房子，到报社上班时，就骑自行车过来。他们就这样维持着这种"若即若离"的生活，相互保有一份自由与自在。

分手时，翠翠说，等我们回来时，就只能由"我家哥哥"陪我们了，她过几天就要去青海，一帮"驴友"准备骑自行车从格尔木去拉萨。我便祝她一路顺风，玩得开心。

写这篇文字时，翠翠也许正迎着青藏高原的风，且歌且行且看风景吧！

束河的柔软时光

在翠翠的指点下，到了丽江，就直奔束河古镇。

来前就给幸福三村客栈的老板王凯打了电话，冒充是福建阿卓户外运动俱乐部可可的朋友，房价果真就降了下来，每晚 70 元，一般散客都是 100 元。

放下行李，就直奔街上。晚上七点多了，阳光还灿烂着。穿过四方街，走过一座石桥，走到靠山边的另一条街上，石板路，伴着一条清澈的水沟，水边有许多的刮着红灯笼的客栈、酒吧，挑一家，坐下来，伴着水声，一边吃酸酸辣辣的跳水鱼，一边看窗外垂下的树枝、看晚霞、看悠闲地漫步的行人……顿时喜欢上了这个地方。

然后，整整两个星期，就开始了闲散的时光。

带了一个笔记本电脑过去，上午写点东西，整理一部书稿，表示时光没有虚度。中午睡个懒觉，下午四五点钟出去逛街，找个小店吃饭，然后继续闲逛。这里天黑得晚，九点多回到客栈，喝喝茶、上上网、下盘棋、看看电视，一天的时光就这样过去了。

不小心，一天天也就这样过去了。

因为一个多月前打球脚扭伤，未完全恢复，计划中的虎跳峡、长江第一湾、香格里拉、泸沽湖等等，索性都不去了，就心安理得地待在束河，闲着。

这里本来就是一个很适合人闲着的地方。首先，地处高原，海拔两千多米，最高气温也就 20 多度，早晚更凉爽，晚上要盖被子，不小心就可能被寒气侵袭了，连蚊子都怕凉基本上不出来。看天气预报，长沙天天 38—40 度的高温，然后就会有一种巨大的幸福感，庆幸从那火炉里逃了出来。

束河离丽江四公里，纳西语称"绍坞"，意为"高峰之下的村寨"。背靠聚宝山，镇中有三条小河穿过。"束河"之名，还有一个说法就是，九鼎河、青龙河、疏河三条河贯穿而去，而束河街道由东向西，形成一条线压在三条河上,"束河"者,捆束三条河也。

说是河,其实像九鼎河、疏河,都不过是穿街而过的小水沟。但由于他们就发源于村边的九鼎龙潭和疏河龙潭,泉水极清,下了大雨,其他地表河都混浊了,他们却仍然清可鉴人。一湾流水婉然而来,临水而居,水与人、与街道亲密无间,石头的小镇也就有了灵气。

束河的特色,还在他的大大小小的客栈。每家客栈,都会有个庭院,这些庭院或大或小。都有他的特色。盆栽、花架、果树、小桥、浅水,几张小桌,便成了别具一格的小天地。

束河的魅力,正在于他的安静,闹中之静。当年,这里是茶马古道的要冲,手工业的集聚之地,特别是皮革制品,远销川藏,有的村庄,索性就被命名为"皮匠村"。后来,公路取代了马道。后来,新社会,集体化,以粮为纲,"皮匠"们都成了庄稼人。在日出日落的循环中,"时间"停滞下来,又使它保持了一分难得的古朴。后来,有开发商的投资,古朴便成了风景。

在束河,你可匆匆一游,也可久住,可热闹可安静,看你的喜好。想热闹时,有酒吧一条街、小吃一条街,还有"四方听音"广场的锅庄舞,每晚八点开始,有穿着纳西盛装的姑娘小伙领舞,游人、当地居民自由参与。你想安静时,到树木掩映、流水潺潺的龙潭一带散散步,躲在小庭院里和心仪的人一起喝喝茶,聊聊天,驿动的心,也就慢慢平和下来。

很多在束河开客栈和其他店子的,都是因为当初来这里游玩,喜

束河的魅力,正在于他的安静

欢了，便生长住之念，于是留下来，租个院子，开个店子，一边赚点钱，一边享受生活。不少酒吧、客栈的招牌边写的就是：清茶一杯，淡酒一壶，美女一个，闲情两点。而生活呢，就是"发呆，晒太阳，喝茶，聊天，上网，看书"。在人们的想象中，美好生活，大约也就不过如此吧！所谓"与明月共徘徊，和落花一起醉"，"谁信世间有此境，游来何不畅神思"，这代表的其实就是一种人生态度和生活方式。在一本介绍束河的小册子里，有一篇《束河宣言》，里面写道：

清茶一杯、淡酒一壶、美女一个、闲情两点，美好生活大抵如此。

"过去，我们提'无产阶级革命'，现在该是解放'资产阶级'的时候了，你一天到晚躺在那个大城市里干吗呢？何不来束河看看蓝天，看看泉水，晒晒太阳，发发呆。"

一晃两个星期也要过去了。因为要去山西参加一个围棋文化活动，本来打算住上一个月的，只好半途而废。在客栈的小院里，在柔和的阳光下，在电脑边敲着这些文字，心里竟有许多的不舍。不知什么时候，能再来续上这一段柔软的时光。想起介绍束河的那本小册子里给束河描绘的远景：

"四百年前，木氏土司在束河青龙河上架设了一座青龙桥，为茶马贸易的客商提供了交通方便；四百年后，我们将束河古镇打造成旅游胜地，为中外游客提供了休闲度假与交流发展的场所，它将为束河带来巨大的利益，也就为束河的投资商带来丰厚的利润，同时为当地政府带来源源不断的财富，这就是'和谐社会'的一种典范！"

只不知，那时在束河，是否还能找到那种安静的感觉。也许，可怜的城市人，又得去更远更偏僻的地方，去寻一份清静了吧！

丽江古城

在束河闲散着，连丽江古城都是快一个星期了才去。

有人说，束河就是丽江的一个缩写版，四方街、大石桥、街边的河、河边的酒吧街、仿佛都是丽江的翻版。

不过，相对来说，束河更安静。进了丽江古城，第一个感受就是人多、拥挤、热闹。丽江的古街多是石板路，几条主街都不宽，店子却一家连着一家，人一多，便有些挤不开。特别是傍晚，外出游玩的人都回来了，便更显拥挤。大石桥、四方街广场上，每一个地方好像都杵满了人。下午还清静的酒吧一条街也热闹起来，在酒吧街穿行，每家的歌手都在卖力地唱着，加上人流的嘈杂声，可谓人声鼎沸，不一会便有些受不了，赶快逃离出来。

打个车回到束河，一下子便走进了另一个天地。束河与丽江比，还多一个去处，这就是九鼎龙潭一带，有一片由清泉、小河、树林组成的自然风光带，白天、晚上都很安静，最适合散步。而丽江古城里，除了街道、房子，还是街道、房子。所以很多人更愿意待在束河，而不愿在古城里凑热闹。

很多人喜欢拿丽江和湖南的小城凤凰比，有说丽江好的，有说凤凰好的。其实不一定要分个高下，不同的人各有所好吧！就古城而言，丽江当然比凤凰大，可逛的地方也更多，也比凤凰精致。但我最喜欢的还是凤凰的那条穿城而过的河——沱江。丽江城里虽然也有很多的水，但多是小水流，小家碧玉一般，自在、温婉、安静、从容。沱江则多一些气势、野性，日复一日地奔流着，仿佛要把人的许多的希望与期待，都带到远方去。几个小水坝一拦，哗啦啦的水声，使小城多了几分热闹与张扬。临水而居，朝对流水，暮看当地人洗衣洗菜戏水，晚上枕着水声入梦，水也就成了你生活的一个组成部分，可以说没有沱江就没有凤凰。凤凰还有沈从文、黄永玉，凤凰也是沈从文的凤凰，沈从文笔下的凤凰让你梦绕魂牵。所以，单就城、古街而言，丽江胜过凤凰，但凤凰因为有沱江，有沈从文，又使它多了一些别的韵味。

丽江古城中的"人"大致可分三类：纳西族本地人、外来的商户、游客。纳西人世代居住于斯，过着宁静安详的生活。旅游的开发，改变了他们的生活，使一部分人的"手艺"成了旅游特色商品，如皮具、银器、东巴纸等等，手艺人成了店主，一些人家原有的庭院，则成了家庭客栈。当然，还有一些老人，则一如既往地安守着他们的安详。那天下午去逛街，在四方街，见一帮纳西老人，穿着盛装在跳锅庄舞，边上则有几个老人在从容地打纸牌。在另一条街上，一位老人在看一本书，眼睛靠近书，紧紧地盯着，纹丝不动，沉浸在他的世界里，浑不管外面的喧嚣。

好好学习、天天向上

还有一些店主，则是外来者，到丽江来，喜欢，就留了下来，经营一片店子，过起商人加隐者的生活。酒吧街上就有一酒吧，名"樱花屋"，门边木牌上刻一"樱花屋记"，主人撰写的，说1996年，从湖北武汉南下，携大理相恋之人，来丽江古城游玩，至老街，见夹岸柳树成荫，水肥草美，百姓安居乐业，游人喜笑颜开，遂生久居之念。闲来无事，开一小店，经营着生活与浪漫。斗转星移，古城最早的酒吧，如今已名扬四海，分店遍及昆明、大理、平遥，云云。这种开店模式，在丽江，应该说具有相当的代表性。

至于游人，到丽江，就是来休闲游玩，放松一下心情的。人生总是在"居"与"游"中不断徘徊，寻寻觅觅，"像一尾鱼，从地域到天堂，在丽江，我路过人间。"丽江便成了人生奔向理想之路的一个驿站。有人说，丽江又是"艳遇之都"，一服装小店，一款T恤上印的就是："求一夜情，管饭"。

还有一酒吧有一对联：

一切美女都是纸老虎，

全世界的男人是武松。

似在激励全世界的男人都来丽江做"打虎英雄"。当然，能不能遇上"虎"，是否也能来一段二十四小时的"丽江之恋"，就看你的造化了。

求一夜情，管饭

丽江的吃

出门在外，吃住行三样，有的人光顾去看风景了，马不停蹄，吃住都是对付，走马观花一圈下来，往往就一个字：疲。

而我喜欢的"游"的方式，就是休闲。有"闲"，有从容的时间、心情，才有可能细细体验当地的民风民俗，享受各种美食。

在一个地方待的时间比较长，吃住就显得很重要了。

住，要既便宜又舒适，当然是找那种家庭庭院式客栈。

而吃，往往最能体现一个地方的文化。就像四川的"麻"、湖南的"辣"、上海的"甜"、北方的馍馍大碗面。到了云南，当然得好好品尝一下云南菜。刚到束河那天，已经晚上七点多了，在街上溜达，找吃的地方，信步走过大石桥，见一条临水的街，屋边就是小水流，清可见底，水草摇曳，树影婆娑，水边有不少餐馆、酒吧兼客栈。有一处名曰"山水居"，见名字就有了些亲切感，再看楼上楼下，好些吃客在那里悠闲地边吃边赏玩风景，忍不住就走了进去。吃什么呢？边上两人正品尝一道鱼，鱼上盖一层红红绿绿的辣椒，极诱人的样子。问什么菜名，价格几许？

答：跳水鱼，乃本店特色，38元一份。那就是它了。等了许久，颇有些饥肠辘辘，催问，答：这鱼要现杀现蒸，需要些时间，客官请稍安毋躁。终于等来，果真美味，肉质鲜嫩，酸酸辣辣，味极丰富。后来，吃多了，慢慢知道了云南"辣"之特色，四川是麻辣，湖南是香辣，云贵则是酸辣，与越南、缅甸、泰国等东南亚国家相近。

　　后来，总结这第一餐吃的特色，就是"碰"，这也是游客在陌生之地吃饭的一种最常见的方式。当然，"碰"也不是瞎碰，无头苍蝇一般乱撞，其诀窍在于跟风，随大流，一般吃客多的店子，总不会太差。要是闯进"荒无人烟"之地，那瞎猫能不能碰到死耗子，就只能看你的运气了。第一次去丽江古城，晚上吃饭，也有过一次"碰"的经历。本来去古城前就想好，晚上去古城外的象山市场有人推荐的地方吃饭，下午逛了一圈，晚上很想再看看丽江夜景，一旦出了古城去吃饭，可能就不想回来了，正犹豫着，走到崇仁巷的一家叫"丽江罐罐"的店子，店面不大，人却不少，店门边就有菜牌，各种蒸菜、炒菜、汤罐，价格从4元到20多元不等。走进去，挑楼下的一张小桌坐下，两个人，点了一罐松茸炖土鸡，清炒牛肝菌，还有一小菜，一蒸菜，一瓶啤酒，吃得很是惬意，算下来才五十元，觉得比束河还实惠。我们吃饭的时候，不断有游客进来，一拨走了，一拨又来。琢磨着，慢慢明白了这家店的"成功"之道，店面要雅致整洁但不堂皇，让人舒适，又不会敬而远之。每道菜"小"而"精"，最适合两三人吃饭，可以多点几样菜，但总价不高。因为如今时尚的旅游毕竟很少成群结队的，不需要动不动就是大桌大餐大菜。

　　当然，"碰"有时也可能进错门，比如嫌价高，你又拉不下面子换地方，那就尽量点简单点的菜，不喝酒，吃完赶快走人。在束河，每天走过四方街都会看到合香酒楼菜价八折的大大的横幅，有一天晚上带着试试的心情忍不住走了进去，方始明白八折的含义，把菜价提高了再来点折扣。让人很不爽的是，一小碗饭收三元，这就意味着，想要吃饱，光饭就得每人六元。颇让人有些上当受骗的感觉。还有一次，在一小店吃米线，一份10元，味道先不说，米线也只有一点点。结账时，我说了一句，无论如何，至少让人吃饱嘛！店主有些不好意思，收了八元。这种店子，做的其实就是一锤子买卖，是不可能有回头客的，难怪生意冷清。这是一种愚蠢的小聪明，其实，一般游客，在一个地方一般都要待好几天，能让他们回头，才是真正的生意兴隆之道。

合香楼与锅庄舞

在旅游地吃饭的第二种方式就是"包"，在住的客栈吃包饭，适合于住的时间较长且比较固定，当地可吃饭的地方又不多。还有就是自己买菜。有一年暑期在湖南的崀山，住在崀笏镇的一农家旅馆，没有其他的客人，每天买了肉、猪蹄、鸡鸭之类，让主妇加工，中午随便吃点，晚上饱餐一顿，当地的肉类蔬菜都极好吃，所费不多，却天天大饱口福，至今想来仍然非常动心。在束河，住的客栈往来客人较多，老吃一个人做的饭菜，早餐馒头稀饭，中晚餐什么炒肉之类，难免单调。而外面各种风味的饭馆又极多，在客栈吃了顿早餐和中餐，便决定还是去外面"觅"食，在寻寻觅觅的过程中，每天都可以有一些新的期待。

说到"觅"，这就构成了游客吃饭的第三种方式，在觅食的过程中了解一个地方的生活、民俗、文化。每天早上出去吃云南米线、丽江粑粑、鸡豆凉粉之类，再去菜市场买些西红柿、黄瓜，煮熟的玉米、茶叶蛋，作为中午的"健康餐"。束河的玉米极好吃，又嫩又甜，不知是否与高原的气候、水土有关。晚上是一天的正餐，去哪里撮一顿，就成了每天需要抉择的一件事关"民生"的大事。吃当然一要挑当地特色，比如云南菌类丰富，常见菜市场里卖的各种个大饱满的菌子，很是诱人，当然少不得要尝尝。曾在北京去云南驻京办事处吃过一次饭，中国棋院请客，一桌的各色各样的新鲜菌子，都是从昆明空运过来的，凉拌、爆炒、炖汤，风味各具，印象很是深刻。主人说，北京吃饭最好的地方，就是各省的驻京办事处，足不出京，就可尝尽天下美食。

在束河，还有一道菜很诱人，这就是纳西烤乳猪。很多大排档的招牌，就是放在炭火架上的烤得金黄的乳猪。旅游团队搞篝火晚会，可以定做，一整只，几百块钱。散客呢，在哪家大排档停下来，指定一块，割下来，现场加工，28元一份，就可以美美地享受一回了。烤肉外焦内嫩，沾上胡椒辣子盐巴，又香又脆，很是过瘾。

觅食第二就是挑地方。想品尝当地的风味又比较实惠，一般可选择大排档。挑环境，菜价就可能高一点。曾在束河青龙河边的大石桥餐厅吃过一次饭，桌子就放在水边，树荫下，一边喝点啤酒，一边听流水，看风景，很是惬意。有一帮年轻的学生，岸上没地儿了，甚至把桌子摆在浅水的沙地上，脚就浸在清澈的水里，一边吃饭一边戏水，青春也就随流水弥漫开来。

还有一种吃饭的选择，就是别人的推荐。刚到束河那晚，就问客栈的老板，哪儿可以吃饭。老板答：四方街边的"粗茶淡饭"。过了几天才找着这地方，问，贵店的特色菜是什么？答：红烧猪脚，不过已卖完，新的一锅在熬制中。那就等吧！好东西总是需要一些耐心的。猪脚终于上来，香、柔、滑而不腻，果然好味道。30元一份，价格也可接受，一壶立顿红茶、饭，都免费。吃舒服了，免不了下一次还要再去。

还有一处吃饭的地方，是束河丽江映画的影楼老板推荐的。老板姓刘，长沙人，湖南师大美术系毕业，先在北京发展，来束河，喜欢这地方，就留下来，开了家影楼。他说经常带同事家人去城里的一处叫"泰安洋芋鸡"的店子去吃鸡，强烈推荐我们一定要去一次。有天下午，打了个车，直奔传说中的"泰安洋芋鸡"而去。进了店子，发现店面挺简陋，并且只有"洋芋炖鸡"一道菜，八十元一锅。年轻的老板，北方人，挺实诚，看我们只有两个人，建议与边上的一桌分一锅，免得吃不完浪费，每桌多收十元。我们犹豫了一会，接受了（那天中午没怎么吃东西，正准备大开杀戒）。后来老板娘好像还抱怨，怪老公多嘴，老板分辩说，他就这样，实心眼。洋芋炖土鸡上来，热腾腾的一锅，味道呢？实在难以形容，只好一边吃，一边念叨：爽。

半锅鸡和土豆被我们吃得一干二净。以后几天还常念着，什么时候再来吃一次，要一整锅，彻底地过把瘾。但是，来丽江，还有一口腹之愿未了，这就是三文鱼。来之前，翠翠就向我们推荐过，说丽江有个吃三文鱼的好地方，在花马街，叫彩虹三文鱼庄！因为丽江拉市海是高原湖泊，养出的三文鱼肉质很肥很鲜美，比在城市里吃也便宜得多；可以自己挑鱼，现杀做三文鱼刺身，论斤算钱，你可以说是老顾客了，请店员按比较实惠的价格算钱。

束河的好些店子也可以吃三文鱼，普通的68元一斤。嫌有点贵，关键是那"彩虹三文鱼庄"一直在引诱着我们。临走前几天，再去丽江古城，一大动力就是"吃"。本来那天还想着"泰安洋芋鸡"，但"三文鱼"也是挡不住的诱惑，犹豫中，最后还是选择了"三文鱼"。

不经历"鳟鱼"怎么见"彩虹"。那"三文鱼"学名其实叫"鳟鱼"，那店子的名字就成了"三文鱼彩虹鳟鱼庄"。进去，店面挺大，也比"洋芋鸡"排场得多。问三文鱼的价格，服务员不说，只让去称鱼。到了称鱼处，问价，说红的每斤188，青的这种88元。心里便有些犯嘀咕，一直以为这里的鱼会比束河的便宜一点，哪知更"尊贵"。来不及冒充"老顾客"了，寻思这里做的鱼说不定有他的独特之处，再说进来了，又转身而去，面子上总有些拉不下，狠狠心，吃吧！来丽江这么久了，咱也奢侈一回。好不容易挑中一条最小的不到三斤的"鳟鱼"，坐下来，服务员拿来吃三文鱼的全套装备，小瓶芥末、酱油、醋，一共四十元。问这些东西不能免费提供吗？答：不能，你可以不要醋，少十元。火锅呢？一看价格，最便宜的一种清汤火锅，也要二十元。本来以为称了鱼就万事大吉的，不承想这"鱼"却是个诱饵。得，既然上了钩，吃吧！一鱼三吃，油炸鱼皮，鱼头鱼架做火锅，再加四盘生鱼片。生鱼片蘸酱油、芥末，固然美味，吃到后来，却成了一种任务，解恨似的，不全消灭"阶级敌人"誓不罢休。吃着，见邻桌跟服务员要了点醋，寻思，他们"行"为什么我们"不行"？我们也要点吧！说了几遍，服务员却半天不理睬。一腔怒火越积越旺，终于忍无可忍，把服务员叫到跟前来，说你们这简直是黑店，分明有大瓶的醋、酱油，却不肯倒一点点，偏要顾客买整瓶的，这不浪费吗？赚钱也要讲点起码的良心吧。如此这般大动作，服务员才倒了点醋过来，这也成了那餐饭唯一免费的东西。最后算价，一条两斤八两的三文鱼，所费300元（邻桌还点了不少其他的菜，看他们结账200元还找了零），方始真正明白了翠翠的告诫，一定要装"熟"，否则宰你没商量。

一边吃着三文鱼，一边自我安慰：多花了点钱，过了一把吃的瘾，又赚了写作素材，"吃"的美文也有了结尾，值了，呵呵！

（2009年7—8月）

城　记

在城市生活近30年，从来没有正儿八经地写过城市。有一天，看了于坚的散文《城市记》，突然产生了一种冲动，写写从小到大所经历过的种种"城市"，权当城市印象记。

陶岭圩

小时候，心目中的"城市"，就是我读书的那个小镇——陶岭圩。

说是"镇"，已经有点夸张。我们那边的土话，把乡政府（那个时候叫公社，最高权力机构就是革命委员会）所在地都叫做"圩"。"圩"者，集市也。去集市，就叫"赶圩"。

11岁开始，我都是在陶岭圩上的中学，整整四年。

一条公路穿"城"而过，路是泥土碎石铺就的，雨中带泥浆，晴时，汽车一过，就会激起滚滚的尘土。但这条路，作为乡里出境的唯一通道，对于走惯了乡间小路的我等乡下孩子来说，已经是城市、现代化的象征了。

路的一边是民居，另一边有供销社、农机站、卫生院、粮站、铁匠铺等等。城市的各种"要件"，仿佛都具备了。当然，与我的人生发生最密切联系的，除了学校，就是供销社了。总处在饥饿状态，有五分钱，买个法饼，再有点余钱，买本薄薄的书，就是最大的享受了。还有，就是逢集时，趁午休时间，在集市里穿来穿去，听鸡鸭小猪的叫唤声，看各种农用工具、产品摆得密密麻麻，偶尔买一节甘蔗，咬出蜜甜的汁液来，读书生活的艰辛，也就暂时被抛到脑后了。

当年的集市，只剩下几根石柱

当然，最神圣的地方，还是公社革命委员会的"大院"。就在学校附近，远离公路主干道和集市，院子边上就是一座石山，有一口深井。虽然没人站岗，走近院子大门，一种森严感便扑面而来。母亲是大队妇女主任，偶尔到这里来开什么代表会议，我混进去蹭一餐有肉的饭吃，许久以后齿颊还留有余香。

对一个乡下孩子来说，"城市"就代表了美好的生活。

新田县城

陶岭圩上唯一的一条公路，就是通向县城。

在想象中，公路那头，是一个无限美好的世界。

关于县城的最早的记忆，是很小的时候，父亲病了，住在县城的医院里。我常常爬在病床的窗户边，看外面车来车往，人流如潮。

后来父亲走了。关于县城的记忆，也越来越模糊了。

在陶岭中学读书时，每天都有一班车，从县城开来，又把一些人拉向那个真正的"城市"的世界，令人心生羡慕。

在中学时，第一次去县城，是学校组织的，徒步拉练，30公里路程，大家都兴致勃勃，就像朝圣一般，丝毫没觉得路途的艰辛。

终于到了。还在城郊，就闻到了城市的人流、车流混杂的气息。跨过一座桥，就走进了县城的腹地。百货商店、冷饮店、电影院、新华书店、汽车站……满眼的繁华，还有就是，城里的女孩子，都那样光鲜好看。

在县城住了一个晚上，大家在县中的一个大屋子里，打地铺。我有个小舅在县中毕业后留在校办工厂，做灯泡。我便有机会单独行动，在他那里吃住。能够留在县城不回乡，小舅也就成了让我羡慕的人。

1978年，高中毕业，那年我15岁，没能考上大学，然后就有了去县城的学校复读的机会。

全县就办了两个复读班，一个文科班，一个理科班。理科班在一中，文科班却被放在城东中学，不过毕竟，已经置身于城市的"边缘"。

在那个班上，按高考成绩，我只能算中等。读了一个多月，就考第一了。班上有一半是城里孩子，走读，一半是从乡下各中学来的，住校。两拨人基本上各自成团，井水不犯河水。但学习成绩，都是乡下孩子好。因为对他们来说，考大学，是唯一的跳出"农门"，做上城里人的机会。

第二个学期，文科班也转到了县一中，我也就有了更多地享受城市生活的机会。印象最深刻的是两件事：一是去冷饮店买冰棍，三分钱一支。过去在乡里的时候，经常有城里的小贩骑了自行车去卖冰棍，一个泡沫塑料箱里有几个保温桶，包了厚厚的棉被。即使这样，因为时间较长，拿出来的冰棍也常常是快要融化了。如今终于可以吃到刚做出来的硬硬的冰棍了；还有一件事就是挤电影票。多少年看惯了地道战、地雷战和各种样板戏，突然有了《天仙配》、《刘三姐》，还有外国的《流浪者》，大家都要先睹为快，电影院售票口前，常常是人山人海。同学中我最小，他们派我去打先锋，人小，贴着墙壁往里挤，不一会就溜进去，大功告成了。

就这样玩着、学习着。1979年，以全县文科第一名的成绩，考上了湘潭大学文学系。

终于可以名正言顺地做一个城里人了。那个时候的大学生被看做"天之骄子"，班上那些骄傲的城市小公主，看你的眼神就有点不一样了。去人家家里，大人介绍你刚考上某某大学，对方马上会肃然起敬。到处都在谈论，今年县里的文科、理科状元是谁、谁、谁，然后就有人夸你十年寒窗无人问，一举成名天下知，那种感觉，就一个字：爽。

湘潭

上大学了，去郴州坐火车，平生第一次见到了真正的城市。

说是真正的城市，其实，无论郴州还是湘潭，都不大。而我就读的湘潭大学，那时虽为全国重点，但很简陋，建在荒山上，四周被田野所包围，简直就是一个都市里的村庄。

过着乡村的生活，周末坐唯一的一趟公共汽车，绕了无数个弯，到市里，那感觉就像乡下人进城。

其实湘潭给人的感觉，也是一个"土"字。民间流传一段顺口溜，说湘潭的三大特产：龙牌酱油灯芯糕，砣砣妹子任你挑。湘潭话土，湘潭人的穿着打扮做派，跟长沙相比，也土得多。湘潭有几个大厂，湘潭钢铁厂、江麓机械厂、湘潭锰矿，但总的来说，经济发展缓慢。在湘潭，从本科到研究生，读了七年书，湘潭这个城市，却像在原地踏步，基本上没什么变化。湘江上一座六十年代架的桥，收费还贷，直到最近才取消收费，这在全国城市中，恐怕也是少见的。

说到湘潭人的户外休闲娱乐，市里就一个雨湖公园。前几年终于修了一个白石广场，算是多了一个去处。听说还有一个杨梅洲，是湘江上的一个岛，跟长沙的橘子洲相似。在别人的照片上见过，感觉还不错。去年初夏的某一天，在湘潭的一个学妹的陪同下，慕名前往。杨梅洲已通了桥，过桥，洲的北面据说是一个厂，往南行，冒着大太阳，穿过一些住家、菜地，终于到达一个大门前，一块斑驳的牌子上写着杨梅洲公园。有人卖门票，每票两元，进去却发现，里面空无一人。树林里，杂草、灌木丛生，这里本来是有路，走的人少了，也就不成其为路了。沿着唯一的一条水泥路，到了洲的尽头，光秃秃的，只有几颗小树，有一些烧烤用的灶，有一废弃的小卖部，还有一个三层楼的宾馆，但已被杂草包围，只有一群鸡和羊，在那里悠闲地觅食。此外再不见其他活物。这样好的地盘，这样好听的名字，却如此破败，令人大为感慨。

杨梅洲上的羊

傍晚回来，在江边的一处露天坪子上吃鱼。这个路段叫十八总，"总"是码头的意思，十八个码头迤逦开来，可以想见当年的繁华。如今，水运的时代已成过去，这里保留着"水"的特色，就是沿江开了很多家活鱼店。回头鱼、瓦子鱼、梭子鱼、小银鱼、黄鸭叫……各种鱼应有尽有，油炸水煮，都极美味。再加上江风、夜色、流水，感觉好极了。

以后，每想起湘潭，便生出一个愿望：到那江边吃鱼去。

长沙

大学毕业，分配到长沙，在铁道学院外语系任教。

上午刚拿到派遣证，下午便兴冲冲地打点行李，与历史系的一位同学一起，搭上湘潭开往长沙的最后一班车，夜色朦胧中，在铁院门口卸下行李，来来回回扛往办公楼，累出一身臭汗。在斜对面的旅社挨过一夜，第二天上午来报到，人事处管接待的一位老太太劈头便是一句：你们怎么这么早就来报到了。而后看看派遣单，再加一句：你们湘大的能分到这里来，不错嘛！刚参加工作的兴奋、热情之火，一下子就被浇灭了。

从此很长一段时间，不肯把自己认同为长院人。后来，在学校里待久了，慢慢习惯了高校里的教书生涯，但与长沙这个城市，却总有些格格不入。首先在语言上便不肯认同，来长沙二十多年，虽然是湖南人，却至今不会说长沙话。总觉得长沙话粗，有人说苏州人说话，吵架也像在说悄悄话，长沙人则说情话也要吓你一跳。特别是如果碰到泼妇骂街，那长沙话的威力就更是如虎添翼，口水都可以淹死你。外地人在长沙，总容易受欺负，所以后来也学会了一点长沙话，但只限于买菜、坐出租车的场合，免得多出一些冤枉钱。

很长时间，长沙给人的印象就是"粗"。往好里说，就是长沙人典型地体现了湖南的特色，麻辣，做事有一股倔劲。往不好里说，就是粗野，脾气火暴，在公共场合，起点小摩擦，几句话不对，就可能大打出手。在大马路上，司机和行人抢道，大家都有些奋不顾身的气概，能抢一秒，决不停三分。边上就有地下通道，但很多人都更喜欢争分夺秒，横穿马路，生命诚可贵，但要奋斗就会有牺牲，这叫霸得蛮。长沙的汽车站、火车站，甚至机场，很长时间，就是怎一个"乱"字了得。站里的很多出租车，都是等着宰外地客人的，他们一般不喜欢搭本地客人，偶尔上了他们的车，一定要说长沙话，对方常常故意问你两条路怎么选择，试探你是不是真正的本地人，你一定要很明确地指出正确的道路。站里还有很多"车托"，都是成帮成伙的，一般不要跟他们搭话。有一次，我从外地回长沙，到达时已是晚上九点，有人上来问要车不，我犹豫了一下，跟了过去，要上车时，对方不打表，报了一个我不能接受的价格。我不想上车了，对方顿时破口大骂，我赶紧逃之夭夭，根本不敢回一句嘴。从此不敢在站内打出租车，要打车一般也要到站外的路上去拦车。后来长沙要创建文明城市，整治车站秩序，在火车站划出了固定的出租车道、候车点，才敢破例。

长沙还有一个特点，就是吃喝玩乐最为风行。长沙人喜欢吃，舍得吃，哪里开了家餐馆，大家便一窝蜂地拥过去，过一段时间，新鲜感过去了，又会有新的一家引领潮流。吃饱喝足之后，要消食，各种桑拿、按摩、洗浴，便有了用武之地。以至民间纷纷流传，说北京是首都，长沙就是"脚都",全国洗脚中心。湖南的电视,也最能够体现"娱乐"之精神,超女快男,想唱就唱,快乐大本营,越策越开心。湖南是个农业大省,欠发达地区,长沙又成了一个著名的消费城市,引领"娱乐"、"时尚"之潮流。长沙人把不多的钱都用在追求口腹之乐、精神之乐上了,今朝有酒今朝"乐"(有人说,湘潭人最喜欢存钱,长沙人最擅长花钱),便没有多余的钱买房子,以至长沙物价飞涨,房价却一直上不去。至今长沙的房价在全国省会城市中还是最低的之一,大约只可与贵阳、西宁之类城市比肩。

1983年初来长沙时,长沙还像个小城市,没有几条像样的路,许多地方的房子破破烂烂。铁道学院也还是郊区,周围有大片的菜地、茶林、橘林。慢慢的,五一路、韶山路拓宽,芙蓉大道、潇湘大道、沿江大道拉通,南门口步行街兴建,橘子洲改造,长沙越来越"现代"了,另一方面,又不失浓厚的生活气息。山、水、洲、城融为一体,可以养眼,可以养心。随处可遇的吃喝游乐之所,还可以养腹、养神,这个城市越来越让人感觉舒适了。

多年的城居生涯,慢慢地习惯了这个城市,甚至还有点喜欢了。但是,内心里还是难以把自己当做真正的长沙人。想当年,一门心思要做城里人,一旦成了真正的城里人,灵魂却又仿佛留在了故乡的那片土地上。这不知道是不是文化人的宿命,精神的故乡永远在远方。

成都

说到成都,恐怕人们首先想起的就是麻将。有人开玩笑,说坐飞机刚进入成都上空,就可以听到麻将声了。成都社会相对安定,造反的少,因为人们大多把心思花在方城游戏上了。

在成都读博,跟本地的同学玩过一种麻将,叫血战到底。四五人皆可,一人先"和"了,其他人还要接着奋战下去,直至决出最后一名。第一个和牌的收所有人的钱,最后一名则要给前面的每一个人钱,中间的有进有出,所以每一环节都要奋力争先,不能轻易放弃。

成都是我见过的最悠闲的城市。成都地处盆地，气候温和，四季温差相对较小，早晚温差也不大（不像长沙，冬天冷得死，夏天热得死，常常从冬天直接进入夏天，几乎没有春天的过渡。寒潮一来，气温可以一下降个十几度，一出太阳，就暴热起来），宜于人居。但阴雨天气较多，所以一出太阳，大家便很珍惜，纷纷去户外活动。公园、庭院、河边、树荫下，只要有块空地，就会有桌椅，供你喝茶、下棋、打麻将。五块钱一杯盖碗茶，棋具、麻将免费提供，中午一个盒饭，就可以消磨一整天了。即使不是周末，公园里也常常是人气旺盛，麻将声，棋子声，声声入耳，让人疑惑，成都人怎么会这么有闲呢？

成都让人怀念的，还有就是吃。各种各样的小吃，让你充分享受生活悠闲而丰富的韵味，劲爆的麻辣火锅，则另有一种滋味，冬天热气腾腾，夏天吃得汗流浃背，通体舒泰，真正是要爽由自己。在川大边上，有许多小火锅店，叫串串香。荤素都是一串一毛钱，最后以剩下的竹签记数，十块钱可以撑死你。常常，一干人吃过后，总要绕着校园走好几圈，大吼几声，气才会顺一点。川大的食堂，也是我所待过的学校里最好的。口味好，可选择花样多，价格合理。因为读博，在那里住校大半年，食堂反而把人催肥了。

成都的魅力在于悠闲，住久了就发现，成都给人的不便也在他的悠闲。过日子挺好，一旦要办点什么事，就要痛感到悠闲所带来的效率的低下。去哪个办公室，你跟办事的摆一阵龙门阵，他高兴了，事情立马就成了。你要一开始就直入正题，他也给你来个公事公办，这个时候你就真正理解了，什么叫欲速则不达。博士毕业时，导师挽留，本来有机会留在川大，作成都人之一员。想想，还是放弃了，这当然有多种多样的原因。其中一点就是，站在一边看成都，也许感觉是最好的。

上海

上海跟成都恰恰相反，过日子未必悠游自在，人与人之间的交往，往往让人觉得隔阂，少点温情，但这个城市的管理，办事效率，在全国又是最好的。

第一次去上海，是1987年，研究生论文资料查询，几个同学一路"游"学，从北京、青岛，然后坐海船到上海。一进入那个繁华的都市，你便成了真正意义上的外乡人。上海人从气质到做派，都有一种说不清道不明的上海味，你置身于其中，坐公交、购物、去餐馆，哪怕不开口，人家就火眼金睛，辨别出你是否是异类。有人说，在上海人眼里，上海之外的所有地方都是乡下。

跟上海人打交道，基本上是公事公办，哪怕成了朋友，或者对方对你再热情，一般也不肯把家里的住址、电话告诉你。上班时，大家都是很好的职员，做事尽心尽力，一下班，便成为非常独立的个体，你爱干嘛干嘛，人家不会来管你，你也甭想进入他人的私人空间。对上海人来说，公共空间与私人空间是两个互相独立的世界，泾渭分明，井水不犯河水。

有一段时间，因为围棋方面的一些事务，正大集团的蔡绪锋先生在上海有一些企业，差不多每一两个月都要去趟上海，在那里待几天。几年下来，也就慢慢习惯了上海人的为人处世方式。并且发现，上海的公共管理是最好的。无论是机场，还是车站，上海的公交、出租车，总是井然有序。出租车司机礼貌语最多，并且很少有故意绕道、乱收费之类的欺骗顾客的行为，让你一上车就感觉很踏实。上海人天生有一种守秩序的意识，在街上走，很少乱穿马路，以至久而久之，我也形成了一种习惯，过马路，如果是红灯，哪怕面前暂时没有车，也要等到绿灯亮了，才放心地通行。上海的公共服务也值得称道。我在全国很多图书馆查过资料，感觉上海图书馆的服务是最有效率，也让你感觉最舒适的。在阅览室，借了书，过一会书就会送到你座位上来，根本无须你多操心。

上海人很自我，但大多能很好地扮演好公共角色。我们经常谈论与国际接轨，在中国的城市中，上海应该是最具"国际"特色的。

苏 州

苏州就在上海边上，在人们的印象中，却是两个截然不同的城市。

有一个学生给我来信，说毕业时保研，没有选择留在长沙，而是苏州。她说，苏州是她一直都很向往很喜欢的城市，待在苏州古城区里，可以做很多关于诗歌的梦。

确实，这也是许多文学青年共同的梦。

"月落乌啼霜满天，江枫渔火对愁眠；姑苏城外寒山寺，夜半钟声到客船"。张继的一首《枫桥夜泊》，勾起人无数关于"姑苏城"的诗意想象。苏绣、苏州园林，成了中国文化的符号。唐伯虎点秋香，则代表了古典的浪漫诗意。还有，"上有天堂，下有苏杭"，苏州又成了美好、繁华、富足生活的象征。

但是，世界上的"诗意"，常常是文字建构起来的。当时过境迁之后，许多的意境我们也只可在文字里去寻找。

苏州也不例外。

第一次去苏州，是1987年那次，从上海到杭州，再坐大运河的船去苏州。傍晚上的船，一路上，两岸的灯火星星点点，鸡犬之声相闻，很有些诗意。早上到苏州的码头，却发现，那"河水"沉得发腻，顿时对"东方威尼斯"很有些失望。

在苏州玩了几天，主要是逛街和逛苏州园林。苏州园林固然精致，弹丸之地，一步一景，婉转回环，令人目不暇接，叹为观止，但总感觉精巧得过分，便缺了一些大气。苏州号称"水城"，河桥众多，据说在宋代时就有桥近四百座，如今却需要我们费力地去寻找那些"桥"了。

后来有几次去苏州，发现苏州已越来越现代化。现代化的结果是工厂越来越多，楼越来越高，马路越来越宽，古典的诗意却越来越遥远了。

那位要去苏州读研的同学说，上大学时，有了第一次选择生活的地方的权利，便毫不犹豫地选择了江南。怀着对"南""江"的爱恋，阴差阳错地来到了湘江边上的中南大学,却发现现实和想象是有差别的,生活在这个地方,头脑中的它却是"湘妃泪洒斑竹"的那个地方。如今要去苏州了,却被告知苏州很烂,没什么好玩的。她恼了,内心的敏感让她发了火。她是怕,怕苏州、怕江南也都变了气息,换了芬芳,怕梦会破碎。她说:"我最美的梦就是在杏花三月的某一年某一天,约上知己,一起撑着伞,轻轻地走过江南……"

其实,无论如何,苏州应该是适合于"梦"的,关于古典、关于爱情的梦。尽管梦可能会破碎,而有时,感伤、失落其实也是一种美。

北京

北京是首都。从明朝迁都北京,北京大多数时候都是首都。

许多古都都已经黯淡了光辉,唯有北京正辉煌着。

在皇城根下住久了,哪怕普遍人也会沾染一些"贵"气。在北京打车,司机操着京腔京韵问:去哪儿呢?你说了一个地方,他又问:那地在哪儿啊?怎么走啊?你如果说不出来,顿时就会觉得很抱歉、很惭愧。谁叫你是外地人,对咱们伟大的首都不熟悉呢!

北京人最能侃,但不兴侍候人,许多行当里,服务意识差一点也就是自然而然的了。在上海图书馆与在北图(现在改称首都图书馆)查阅资料,其舒适度就不可同日而语了。

还有就是北京人的懒。南方人做生意,以"勤劳"为生财之本,在北京,不少店子,晚上七八点钟就关门大吉了。

年轻时曾动过去北京发展的心思,后来年岁渐长,这种心思也就越来越淡。经常跟人说,北京是"于连"们奋斗的天堂,却是一个不适合人居的城市。要在事业上打拼,北京确实可以提供比外地多得多的机会。要在那里居住,却有种种的不便,春天的沙尘暴就不用说了,还有就是城市太大,随便出趟门,打个的花上四五十元,跑上个把小时是常事。高楼大厦到处耸立,但它们跟你其实没关系。想要找个大排档,吃点夜宵,喝喝啤酒，那是难上加难。北京有浓厚的政治色彩，却缺少一点生活气息。

当然，北京纵然有种种的不是、不便，它仍然是全国人民无限向往、崇敬的地方，谁叫它是"心脏"、是"中心"呢？

曼谷

去曼谷是因为正大集团副董事长蔡绪锋先生的邀请，与蔡先生合作一本围棋与东方管理方面的书，他邀我去他的公司看看。

蔡绪锋主管正大集团的商业、零售业。除了易初莲花超市，最著名的就是7—11便利连锁店。连锁店从最初的二十多家，现在已经发展到四千多家，几乎垄断了泰国的零售业。

除了参观蔡先生的连锁店、物流中心、维修中心、培训基地等，其余时间就是自由活动。住的地方就在西隆路边上不远的一家旅店，没有应酬的时候，就自己去街边摊子吃饭、逛街。西隆路据说是曼谷最繁华的商业街之一，却不宽，轻轨铁路正好从路的顶上穿过，就更显得拥挤了。路两边摆满了各种小摊，有卖小吃、水果，还有鲜花和各种小商品。这些小摊与正大集团高大的大楼，华丽的曼谷银行并列在一起，形成一种奇妙的交融。而花香、水果香、烤肉香和密集的车流排出的汽油味混在一起，飘散在空中，大都市与小集镇，就这样融合在了一起。

同是作为首都，这就是曼谷与北京不一样的地方。北京大气、庄重、威严，所以总是板着脸，曼谷却是包容的，在混杂中包含着秩序，并且，这个城市总是在微笑，让人生出亲近之感。西隆路也许就是蔓谷的缩影。这里中午尤其热闹。各大公司都没有自己的食堂，大家便拥到小吃店和各种大排档里。大楼边的一块空地，或者市政管理部门在一些小街的人行道上划出一条白线，白线到马路部分，就是大排档的天地了。米饭、米粉、烤肉、卤菜、各种甜品、酸辣调料，随你挑选。坐在那里，你感到的是一种浓浓的生活气息。而有的地方，中午还热热闹闹，一到傍晚，却变得空荡荡的。奇妙的是，还干干净净，根本没有曾摆过摊子的痕迹，让人对摊主们的职业素质、环保意识生出敬意。

晚上在西隆路上散步，不小心就会被一条小商品街所吸引，那里白天还空荡荡，一到晚上，一排排的店铺好像变魔术一般一下子冒了出来，各种小商品琳琅满目，不由自主地走进去，才发现，店铺两边，满是各式各样的酒吧。每一个酒吧外，都有男男女女在招揽生意。透过酒吧的小门，可以看到里面正中心，大多有一个台子，上面有许多只穿了胸衣、三角裤衩的妖艳"女郎"在那里扭来扭去，做出各种挑逗的动作。酒吧里客人似乎不多，我们一路走过去，总有人拦你，或者把手中的一张印好过塑的单子送到你面前，上面排了序号，后面大概是各位小姐的"名头"，颇有点"点菜"的味道。酒吧里面多散发着暧昧的光，想起有本关于泰国的旅游书上的介绍：

"小心那些揽生意的人，他们总想带你去二楼专敲顾客竹杠的场所，让你大放血。千万不要忘了喝饮料和进娱乐场所之前，先问好价钱，如果感到怀疑，就别进去。"

我猜想，我们大约是不小心就闯进了帕彭（Patpong）路的红灯区了。旅游书上说这是"世界上最著名的红灯区"。奇妙的是，它们与小商品市场杂糅在一起，也就使其充满了一种浓浓的生活气息。

泰国真是一个奇妙的国度，它给人最大的印象就是各种看似对立、矛盾的东西的混杂。泰国被称为一个微笑的国度，与泰国人打交道，让你印象最深刻，感觉最温暖的常常就是那友善的迷人的笑。穿越马路，司机总会停下来，微笑着招手，让你先走。有人认为，泰国人的性格常常偏柔偏软，但如果你看过泰拳，又会对其强悍好斗留下深刻印象。泰国是个佛教国家，佛教是泰国的国教，百分之九十以上的人都信佛，在曼谷，佛寺林立，无论到哪里，不经意间就会碰到一座寺庙，引导你去烧一炷心香。各公司、学校的礼堂，也都会有一个佛龛，让你时时归心向佛。佛本清静，但泰国的"红色产业"在世界上也是闻名的，灯红酒绿，妖姬艳舞，似时时都在诱惑着你，今朝有酒今朝醉。佛光宝典中说："世间以五欲六尘为乐，达人以禅悦法喜为真；世间以立德立功为务，达人以证悟般若为要。"

在欲望与禅悦之间，也就构筑了一个矛盾而丰富的人生。就像泰国的很多寺庙，常常都是金碧辉煌，色彩艳丽，佛门空寂地，色即空，空即色，原来也是如此地执著于凡尘！

这就是泰国，而曼谷就是泰国的缩影。

芭堤雅

芭堤雅（Pattaya）是泰国东部的一个海滨小城，一本介绍泰国的书上说：

"大多数人对芭堤雅早有耳闻，尤其是它的阳光沙滩和城市犯罪。对某些人来说这里是踏进天堂的捷径；对另一些人来说则是污秽之地——沙滩上的红灯区。但是没有人能否定它是独一无二的。"

据说200年前的郑信王的部队曾驻扎在这里，那时除了几个渔民，这里还是一片无人涉足的沙滩和棕榈林。后来，因为越南战争，美国大兵重新发现了这个被他们称为"西风"的地方。越战后，这里被开发起来，并逐渐成了外国游客理想的"休闲与娱乐"的天堂。如今，去泰国观光旅游，芭堤雅便成了不可或缺的一站。

一个周末，在蔡总办公室一位先生的陪同下，驱车前往芭堤雅。从曼谷大约两个多小时的车程。下午到达芭堤雅，住在一酒店的15楼，推开窗户，就是海湾，有大小游艇在海面上穿梭。来到海边的一个露天餐厅吃海味，喝椰汁。海风徐来，夕照中的大海多了一分宁静，慢慢地，海天一色，人也就仿佛在景中了。

晚上去看泰国著名的人妖表演。提起泰国，人们首先想到的大概就是人妖了。印象中的人妖表演，充满了艳俗与色情。一看之下，便首先为他（她）们高挑的身材、妩媚的容貌所吸引。开演前，他（她）们都在一个露天的台子上招引游客照相，一次40泰铢（1元人民币大约相当于5泰铢）。与他（她）们站在一起，做亲密状，你也就一时会忘了他（她）们的性别身份。

表演很美。他（她）们在台上演绎着各个国家、民族的舞蹈，泰国的，中国的，越南的，朝鲜的，西班牙的……通过舞蹈来再现其民族风情、文化。或庄或谐，或喜或悲，他（她）们演得很投入、很动情，让你觉得这是一种真真切切的艺术。它也改变了我心目中的"人妖"形象。如果说"变性"是他们的一种主动的选择，为生计也罢，为金钱也罢，为艺术也罢，它事实上已经为你带来了一种视觉的美感与愉悦，反过来，对他们的"牺牲"也就会多一分理解与同情。如果哪位有心人能够深入他（她）们生活，真实地写出一本反映他（她）们生存状态的书，倒是一件很有意义的事情。一定程度上也可改变人们对人妖的妖魔化想象。

看过人妖表演后，在一条步行街上闲逛，方始明白陪同孔晋说过的一句话：当落日伴着大海沉睡的时候，芭堤雅才真正苏醒过来。小孔北京外国语大学泰语专业毕业，又在泰国获得工商管理的硕士学位。毕业后到了正大。转了几个部门，后来调到蔡总办公室。他去过泰国不少地方，业余时间正在写关于泰国的系列文章。多年的经历、濡染，使他对泰国的风土与人文有较深的认识，一些感受颇为独特，远远超出那些旅游小册子，文字表达也很到位。他一边陪我们逛着，一边聊起芭堤雅，聊起泰国。

步行街上人流如潮，红橙黄绿，各色的灯或明或暗，每一盏灯后面似乎都隐含着人的期待与欲望。各色酒吧、商店、成人秀、拳击表演都在招揽着生意。西方游客不少都牵着一位临时的泰国"女友"在那里逛街，皮肤一白一黑，个头一庞大一瘦小，正所谓对照中的和谐。那里还有一家7—Eleven连锁便利店，在里面购物的，有不少分不清性别的美丽"女郎"。酒吧前台的台子上，大多有一个妖艳的女子在那里扭着腰狂舞，以此吸引外面行人的眼球。成人秀表演楼前的灯散发着暧昧的光，灯下有人举着45铢的牌子，当然，45铢可以进去，出来得掏出多少就不得而知了。

一路走下来，就仿佛是在魔幻之城里转了一圈。逃出喧嚣，重新来到海滨，这里倒是安静了许多。脱了鞋子，走在沙滩上，不时有潮水拥上来，凉沁沁的，为你送来大海的慰藉。夜色朦胧中看大海，也就有了另外的一番情致。

第二天早上起来，吃过早饭，驱车经过昨晚的那条街，狂欢的人此时都在沉睡，一条街都清清爽爽、安安静静的，仿佛那些妖精、魔鬼们来过又走了，或者一切本来就从来没有发生过。

欧洲行记

巴黎

米拉博桥下，塞纳水悠悠剪不断

在雨果、巴尔扎克、波德莱尔的作品里，在世界各地游客们的游记中，在人们的各种想象里，巴黎早就耳熟能详了。雨果写《巴黎圣母院》，把"圣母院"称作是一首"石头交响诗"。巴尔扎克的《高老头》里的巴黎，则是喧嚣奢华与贫穷丑陋的混合体。在波德莱尔的笔下，巴黎是"忧郁"的，是"恶之花"，是"噩梦堆积的城，熙熙攘攘的城，幽灵在光天化日之下拉扯着行人。"真是一百个作者就有一百副巴黎的面孔啊！

而在关于巴黎的各种旅游书里，在普通人的想象中，巴黎又有一个共同的名字：浪漫之都。

暑假，因为去德国参加一个围棋活动，都说德国人过于严谨，签证比较麻烦，我和学校的一位同事、棋友便选择了崇尚自由、比较随意的法国。于是，便有了与巴黎的相遇。

仿佛是等待了许多年的一次邂逅与重逢。

从机场到市区，旧火车，矮房子，窗外墙上随处可见的涂鸦，我们就这样走进了古老的欧洲、自由的巴黎。

儿子在瑞士留学，他和在法国留学的一位同学来接我们，这样便省去了我们的许多麻烦。转市内的地铁，车门一开，进去，眼看要关门时，有一人要冲出去，儿子好心，帮他顶住车门，那人才挤了出去。地铁开动了，一切平息下来，一摸牛仔裤后的口袋，四张500欧的钞票便不见了。总共2000欧，可不是小数目，怪自己太大意，托运行李时放身上的现金，下飞机后应该放回去的。还有就是，没料到浪漫之都的小偷也这么会表演，随便演了一场戏，便让你付出了昂贵的代价。到了旅馆，儿子给我们每人一份"穷游锦囊"，关于"巴黎"的，第一页就有"网友忠告"："租自行车和坐地铁游巴黎最方便，但坐地铁一定要小心小偷。""钱不外露，平时外面的口袋里面只带50欧元以下现金，其他用贴身钱包放好。"咳，如果早看到这"锦囊"，也就不至于为欧洲的"无产阶级艺术家"做这么大的贡献了。

虽说散财消灾，散财本身总不是令人痛快的事情。但如果就此吃不香、睡不着，自怨自艾：我真傻，真的，那就亏得更多了。过去的就让它过去吧，美好的巴黎，该去亲近、拥抱时，还得有一个好心情。两天半的时间，坐游船夜游塞纳河，看卢浮宫、凡尔赛宫、凯旋门，逛凡尔赛花园、香榭丽舍大街，瞻仰巴黎圣母院……每天早出晚归，日子竟也分外的充实。

不过，让人觉得美中不足的是，夏季巴黎的游客实在太多，卢浮宫里，感受《蒙娜丽莎》神秘的微笑，结果让我感兴趣的是那里三层外三层的"围观者"。坐郊区火车到凡尔赛宫，结果买票花了一个多小时，要进去时，看到广场上那排了无数个S型的长队，望而生畏，先去逛凡尔赛花园，中午回来，排队长龙短了一些，在烈日下仍然站了近两个小时，才得以进宫。进去，里面照样人流如潮，看艺术展览犹如赶集，再多的珍品也激不起兴致了，走马观花，权当到此一游。赶到埃菲尔铁塔下，等候登塔的又是一长龙，算了，不登铁塔非好汉，好汉不做也罢。

巴黎的许多景点，大多集中在塞纳河两岸。七月的巴黎，最高气温一般不超过30度，晚上九点，阳光还灿烂着，微风习习，在塞纳河边，在随处可见的露头咖啡店，坐一坐，或者没目的地逛逛，倒成了完成景点游之后的惬意之事。傍晚，迎着夕阳，站在塞纳河的某一座桥上，会想起阿波里奈尔的《米拉博桥》：

  桥下塞纳水悠悠剪不断

  旧时欢爱

  何苦萦萦记胸怀

  苦尽毕竟有甘来

  一任它日落暮钟残

  年华虽逝身尚在

沈宝基先生的译诗，真是体贴入微，把"水流无限似侬情"的那种感觉表达得淋漓入心，塞纳河也由此充满了诗性与柔情。在这里，诗与艺术无处不在，不经意间，你就会看到三三两两的街头乐队的弹唱，或者，在某一家书店、咖啡店前，一位闲雅的少女在那里动情地演唱。刚到的那天晚上，坐游船游完塞纳河，在去地铁站的路上，见一群少女在一处高台上，在喷泉水中自由自在地唱歌、跳舞、嬉戏，疯够了，再穿上鞋子，离开……在巴黎颇有凉意的夜风里，望着她们透湿的身子，对巴黎的自由与浪漫也就有了第一次的直观的认识。

在巴黎的最后一天，因为没登铁塔，又一次来到塞纳河边闲逛，我的镜头便对准了路上普通的行人，草地上的少男少女，拍婚纱照的新郎新娘……铁塔对面有一大型喷泉广场，在成阶梯形的一层层的很大的水池里，许多人在水中嬉戏、游泳，这真是中国城市中绝对难得一见的景观。登上喷泉广场上面的高台，正赶上一场街头演出：狂放的街舞、优美的舞蹈、说唱、脱口秀、情景剧……这场持续一个多小时的演出，放在任何一个剧院，都是一台具有颇高的艺术水准的节目，而我们，作为普通的游客，不经意间，在一块普通的坪地上，就碰上了。塞纳河、埃菲尔铁塔，就是舞台背景，夕阳就是照明的灯光，还有一个可爱的小女孩，也不时地掺和进去，手舞足蹈。然后，就庆幸，真是幸运，自由真好，不用跟着旅行社，到处到此一游。也许，这才是巴黎。也是因为在巴黎，才会有这么多不期而至的美丽的邂逅！

巴黎的少女

那晚八点多，坐地铁回住处，也许是从跟平时不一样的另一站出来的，走在路上，发现一个小公园，绿草如茵，突然想起，在巴黎的城市地图上曾看到，蒙苏利公园，就离我们的旅馆不远。那么，这应该就是神交已久的"蒙苏利"了。说神交，是因为普列维尔的一首诗《公园里》：

　　一千年一万年
　　也难以
　　诉说尽
　　这瞬间的永恒
　　你吻了我
　　我吻了你
　　在冬日朦胧的清晨
　　清晨在蒙苏利公园
　　公园在巴黎
　　巴黎是地上一座城
　　地球是天上一颗星

这诗真好！一对青年男女瞬间的初吻，被渲染成具有如此的神圣、永恒的意义。"蒙苏利公园"从此也就铭刻在了脑海中。邂逅就在眼前。走进公园，选一个坡地坐下来，夕阳正撒下最后的一缕微光，草地上、绿荫下，一对对情侣、一群群青年男女，

蒙苏利公园的黄昏

在那里野餐、聊天、拥抱、接吻……每一方绿草地，都是一个独立的天地，除了自我，他人已不存在。而组合起来，又是一个如此温馨、和谐的世界。蒙苏利，真是一个爱的美好的乐园啊！

夜色渐渐笼罩下来，我们依依不舍地起身，以这种方式与蒙苏利公园，也与巴黎告别。再见，蒙苏利公园！再见，巴黎！

行色匆匆，巴黎其实是需要慢慢感受的。一任塞纳河水悠悠剪不断，也许真的哪一天，又会有机会与巴黎重逢。

阿姆斯特丹

欧洲 10 日游，可自由支配的时间只有 5 天，巴黎占去了 3 天，另外 2 天交给哪里呢？瑞士？奥地利？比利时？最后选择了荷兰。没有太多的理由。也许主要是因为准备坐火车去德国，先去一趟荷兰，顺便吧！

关于荷兰，脑海中能够想起的就只有足球橙衣军团、红灯区、风车、美丽的郁金香，还有就是曾任国际比较文学学会会长的佛克马是荷兰人。而多亏了这"顺便"，让我见识了一个美丽、自在的城市——阿姆斯特丹。

儿子为我们在荷兰预定的行程是：7 月 25 日上午到达阿姆斯特丹，旅

馆放下行李，午餐，下午步行至附近的国家博物馆和凡·高艺术馆参观，并顺便在附近的广场上走走，看看。晚餐后游船观阿姆斯特丹夜色，参观红灯区。26日上午坐火车去鹿特丹看美丽的风车，下午去乌特勒支，晚上回阿姆斯特丹。27日上午10点半上火车前参观中

阿姆斯特丹火车站

央火车站附近的大坝广场与荷兰皇宫外景。两天的行程安排得满满当当，我们自然难有不同意见。

　　火车进入荷兰，不时可见大片的绿地，一群群奶牛在那里自在地吃草、漫步，好一派田园风光。火车到达阿姆斯特丹，中央火车站三层楼的古老的红房子、广场上不时驶过的在中国差不多绝迹了的电车……让你仿佛一下子回到了一个遥远的时代，一种古老的气息扑面而来。中国的城市，追求的是改天换地，日新月异，三年一小变，十年一大变，在一张白纸上好画最新最美的图画。欧洲的不少城市，却少有高楼，修旧如旧，以50年不变，100年不动摇为荣，历史与现代完美结合。阿姆斯特丹便是这样的一座城市。"丹"在荷兰语中据说是"水坝"的意思。围海造田，700年前筑起的水坝，使一个小渔村逐步发展成为大都市。后又成为荷兰的第一首都（1806年，荷兰将首都迁到阿姆斯特丹，但王室、议会、首相府、中央各部和外交使团仍留在海牙）。它是荷兰金融、贸易、文化中心，也是著名的工业城市，但这个城市给人的第一印象，却是古老、宁静、自在、从容。

　　住的旅馆不远就是一个广场，国家博物馆和凡·高博物馆就在广场边。中午吃过饭后，先去凡·高博物馆。这里收藏了凡·高的大部分画作及他同时代的一些画家的作品。1853年，凡·高出生在一个牧师家庭，16岁进入艺术品商行做店员，后又做过牧师，但都不长久，1879年，在他26

岁的时候，成了一个无业者，父母眼中的社会的弃儿。经过一段时间的独居与思考，他立志成为艺术家。在巴黎艺术品商行做事的弟弟提奥的资助下，他从此走上了艰辛的艺术之路。凡·高早期作品的写实、阴暗的风格，他到法国之后作品中出现的明朗的色调、强烈的色彩对比，也许便传达出了画家的心灵追求的历程。但让人痛苦不堪的癫痫病最终还是让他住进了精神病院，并在37岁的盛年，用枪结束了自己的生命。

以前在各种画册上也看过凡·高的一些画作，但面对那些真迹，听着带中文的语音讲解，那种震撼与感动，却是复制的印刷品所无法比拟的。特别是面对他的许多自画像中蓝色的眼睛里的忧郁，面对他在生命的最后岁月里，在精神的极度沮丧、躁动中所画的《树根》、《麦田群鸦》，那虬曲的裸露的树根所昭示的生命的挣扎，那黄得叫人心颤的麦田上空的乌鸦、黑压压的天空，色彩的强烈反差，生命与死亡的纠结，面对这一切，你感受到的是画者心灵的悸动……

走走、坐坐、看看，一晃三个多小时就过去了。走出博物馆，两腿发酸，脱下鞋子，坐在广场的草地上休息，墙内墙外，两个完全不同的世界。那边是一个艺术家的精神的痛苦的挣扎，这边却是少男少女的嬉戏，是林中空地上的走索带，是足球的激烈对抗，还有，坐在阿姆斯特丹的地标"I amsterdam"上的自由与散漫……也许，这就是真实的阿姆斯特丹，一个精神与世俗、沉重与轻快杂糅的世界。

一个凡·高博物馆，就占去了阿姆斯特丹的第一天。还剩一天，鹿特丹的美丽的风车是看不着了。那就好好逛逛阿姆斯特丹吧！阿姆斯特丹许多路上都有自行车专用道，自行车成了阿姆斯特丹人主要的交通工具，常见金发碧眼骑着车风驰电掣，转眼就只留给你一个背影。那我们也租自行车过过短发飘飘的瘾吧！

骑车游阿姆斯特丹，有几大便利。第一，这个城市平均海拔低于海平面1—5米，非常平坦，连缓坡都难得一遇。第二，这个首都城市很小，只有70多万人口，骑着车，一不小心，可能就闯入了另一区。关键是，这座被称为"北方威尼斯"的城市，据说城里大大小小160多条水道，由1000

余座桥梁相连。而水边和其他大街小巷的房子，都不高，但造得极有特色，极具亲和感。阳光下，习习凉风中，骑车漫游，处处皆景，真是惬意极了。在某处公园，见草地上，男男女女，袒胸露腹，在那里自在地享受着美好的阳光，自己也忍不住停下来，

阿姆斯特丹许多路上都有自行车专用道

安下心，坐一坐，看看那独特的风景。这个时候，你最能体会，游，其实不一定总是赶路，它最需要一种安静、闲适的心情。

有时，在某座桥上，在水边，停下来，拍拍照，坐在长椅上，看往来的船只，看岸上的房子、游人，或者，在某个街边摊上逛一逛，这个时候，最能体会自行车游的方便之处。

中午用过午餐，下一个目标就是大海。去海边大约有10来公里，跨过一座大桥，便仿佛闻到了大海的气息。到了一处海湾，虽然不是什么正规的浴场，见当地人在那里游泳，或在岸边沙地上享受着阳光浴，我们也忍不住脱了外衣、鞋子，就投入了海水的怀抱。玩够了，稍事休整，又继续往真正的大海方向骑去。在海堤上，一边是大海，一边是绿油油的田野，迎着风，自由奔驰，那感觉，就一个字：爽。

傍晚回到阿姆斯特丹市内，在一河边用过晚餐，然后就是一天"自驾"游的最后一站：大坝广场、步行街、红灯区。"大坝"据说是阿姆斯特丹围海建城的第一坝，荷兰皇宫就在广场边。但广场里一个卖艺人的杂耍却把我们的目光吸引了过去，还有，就是围观的人群，随处可见的美女。在巴黎，觉得女孩子漂亮，到了阿姆斯特丹，美女似乎更多了，让人目不暇接。阿姆斯特丹城市与人的"美"，是那种亲切的，日常化的，无

处不在的，它没有标志性的景点，也就不像有的城市，景点与城市，泾渭分明，反差巨大。阿姆斯特丹也被看做是一个最自由的城市，在这里，赌博、吸大麻、嫖娼、同性恋，都是合法的，当然有着种种的"规矩"。在红灯区里，骑着高头大马，穿着古典的盛装的警察的巡逻，便似乎更多的具有一种仪式般的象征意义。这个城市被称为"性都"，似乎充满了"邪恶"，但你又感觉，这是一个美丽、自在、有序的城市。旅游书上说"阿姆斯特丹更像是一座'小市民城市'。这座城市中的人们脚步匆匆，神色平静淡然，一副见怪不怪的模样。阿姆斯特丹似乎容得下一切怪异和另类。可以说，阿姆斯特丹简直就是一个人性的大实验场，测试着人们道德容忍的底线。不过实验的结果仿佛也没什么大不了的。"然后就想，人性总是复杂的，总有一些"暧昧"与"晦暗"的东西，让它有处使点小坏，如果管理得当、有序，这样的社会是不是反而会更和谐一点呢？

欣赏了阿姆斯特丹的"情色"与"世俗"，坐下来喝杯啤酒，然后骑着夜色，踏上归程，从早上10到晚上10点，正好12个小时。最后拍几张河边夜景，完成一天的"自驾游"。至于自行车，第二天早上再去还吧，24小时之内，10欧元，再加5欧的车险，15欧，游遍阿姆斯特丹，还去海边游了泳，心里想着：值了。

欧洲的围棋

这次欧洲之行，还是得益于围棋。

一年一度的"炎黄杯"世界华人名人围棋邀请赛，往年多在中国大陆举行，去年移师台北，今年又来到了德国。2012年7月27日至8月1日，来自中国大陆、台湾、香港以及美国、加拿大、泰国等国家和地区，以及欧洲各国的60余名棋手，齐聚德国历史古城波恩，以棋会友。

值得一提的是，这次比赛因为在欧洲举行，不仅欧洲的华人棋手积极参与，在"炎黄杯"赛场上，也首次出现了老外的身影，其中就有德国的好几位棋手。他们都有3、4段的棋力，实力不容小觑。笔者第一轮就碰上了一位4段，对手下得非常认真，招招深思熟虑，大局把握得很好，而笔者本是裁判身份，因棋手成单数，临时顶替参赛，第一轮就败给了老外，对老外棋手的实力也有了真切的感受。最后一轮，又对上了这次"炎黄杯"德国围棋协会方面的组织者梅凯（Kai Meemken）

围棋之家

3段。一上来我就吃住了对手的几颗棋筋，形势大优，可对手却很能搞，七弄八弄，逼我的大龙与他的角对杀。如果不是对手紧气出现失误，那最后我可能就要在欧洲棋手面前再吞苦果了。虽然最后笔者侥幸得了个黄帝组的第六名，弄了个奖杯，但听说梅凯事后连连在老聂那里诉说：我真傻，真的。我也只能在心里说，不好意思，承让了！

本届"炎黄杯"，还多了一项活动：欧亚混合双人赛友谊对局。由参加欧洲围棋大会的欧洲棋手自愿报名，与炎黄杯棋手共同组队，每队棋手必须由不同国家组成，并颁发最佳默契奖给优胜队伍。尽管语言不通，通过棋却可以达到心灵的默契，所谓"手谈"，一种不需借助语言文字的交流，这正是棋的特点与魅力。

"炎黄杯"的不少改变，都得益于欧洲围棋大会。

欧洲围棋大会1956年创办以来，每年一届，从未间断，被西方围棋爱好者们誉为"没有围墙的围棋大学"。这次亲临欧洲围棋大会，第一次真真切切地感受到了欧洲围棋的气氛。560多人参加的围棋大会，给人感觉就是一次围棋嘉年华，一个围棋的狂欢节。比赛丰富多彩，就形式而言有个人赛、联棋赛。就用时而言，有每方两个半小时的慢棋，也有10秒一手的超快棋。还有午夜12点以后进行的"夜战"，一周五天的赛事后有"周末赛"。记分原则也多样化，联棋自由组合，不同国别、年龄、性别、棋力的组合，都可加分，比如两个国家棋手的组合，加 1 分，两人段级位相差七个等级以上，加 1 分。个人赛也灵活多样，两人下了一盘，输的不服，可继续挑战，一直下下去。比赛盘数最多的有奖，每周五盘棋中赢三盘以上的也都有奖，午夜棋下的最多的有奖，连赛会期间喝啤酒杯数最多也有奖……奖励多多，每一个棋迷，无论棋力高低，都可以找到合适的位置，找到属于自己的乐趣。不获奖也没关系，就权当是参加一次围棋的聚会吧！不像国内的比赛，业余围棋也常常成了少数高手主宰的"锦标赛"，一个省的围棋团体赛，因为可以请外援，也就演变成了全国业余高手的争霸赛，锦标第一，围棋带给广大棋迷的乐趣，也就要大打折扣了。

　　不光是比赛，欧洲围棋大会其他不少方面，也值得我们借鉴。比如比赛成绩的记录，那么多人的比赛，如果每盘棋都需要裁判去判胜负、记录，那势必需要许多裁判员。他们的做法很简单，每张桌上有个卡，两位棋手自己判定胜负，只需要在上面填上有关信息、签字，放进大会准备的信箱即可。再就是比赛场地的布置、气氛的渲染。赛场外的大堂里，到处贴了各种与围棋有关的宣传画，很多画颇有创意，如香蕉里挤出的是黑白子，人的大脑、脊柱也都是黑白子……还有书店的书展，各种与围棋有关的书籍琳琅满目，我在那里买到了一本专门介绍欧洲围棋的历史的书，尽管是德文，看不懂，但书中那些珍贵的图片，就让你爱不释手了。最让人不可思议的是，居然还淘到了日本昭和十四年（1939）发行的《高等围棋讲座》全三册，还有日本的《棋道》、《围棋俱乐部》杂志。《高等围棋讲座》，每册 5 欧元，划算啊！

　　本届欧洲围棋大会，还选出了 2016 年举办城市俄罗斯的圣彼得堡。明年波兰，之后分别是罗马尼亚、捷克。这样，后四年的举办地都已经确定，真有点奥运举办城市竞争的味道啊！这也可以看出欧洲围棋的热度。而欧洲人从围棋中享受到的那份单纯的快乐，是不是也可以给我们一点启示呢！

（2012 年 10 月）

海参崴纪行

金秋九月，中国俄罗斯文学研究会的理事们聚会黑龙江大学。这类会议的学术讨论并无多大意思，倒是朋友们借此机会见见面，聊聊天，其乐也融融。特别是会议还有一个名目：赴俄远东大学学术交流。

在哈尔滨，你就已经可以感到一份浓浓的俄罗斯气息。一出车站，就是一个苏联红军抗战胜利纪念碑。中央大街上，各家招牌都是中、俄文对照。城市里好几处地方都有东正教教堂，不少建筑都是俄式风格。在边境小城绥芬河，俄罗斯氛围就更浓了。旅馆里一半是"老俄"，俄罗斯妇女一群群地背着大袋子，在街上采购，看来，中国多"倒爷"，俄罗斯多"倒妈"，俄罗斯妇女的勤奋肯干、不辞辛劳，由此可见一斑。为了应付"老毛子"，挣卢布，绥芬河的男女老幼都会来点中式俄语，流利极了。语法虽不规范，但不碍交流。有需要就会有发明，街上有不少卖汉俄对照小册子的，俄语都用汉字注上了音，令人想起"三克油喂你妈吃"英语和当年李鸿章出使俄国，临时抱佛脚，学几招"杀鸡切细"（俄语"请坐"）。

在由哈尔滨去绥芬河的路上，上车不久，一位教授就心脏病突发，只好由人陪同，拦下长途客车返回哈尔滨。车到中途，大家正在昏昏欲睡时，突听得一声爆响，车内一时浓烟滚滚，大家来不及弄明白怎么个回事，只一门心思往外冲。下得车来，才知后坐一轮胎爆了。我惊魂稍定，才发现尚光着脚丫子，赶紧上车找鞋子，车内尘灰扑面，座下的鞋子已不知去向，好一番折腾，才在前座老远的地方找到。我的座位正好在后胎靠前一点，事后据司机说，轮胎爆炸是他开车几十年从未有过的事。幸好我脚盘在座位上，不然真有可能被强大的气流弄伤。大惊之下，连呼幸运。车子比预定的时间晚了许多才到绥芬河，黑大的一位老教授说，如此折腾，真不想去了。我赶紧说：事不过三，前面之事，权当旅途花絮。我回去写游记时，一定记上一笔。去"天火之国"取经，大难不伤，兴许后福就至。大家都说，我倒想得开。

果然在绥芬河，旅行社很快就帮我们办好了护照，第二天过关，也很顺利就踏上了俄罗斯广袤的原野。几个小时的汽车，我们终于到达了海参崴。

海参崴是中国人的叫法，俄文名字符拉迪沃斯托克，意为东方的占领者。1858年的《中俄瑷珲条约》，沙俄割去了黑龙江以北、外兴安岭以南六十多万平方公里的中国领土。1860年的《中俄北京条约》，乌苏里江以东四十万平方公里的领土又入了俄籍，这其中就包括海参崴。十月革命，苏维埃取代了沙皇政权，内忧外患之下，为寻求盟友，1919年7月25日，俄国苏维埃政府发表宣言，宣布：

凡从前俄罗斯帝国政府时代，在中国满洲以及别处，用侵略的手段取得的土地，一律放弃。在那块土地上的人民，愿意成哪样的国，采哪种的政权，一任人民的自由选择。

其时，东西伯利亚并不在苏维埃政权的实际控制之下，谢苗诺夫白卫军在这里活动，滨海省和库页岛被日本占领。苏维埃政府乐得做个顺水人情。1920年这里成立了独立自治远东共和国，首都定在赤塔。1922年谢苗诺夫败走，日本占领军撤退，远东共和国并入苏俄，当然是根据当地居民的"意愿"。"放弃"云云，也就成了国际主义旗帜下的一句美丽谎言。在海参崴的中心广场，有一块为远东苏维埃政权的建立（1917—1922）而战的战士纪念碑，多少红军战士为此付出生命的代价，岂能随随便便就"放弃"了。车站广场前有一列宁纪念碑，身材并不高大的列宁站在高高的台座上，仰着头，左手拿帽子，右手指向东方。台坐侧面有一行俄文字：远东再远，也是我们的。

海参崴确是个战略要地，也是旅游胜绝之处。它夹在两个海湾中间，形成一个狭长的半岛型地带。登高望去，城市起起落落，水面船桅林立。远处两山夹峙间就是出海口，过了那里，便是日本海。对面是日本，东南方是朝鲜韩国，西南紧贴着的就是中国吉林。难怪这个城市的纪念碑和风景点，大多与城市保卫者有关。无论是炮台及炮台内的陈列馆，还是沙俄海军将领、抗日英雄马卡罗夫（1877—1904）纪念碑，都让人联想起连绵的战火、弥漫的硝烟。苏、俄著名的远东舰队就在这里，海湾里停泊着不少战舰，水兵忙忙碌碌，也许下一刻他们就将远航。废弃的潜艇立在海边，成了供游人赏玩的景点。当我一个舱一个舱地穿过去，脑海中总忍不住想起库尔斯克号，想起那些葬身在大海深处的人们。

历史就是这样无语前行，它总在吞噬着一些什么，改变着一些什么。冷战、对峙已成过去，红旗也变成了三色旗。人们更关心的是今天的面包，明天的牛奶。除了那些只有流不尽的眼泪、却没有了望眼欲穿的等待的未亡人，库尔斯克留给普通人的，终不过是几番唏嘘与叹息。面包会有的，一切都会有的。晚上的海滨，聚集的是跳舞、喝酒、闲聊、谈恋爱、卿卿我我或正闹着别扭的人们。早上，在充满凉意的海风中，在海鸥轻扬翅膀的天空下，晨泳的人们戏着海水，以此开始新的一天。路边的某一个亭子里，可能一边在卖香烟啤酒巧克力，一边是色情杂志、圣像画、祷告书。《隐情》杂志刊载有许多艳情女郎的裸照，若想吃"点菜"，可来函索取照片，顺寄卢布若干；圣像画上，慈祥的上帝在跟你致意：忏悔吧，罪孽深重的人们！也许，这就是生活。

海参崴曾经属于中国。而今，中国的商品、中国的旅游者蜂拥而来，二道子河（俄文地名直译为"第二条河"，这一地名的翻译就足显示了中国人的智慧）作为一自由市场，成了中国商品的集散地。中国人似在以另一种方式，悄悄地渗透进这个城市。中国的旅游者总是毫不掩饰地说：它是属于我们的。俄国导游也承认：是的，它曾经属于你们。"老毛子"认账就好，这时，中国观光客们总会有一种满足感。既如此，咱们也就不把自己当外人了。大街上，时时可见中国餐馆、北京烤鸭，宾馆里，看到的都是黄皮肤、听见的都是中国话。宾馆赌场里，牌桌、轮盘桌前，除了庄家，清一色都是中国人。可以想象，入夜享受桑拿、按摩、柔情服务的，也多半是我们的同胞了。赚社会主义的钱，享资本主义的福，何乐不为？

有人说，中国人在西欧美国，都只有低眉垂眼的份，只有在俄罗斯，才扬眉吐气一回。大家一下子仿佛都成了大款，买东西，便宜！在海滨，照相时，两个小女孩主动凑过来，我与另一同伴分别与她们合影一张，完了，被她们一人要去十卢布，惊喜之下，她们又主动缠上其他同伴，可惜没人再搭理。去海参崴的路上，在一小店中途小息，几个旅游者扔给俩孩子一些饮料食物，俩孩子吵着分赃，最后似乎终于达成协议，就在小桌上欢天喜地地共享起来。看客们欣赏着他们的脏脏的手、脸，他们的吃相，我突然想，在中国，外国观光客与中国孩子之间，类似的事情可能会更多，国人看了，不知是作何感想？

大家都说，其实俄罗斯人还是不会赚钱，市场经济了，观念还停留在计划经济的时代，新瓶装旧酒，什么事都不紧不慢、按部就班。就说各种商店，大多是五点半或六点，太阳还老高就关门大吉，白白丧失了傍晚的大好商机。返程时，大家半夜爬起来，坐几小时车，清晨来到边境小城格城火车站等待过关，饥寒之中，附近竟没有一家小吃店，让人热乎热乎，只好将就着吃点旅行社发的冷香肠面包、矿泉水。这要在中国，早让好些人发了。

一边议论着，一边等待过关。一说起"过关"，便让人不愉快地想起中国几十年来一直延续下来的种种"过关"，坦白思想，共同提高。不过，据说过海关流行的是"坦白从宽，牢底坐穿；抗拒从严，回家过年"。好在我等不是倒爷，没什么可"坦白"的。但在检察官的眼里，每个人都可能是潜在的不法分子，刚"扬眉吐气"了一回，这时又只好夹起尾巴做人了。一位同伴的手提箱被翻了个底朝天，鱼子酱被拿到一边，好在另一警官（兴许是头）走过来，说话时不经意间又把鱼子酱放回皮箱。我主动把包打开，俄罗斯警官偏不看，而要把我全身摸遍，看是否藏了有多余的卢布。如此折腾一番，终于"过关"。上了列车，又是漫长的等待，好不容易汽笛响了，列车开出，一会儿爬行，一会儿停下，从格城到绥芬河，三十七公里路程，花了两个多小时，终于重新看到了五星红旗。

餐桌上，面对满桌丰盛的饭菜，竟都有些按捺不住的激动。想起几天来，在资本主义世界吃到的夹生饭、干面包，难吃的红菜汤、炸肉饼，忆苦思甜，大家同声感叹：还是社会主义好！

(1999年)

彼得堡一日

普希金长眠在那里

与俄罗斯文学结缘，已经很久了。没想到，直到去年十月，因为喀山的一个关于汉语与中国文化的学术会议，才有机会走进俄罗斯的那片属于欧洲的土地。

会议在喀山大学，是湖南师范大学和喀山大学合办的"孔子学院"组织的。师大这边去了一个副校长和社科处处长。因为他们是公务签证，原定10天的行程被压缩到7天。莫斯科三天，喀山一天，留给彼得堡就只有一天了。

2012年10月7日从北京出发，8号早上到莫斯科，10号晚上到喀山，11号上午开会，做了个大会发言。下午游喀山的克里姆林宫。12号，天还未亮，就到了喀山机场。不知何故，办登机手续时，工作人员却让我们等了好一段时间。那是一位俄罗斯中年妇女，态度很好，不时向我们表示歉意。但就是不给办手续。大约有近半个小时，终于进了候机室，令我们惊奇的是，临上机时，候机室值勤的也是这位俄罗斯大婶。上了飞机，这位俄罗斯大婶摇身一变，又成了空嫂。哇，这一人身兼三职，难道就是俄罗斯"特色"？

这段"插曲"暂且放下，让人安心、期待的是，我终于坐在了飞往圣彼得堡的航班上。

在莫斯科，就时时感到了彼得堡的存在。走过特维尔大街，陪同的就会介绍说，这是通往彼得堡的大道。莫斯科人与彼得堡互相较劲，很多笑话也是针对对方的。

而圣彼得堡的名字，对熟悉俄罗斯文学与文化的来说，实在是太亲切了。1702年，彼得大帝赢得了为期20年的"北方战争"，从瑞典手中夺得波罗的海出海口，俄罗斯作为一个内陆国家，从此拥有了蔚蓝色的大海。为纪念这一伟大的胜利，1703年，彼得大帝下令在涅瓦河边，芬兰湾入口的沼泽地上，建造一座都城。1712年，城终于建成，彼得大帝从莫斯科迁都于此，命名"圣彼得堡"。"堡"在俄语里面就是"城"的意思，"彼得堡"当然就是"彼得的城"了。

1833年，普希金写过一首《青铜骑士》，副标题就是"彼得堡的故事"：

那里，在寥廓的海波之旁，
他站着，充满了伟大的思想，
向远方凝视。在他前面，
河水广阔地奔流；独木船，
在波涛上摇荡，凄凉而孤单。
在铺满青苔的潮湿的岸沿，
黝黑的茅屋东一处，西一处，
贫苦的芬兰人在那里栖身。
太阳躲进了一片浓雾。
从没有见过阳光的森林，
在四周喧哗。
而他想道：
我们就要从这里威胁瑞典。
在这里就要建立起城堡，
使傲慢的邻邦感到难堪。
大自然在这里设好了窗口，

我们打开它便通向欧洲。

就在海边，我们要站稳脚步。

各国的船帆将要来汇集，

在这新的海程上游历，

而我们将在海空里欢舞。

多么豪迈的诗歌啊！俄罗斯作家，或多或少都有大俄罗斯民族主义倾向，作为"俄罗斯诗歌的太阳"的普希金当然也不例外。这"青铜骑士"就是彼得大帝，他在涅瓦河边，骑在腾越的骏马上，马后蹄踩着一条毒蛇，挥手指向大海。"青铜骑士"给普希金、也给俄罗斯人带来无限的骄傲。

而果戈理、陀思妥耶夫斯基，也写过许多的"彼得堡的故事"。读他们的小说，与那些小人物一起穿街走巷、哭哭笑笑，这个城市早就与你血肉相连了。

而今，终于踏上了这片土地。

上午八点半，到了圣彼得堡机场，导游是一个中国留学生，带我们出了机场，直奔皇村，去看沙皇时代的著名的夏宫之一：叶卡捷琳娜宫。而我，一听到"皇村"，马上兴奋起来，那不就是普希金读中学的地方吗？他还写下了著名的《皇村回忆》。没想到，还没进城，这么快就与"皇村"邂逅了。"皇村学校"与叶卡捷琳娜宫一街之隔，一座普通的建筑，小门紧闭。好在边上就是"皇村花园"，普希金就长眠在那里。普希金坐在一条长椅上，手支着头，在那里沉思。难道，他还在那里回忆着他的皇村岁月，回想俄罗斯历史的辉煌：

在这里，每走一步，

都会引起对往昔的回忆；

一个俄国人环顾四周，叹息说：

"伟人不在了，一切都成为过去！"

于是悄然坐在肥沃的岸上，

陷入沉思，倾听着风声……

十月的圣彼得堡的早晨，已经是丝丝寒意了。我坐在普希金墓园旁的一条长椅，注视着普希金，也陷入了沉思。直到导游催促说，趁叶卡捷琳娜宫还没开门，我们再去逛逛那边的亚历山大花园吧，一个很不错的地方。

俄罗斯的秋天

依依不舍地告别普希金，沿小路走向树丛的深处，来到一条小河边，哇，好美啊！俄罗斯的秋天，金黄色的树叶，或挂在枝头，或铺满地面，秋水澄澈如镜，倒写碧空一张纸，天地一片金碧……此情此景，语言已是多余。只觉得，有了此刻，到彼得堡也已经不虚此行了。

一路走走停停，导游说，前面还有个中国村，要去看看吗？去啊！看看俄国人想象中的"中国"，一定很有意思。

果然，走不久，就来到了一座小桥边。小桥采用中国式回廊建筑风格，四个柱子，上面有顶。浅黄和浅绿相间，粉粉的，一看就充满了"异国"情调。过了小桥，就进入了"中国村"，主体建筑是灯塔状的八角形观象台，四周围绕着各式小屋，一看仿佛是来到了伊斯兰世界。据说，"中国村"是1792年，沙皇为了接待清朝的使臣而建的，当时女皇身边的建筑师没人到过中国，只得凭想象构建"中国"，再请英国人做参谋。后者提出增加神兽和龙等中国元素，而建筑师在执行时，想当然地采用了欧洲有翅膀的"恶龙"形象（"中国村"去叶卡捷琳娜宫的桥上，也有一组中国官员和仕女的塑像，最醒目的也是胸前衣服上的"龙"的刺绣）。看来，"独角兽"与"龙"，确实是一个说不尽的比较文学与文化的话题。

逛完中国村，走进叶卡捷琳娜宫，尽管俄国女王的皇宫金碧辉煌，富丽堂皇,还有被称为世界八大奇迹之一的著名的"琥珀宫",除了惊叹,却也有些意兴阑珊了。中午进城,吃了午饭,马不停蹄去著名的冬宫。十月革命炮打冬宫,那是沙皇俄国的象征。而今,昔日的皇宫已成了俄罗斯国立博物馆。它是世界三大博物馆之一,藏有世界许多珍贵的名画和雕塑、器物,只恨时间太短。彼得堡的阳光太珍贵,白天太短,我们得赶紧走向下一站。

彼得保罗要塞,炮打冬宫的阿芙乐尔号巡洋舰,圣彼得堡大学所在的瓦西里岛,彼得大帝青铜骑士像,伊萨基辅大教堂……还有彼得堡古老的街道、建筑。莫斯科作为俄罗斯苏联十月革命后的首都,更多政治色彩,也似更多现代化的气息。圣彼得堡虽然是一座年轻的城,却似更古老,更雍容,更贵族,也更让人怀旧。你可以不喜欢莫斯科,却无法不被圣彼得堡时时散发的那种文化的感伤的气息所吸引。

正是这种气息吸引我,吃过晚饭,导游走了,同伴也已歇息,我却一个人溜出了旅馆。因为还有一桩未了之事,那就是还没有一睹圣彼得堡最著名的涅瓦大街的风采。这条街,对曾经攻读俄罗斯文学的我来说,实在是太熟悉了。果戈理的《彼得堡故事》,第一篇就是《涅瓦大街》。果戈理深情地说:

"最好的地方莫过于涅瓦大街了,至少在彼得堡是如此;对于彼得堡来说,涅瓦大街就代表了一切。这条街道流光溢彩——真是咱们的首都之花!"

果戈理以他细腻的笔触,描写"涅瓦大街"从早到晚的不同的风姿:

"然而,一旦暮霭沉沉,笼罩在屋宇和街道的上空,岗警披着挡风的粗席,爬上梯子去点街灯,那些白天不敢摆出来的版画又从商店的低矮窗口展示出来的时候,涅瓦大街重又活跃起来,开始热热闹闹了。这时,神秘的时刻降临了:灯光给万事万物都点染上一层奇妙而诱人的光彩。"

正好在这"神秘的时刻",我怎能不去感受一下呢。好在住的旅馆,就在涅瓦大街的边上。几分钟的时间,我就融进了涅瓦大街的人流。流光溢彩,只是不见了需要岗警爬上梯子去点的"街灯"。除了一家家的店铺,街上还不时有唱歌、弹琴、卖画的，让人想起果戈理笔下那些高贵而窘困的流浪的艺术家。还有，衣着入时的漂亮的女郎，上前来跟你搭讪。难道，我等也有了果戈理笔下的艺术家的艳遇："天哪，多么迷人的姿容！……樱唇紧闭，锁着一串最迷人的梦幻。天哪！这一瞬间，多么幸福！这顷刻之间，生活多么奇妙！

也许，涅瓦大街就是彼得堡的一个缩影。这里有彼得堡最大的书店、食品店、百货商店和最昂贵的购物中心，有许多的教堂，东正教的、新教的、天主教的、还有荷兰教堂、亚美尼亚教堂等等，共处一街而相安无事。还有最著名的文学咖啡馆，普希金、莱蒙托夫、陀思妥耶夫斯基、舍夫琴科都曾在这里驻足。而普希金，就是在这里喝完最后一杯咖啡，直接奔赴决斗地点的。我漫无目的地逛着，走近一家小书店，便与陀思妥耶夫斯基邂逅了。一本写"陀思妥耶夫斯基与彼得堡"的书边赫然摆在那里。大喜。一看价格，120卢布，掏钱包，一惊。因第二天就要回国，身上除了人民币，已别无外币了。陀思妥耶夫斯基出生在彼得堡，除了流放、短期出国，一辈子也待在彼得堡。彼得堡也成了他笔下人物的基本的活动空间。我的第一本书《陀思妥耶夫斯基与俄罗斯文化精神》，有专门的一章，写到"陀思妥耶夫斯基小说与城市"，这城市，当然就是彼得堡了。我甚至一度想以此作一个专门的研究课题。我知道，陀思妥耶夫斯基故居就在离涅瓦大街不远的地方，但一天的时光，我根本没办法脱离小团队，一个人去瞻仰了。而今，连关于"陀思妥耶夫斯基与彼得堡"的一本书也不可得，心里真有一种与梦中之人相遇又错过的感觉。后来，我托在彼得堡的中国朋友去搜寻过那本书，竟也不可得。看来，世界上有的事情，错过也就错过了。

满怀惆怅，不忍心就这样回旅馆，一个人往涅瓦河走去。已是十点多，站在桥的中央，涅瓦河已渐渐沉寂，只有两岸朦胧的灯影。这是今天我第三次经过这座桥了。前两次都是坐车，第二次，从瓦里里岛回来，黄昏，落日的余光下，看孤单的行人匆匆走过，我马上就想起陀思妥耶夫斯基《罪与罚》中的主人公拉斯柯尔尼科夫，在不同的时间，不同的心境之下，也曾三次走过涅瓦河上的桥。有一次，教堂的钟声，落日余晖的反照，主人公杀了人之后的黯淡的心境，都深深印在我的脑海中。陀思妥耶夫斯基描写彼得堡的笔触永远是凄凉的：

"街上热得可怕，又闷又拥挤，到处是石灰、脚手架、砖块、尘土和夏天所特有的恶臭，这是每个无法租别墅去避暑的彼得堡人闻惯了的臭味……"（《罪与罚》）。

涅瓦河的黄昏

"这是可怕的十一月之夜，潮湿、有雾、有雨，又有雪，孕育着牙龈炎、鼻炎、间歇热、咽喉炎和各式各样的热病，一言以蔽之，彼得堡十一月的各种赏赐。"（《孪生兄弟》）。

一个人待在涅瓦河的桥上，静静地看着桥下的河水，也就特别容易体会陀思妥耶夫斯基当年的心境，尽管，彼得堡、涅瓦大街、涅瓦河……都已非当年。

第二天早上，天还暗着，街上静悄悄的，我们就悄悄地与彼得堡告别了。普希金在《叶甫盖尼·奥涅金》中，借一个人物的口说：急匆匆生活，来不及感受。有人说，在彼得堡待一个月也有可看的。有人说，在彼得堡住了好几年，也还没有看够。而我，在彼得堡，正好二十四小时。彼得堡一日，太丰富、太匆匆，太多的回忆。心里默默地说，再见了，彼得堡！有一天，也许我还会回来的，也许，永远也不回来了，那就让我把你藏在心中，安静地发酵……

（2013年12月4日，距"彼得堡一日"已一年有余）

行行复行行

有天，在书店看到一本书《这么早就回忆了》，副标题是《六十年代精神》。书记录的是像我一样的六十年代出生的人的记忆。买下来，晚上便看了起来。其中有一篇《火车与记忆的群像》，写童年宁静生活中像梦一样神秘的火车，现实中吞吐着人的欲望、梦想与伤感的火车，还有文学世界里的火车，那里有安娜和海子的卧轨，有诗人叶赛宁追不上钢铁巨人时的伤心的眼泪……"火车，一次次穿过我和我的城市的火车，如今已是一把陈年的刀子。它切入记忆，就像锋利的刀片切开一只烂熟的水果。火车行进中流年似水。"视线被固定在这几行文字中，想起人生一次次的旅行，记忆的碎片在夜晚的灯光之河中闪烁，过去了的时光，仿佛在那一刻停止了。

午夜里的思绪，注定是最柔软也最绵长的。

一

小时候最深刻的记忆就是走在乡间的小路上。

青石板路，在田间，在山头，在小河边，弯弯曲曲的，把它的触须伸向一个一个的村子，连接起无数的街巷。

路是用大小长短不一的石板拼起来的，不规则，但错落有致。去上学，砍柴割草，逢年过节走亲戚，都是走在这样的蜿蜒的石板路上。即使是雨天，也没有一丝泥，大雨把石板冲得清亮清亮的，石缝里不时有小草探出头来，水淋淋的，更增一分韵味。

用一双鞋底透着孔的脚，夏天就光着脚丫子，丈量着这一块一块的石板，日复一日，年复一年，脚底渐渐长出了厚厚的茧子……最喜欢的是走亲戚，一条小路串起了童年的许多欲望与幻想，因为小路的尽头，在某一个青砖瓦屋中，有许多的美味在等着你。这路最漫长的时候，是清早去割草，满满的一担，饿着肚子挑回来，每一块石板，仿佛都是一个难以逾越的障碍。最熟悉的一条路，是去乡镇中学，八里路，四年里，差不多每天一个来回，除了假期和住校的日子，从不间断。于是，哪里有道坎，哪里有个弯，哪里有片树荫，都装在心里了。

第一次去县城，学校组织的，也是步行，老师说是磨炼意志。不走公路，抄小道，30公里路程，从凌晨走到下午，一步一步，朝圣般的，然后，终于见到了心目中那个最繁华的"都市"。进了县城，满眼都是新鲜。那些在大街小巷穿得漂漂亮亮、悠游从容的人群，让人生出无限的羡慕。只是遗憾，自己并不属于其中的一员。

后来，各个村庄大都通了公路。这公路却是土路，一到下雨就泥泞不堪，走着走着，就会怀念里那些青石板路来。可惜石板都已经被人撬走，小路早已经芳草萋萋了。

后来，终于到了城里，住久了钢筋水泥的楼，走惯了柏油铺的路，坐惯了各种现代化的车，就会经常怀念起乡间小路来。平时喜欢步行，喜欢郊游，喜欢山林野趣，大约就是过去乡村生活的遗存吧！而当上个世纪末，《走在乡间的小路上》、《弯弯的月亮》、《外婆的澎湖湾》大为流行，刚过而立之年的我们，也就开始了"回忆"。

二

第一次坐汽车，是那次徒步去县城，然后坐客车回来。

第一次，这现代化的交通工具就给了我一个下马威——吐得一塌糊涂。

从此，厌恶跟汽油有关的东西，厌恶发动机的轰鸣，它与青石板路串起的宁静，与清新的空气，青草的芬芳，构成了两个不同的世界。

高中毕业后，高考落榜，去县中复读，不得不经常坐车，却是坐一回吐一回。那时镇上每天只有一趟车去县城，车一来大家便蜂拥而上，拥挤不堪，于是更把坐车视为畏途。

后来，上大学了，工作了，家乡的简陋的公路也修起来了。坐车多了，对那难闻的汽油味也就有点适应了，但回家仍然是一件很辛苦的事情。家乡处在零陵与郴州两个地区交界之处，先坐火车，再转两次汽车，最后剩下十几里路，就只能搭摩托、小三轮或者手扶拖拉机了。有次，与妻儿搭一个小三轮回家，路面坑坑洼洼，人坐在后车厢里，被颠上去，又抛下来，如此反复，骨头都快要散架。滚动的车轮激起的尘灰，一路纷纷扬扬，等回到家，大家都成了"土人"了。

出一趟门，如此艰辛，有人劝说，何不自己买部车玩玩。我说，一来车对我等"坐家"而言，用途不大，二来始终对车有一种恐惧感，这是小时候拉下的毛病，直到现在，虽然不晕车了，但一坐在车上，还是容易昏昏欲睡。

朋友说，有了车，生活半径就会不一样。亲友说，有车开回家，可以抖一抖啊！

同在长沙的老弟终于买了辆车。清明节回去扫墓，开着车，在县城接上帮另一个弟弟带孩子的母亲，快到村口时，还有一小段很坑洼的路，且泥泞。我说，就停这里吧！母亲坚持说：可以开过去的。结果，小车底盘太低，差点卡在那里。费了九牛二虎之力，才终于把车挪到了家门口。我知道，母亲是想让乡亲们都知道，儿子有车了。

因为有车，方便了，母亲又惦记着城里的孙儿，那天给父亲和外公扫完墓，当天就准备赶回县城。赶紧去童年的老屋，村里的祠堂，还有小河边，拍下一组照片，然后就匆匆忙忙地离开了。想起过去了的时光，故乡的石板路，小河里的嬉戏，晚上在家门口乘凉、数星星，而今，都远去了，连怀旧都变得如此匆忙。坐在小车里，恋恋地再回头看一眼故乡，心头满是莫名的惆怅。

三

第一次坐火车，是去湘潭上大学，在郴州车站，挤进站台，一个巨大的长长的钢铁的蠕虫呼啸而来，一下子就把整整一站台的人吞进去了。过了一个漫长的夜晚，到了在长沙与株洲之间的一个叫易家湾的小站，钢铁的巨人才又把我吐了出来。

那是1979年，我十六岁。四年大学，便跟这个小站紧紧联系在了一起。

每个假期回家，都要在这里或在株洲转车。那时省内大多还只有慢车，记得有一年寒假，与几个老乡结伴，先坐火车到株洲，在株洲，应该晚上八点左右到的火车，一直到深夜十二点才晃晃悠悠而来。车站候车大厅早已是人山人海，好不容易挤上车，车上连行李架上都杵满了人。车子走一会，就歇一阵，无论你怎么心焦，它兀自老牛一般，不急不躁，到郴州已是下午四五点钟了。找个简陋的旅店歇下来，第二天清早急急忙忙去汽车站买票，那时去县里的班车，每天只有两趟，票早就没了。怎么办？只有像地下工作者通过敌人的封锁线一般，智取了。费了很多心机，混进检票口。到得车门前，还有一大关。尽管车上有的是站的地方，我们愿意补全票，跟车的售票员仍死活不让上。我们说尽好话，百般苦求，还掏出了学生证。兴许那时大学生还算稀奇，售票员动了恻隐之心，才破例违背了一回"原则"。

每次挤车时，就会痛感到，中国人还是太多，火车太小。那时就想，如果能像苏联小说《地槽》写的那样，建一座能够容纳全世界无产阶级的大楼，也造一列能让全世界无产阶级都坐上去的火车，该有多好。那样，不光是我们穷学生，现在再加上那些背井离乡去城里讨生活的农民，就都有福了。有一年去上海开会，元宵刚过，没签到卧铺。车一进入江西境内，民工潮就一拨一拨地拥了上来，把车挤得像装沙丁鱼的罐头似的，车架上，座位底下，连厕所里都插满了人。最后列车员索性不管不问，也不再开车门。上下车的都以窗户为通道。后来实在挤不下，便把窗户都关得紧紧的。哪个车窗开了条缝，有个缺口，下面的就会蜂拥而上，车上的拼命防御，坚决不让敌人攻上来，一场大战就此展开。激烈的战斗停息下来，大家需要休整、补充一点能量，车上却没有任何供给，不仅弹尽粮绝，连一口水都没有。要排泄怎么办？对着窗外就地解决。在下身为大学老师，觉得要讲究点身份，不能跟"粗人"一般见识。那晚一直忍着，到了深夜，实在忍不住了，掀开车窗，迎着无边的夜色，尽情宣泄，"快让我哭，快让我笑，快让我在雪地上撒点儿野"，真是痛且快也！

都说实践出真知，斗争长才干，一次次的挤车（还有读书时挤各种票）的经历，练就了俺们的一身本领。人本瘦弱，千万不能正面冲锋，而要迂回作战，从侧面，紧贴墙壁，一溜就进去了。爬火车呢？讲究一抓二蹬三纵身，一气呵成，绝不拖泥带水。一次，跟几个同事和研究生去张家界，在吉首上火车。人比较多，我说：我帮你们占位子去噢。然后唰的一下就从窗户里进去了。他们夸奖说：没想到何老师这么厉害啊！我笑笑，说：不好意思，年轻的时候练出来的。

当然，这样的绝技只能偶尔露一手，俺们都是多年的老教授了，要讲文明，讲礼貌了不是？

坐火车行遍大江南北，从中俄边境的绥芬河，到内蒙古、乌鲁木齐、云贵高原、东海之滨，处处留下行走的记忆。其间虽不乏旅途的艰辛，乐趣倒也不少。读研时，一大帮同学出行，大家兴致勃勃地聊天、喝酒、玩牌，晚上累了，就倚着靠背歇一会，第二天照样精神焕发。一个人出门时，碰到有可聊天的人，旅途中的邂逅，也常常让人难以忘怀。一次去银川开一个学术会议，转道北京。在北京去银川的车上，碰到宁夏电视台的一个编导。吃过晚饭，坐在软卧车厢的侧椅上，两个人很自然地就聊了起来。从电视节目的制作，新闻的尴尬，当代文化的处境，到人性的弱点，制度的设计，个人的经历与烦恼……一路侃来，不觉夜就深了，每一个包厢都沉浸在了睡梦中，我们还颇有意犹未尽之感。他说，他从北广读书，到中央电视台，再到宁夏，十多年来，从来没有跟人这么痛快淋漓地聊过天。我说，这大约就是缘分吧，人生中，能有几个可以倾谈之人，本来就很难得。而在旅途中，在陌生人之间，大家暂时脱离了现实生活的角色限制，也许反而会本色一些吧！

第二天下车时，他给我留了个电话，然后道别。也许一辈子，我都不会拨起那个号码，也许哪一天，故地重游，想起那个号码，拨过去，你听到的是一个陌生的声音，或者系统提示你，你拨的号码是空号。

四

最悠闲的出游方式，其实还是坐船。

家乡的小河太小，扑腾几下就过去了，根本不需要船。坐船，便成了很向往的事情。去哪个亲戚家，如果需要过渡船，会很兴奋，恨不得自己也去划几下。没事的时候，躺在小船里，四面都是水，轻轻摇荡着，真想就那样一直漂下去，像韩波的《醉舟》：河水任我漂向我愿去的天涯……

真正地坐大船，是研究生快毕业时，去北京查资料，然后兵分两路，一路西行，一路东进。从北京坐火车到青岛，然后坐海轮到上海，再去杭州，坐大运河的船去苏州，再坐火车去南京，而后乘江轮沿长江上溯到武汉，再回湖南，半个多月，一路"游"学，几及中国的半壁江山。几次坐船的经历，尤其让人印象深刻。

第一次坐海船，从黄海到东海，但见黄涛滚滚，海天茫茫，整个世界仿佛就只有我们的船，在孤独地前行。人在这个时候，变得非常的渺小、孤立无助。风景呢，也总是没什么变化，不一会就厌倦了。并且海船颠得厉害，坐着都头晕，大部分时间都是斜躺在铺上，看一会书，再昏昏地睡去。站在岸上看大海、看海上的落日的那种诗意的感觉，也就消了大半。

从杭州到苏州，坐的是一艘不大的客轮，倒从容多了。傍晚上的船，不一会太阳就下去了，天上有了星星。夜色渐浓，倚在栏杆边，看两岸稀稀落落的灯火，或近或远。岸上还有犬吠声，不时地传来。很晚了，船舱里的旅客都已沉入了梦乡，我兀自不想离去。想起周作人的《乌篷船》：

> 你坐在船上，应该是游山的态度，看看四周的物色，随处可见的山，岸边的乌桕，河边的红蓼和白苹，渔舍，各式各样的桥，困倦的时候睡在舱中拏出随笔来看，或者冲一碗清茶喝喝。……夜间睡在船中，听水声橹声，来往船只的招呼声，以及乡间的犬吠鸡鸣，也都很有意思。雇一只船去乡下去看庙戏，可以了解中国旧戏的真趣味，而且在船上行动自如，要看就看，要睡就睡，要喝酒就喝酒，我觉得也可以算是理想的行乐法。

枕着周作人的旧梦睡去，一觉醒来，船已到了苏州。上有天堂，下有苏杭，下了船才发现，水乡苏州的这条河，是我见到过的世界上最脏的一条河。

孤帆远影碧空尽，惟见长沙天际流。坐长江的客轮，倒是舒展多了，既无海船的颠簸，又可以体验江水滔滔的壮观。几个人在甲板上聊聊天、玩玩牌，看看风景，几天的时光，一下子就过去了。坐火车、汽车是赶路，争分夺秒，掐着时间计算行程。坐船则需要有一种悠游的心境，随遇而安，优哉游哉。船上的空间比较大，除了吃饭、睡觉之外，还有点自由活动的空间。船到一地，有时停泊时间较久，还可以去某一个小城的码头、市场、街巷逛逛，买点土产、瓜果。并且，一艘船就是一个小社会，大千世界里的故事，也时时可能在这里上演。就像《围城》里的方鸿渐，在回国的轮船上，与鲍小姐、苏才女分分合合，左右逢源。

有一次去成都开会，为看即将被淹的三峡，跟一位学友绕道重庆坐船回来。傍晚离岸，我们买的是三等舱，八个人，四张高低铺的床。我正睡得迷糊，有一位女子进了我们的舱房，刚歇了一会，就问我借茶杯，说想喝点水，然后就聊了起来。问她去哪里？她说去武汉，在一家公司上班。她问我一个人吗？我说还有一个同伴。第二天上午，船到巫山，团队旅游的都去游小三峡了，我和同伴准备去逛县城，出门不久，要下雨的样子，回来拿伞，却发现舱房里那位女子已经跟隔壁房间的一位旅客挤在了一张床上，我们赶紧撤离。那天，在巫山县城一路闲逛，发现主街上最多的就是美容美发店，三步一岗，五步一哨，都是拉客的妖艳女子，笑脸相迎。我一时兴起，掏出口袋里仅有的一个空白信封，每过一处，就把这家的店名记下来，什么"福老爷"、"月亮湾"、"野百合"、"羞花"、"仙乐"、"龙凤"、"双娇"、"夜来香"、"情缘"、"梦苑"之类，每一个名字里都隐含着诱惑，使人感叹，真不愧来到了"巫山云雨"之乡啊！当年楚怀王就是在这里邂逅巫山之女的，这神女清晨为云，傍晚为雨，朝朝暮暮……

下午，轮船载着一船人的希望与欲望继续它新的航程。同舱房的女子已经搬走，据说上头等舱去了。

五

在中国，最普及的恐怕还是单车（一说"自行车"，似乎并不准确，倒是"脚踏车"名副其实）。大部分人都有过骑单车的经历。上班，上学，上街，郊游，或者农民用载重单车驮着大包的东西，穿行在山间小道上。

最早的关于单车的记忆，是和童年、父亲联系在一起的。父亲病了，住在县城的医院里，去看他，经常是坐在大人的单车的后座上，来来回回。

后来父亲走了，单车的记忆也就被封存起来。

高考前，在县中复读，开始学骑单车。摔了很多次跤，终于能够让两个轮子歪歪扭扭地滚动起来了。刚学会的一段时间，很是上瘾，时不时要借同学的车，上街去溜达一圈。那种迎风飘飘的感觉，真是好极了。

拥有自己的一辆车，是在大学毕业工作的时候了。

经常和大板楼（学校的单身教工楼）的一帮同事去湘江，或者捞刀河钓鱼。常常是清早，一大帮人，骑着车，车上插着一根长长的竹竿，穿过整个城市，然后再走一段乡间的公路，在河边，选一片背阴的地方，甩下钓竿，然后等着鱼儿上钩，有收获固然欣然，没有也无所谓，玩牌、聊天、嬉戏、打闹，该干什么还干什么。回去时，将自投罗网的那几尾可怜的鱼放回河里，连钓竿也不要了。下次有兴致，再去寻竹竿就是。

大板楼的弟兄，都喜欢唱一首歌：

　　我踩着不变的步伐

　　是为了配合你的到来

　　在慌张迟疑的时候

　　请跟我来

伴着这首歌的旋律，我也有了第一次的爱情。

小时候，最羡慕的画面就是一个女孩坐在某个男孩的单车的后座上，在街上，或者在蓝天白云下的树丛间奔跑。后来，它成了很多影视片中表现那个时代的爱情的一个经典场景。大约，这就是我们那一代人能够想得出来的浪漫吧！

有一天，我的单车的后座上，也有了这么一个女孩。

尽管她的车比我骑得好（这就是城市与乡村的差距，乡下孩子用脚丈量大地时，城里姑娘早就用单车作为代步工具了），尽管第一次带她上街，就摔了一跤。但她还是喜欢坐在你的后座上，双手抱着你，脸贴在你的后背上，那种温润的气息，让你的心都酥酥的。于是，你也就有了一种男人的自豪感、幸福感。

或者，在周末，两个人各自骑着车，沿湘江堤岸，漫无目的地往前走，走出很远很远，挑个农家小店吃饭，然后坐在岸边的沙滩、草地间，看流水，看往来的船只，看草地上的野花，然后，披着夕阳、晚霞回家。

就这样，单车载着我们走进共同的家。

后来，单车的后座上换成了孩子；

后来，她不再喜欢坐你的车；

后来，连单车似乎也不需要了；

只是时常会想起，那个白衣飘飘的年代……

六

现代社会最便捷的交通工具是飞机。

学校合并前,因为隶属于铁道部,有铁路乘车证,免费。所以学校规定,出差,有火车的地方,通通不能坐其他交通工具。

合并了,学校脱离铁道部,才有了坐飞机的机会。

记得是从北京到昆明,第一次,有些期待,有些紧张和不安。一个朋友送我去机场,送到,他说不好停车,就先走了。其实心里面期待着,他能留下来,因为我不知道办登机手续的程序。首都机场大厅人流如潮,大家都在忙碌着,奔向各自的方向。我转了一大圈,很有些茫然。问了人,才终于把手续办妥,心里也松了一口气。

在飞机离地的刹那,人觉得被提了起来,悬空了,就这样离开了你每天都依赖着的大地。慢慢地,地上的行人变成了蚂蚁,高楼成了土墩,慢慢地,雾气弥漫,一股股的气流,在旋窗外快速地涌动。飞机不断地升高,突然闯进一个崭新的世界,阳光,蓝天,棉花垛似的白云托起飞机,一浪一浪的,绵延而去。远山层峦叠嶂,五彩斑斓,不断地变换着色调、造型,使人如入仙境。

曾经,每次坐飞机,都喜欢要一个靠窗的座位。每一次的天空,似乎都是一个不一样的世界。天气晴好时,可以直接从万米高空俯瞰大地,看棋盘样的田塍,看起伏的山峦,蜿蜒的河流,这时你仿佛成了大地的一个旁观者。有时,天空突然阴下来,乌云翻滚,闪电仿佛就在窗外划过。有时,傍晚时分,夕阳的金辉映照在云层上,飞机穿行在红霞万里中,然后,太阳下去了,远山只剩下一抹红色,越来越淡,直到完全融入到夜色之中。

后来,因为种种事务,越来越频繁地坐飞机(有学生说,何老师都快成"飞人"了),看风景的心情也就慢慢淡了。不再要求靠窗的座位,常常是刚一登机,就开始迷糊,在飞机起飞的轰隆声中睡过去,空中小姐送食物时醒来，吃过后，再养会神，也就到了，然后各自散去。

火车、轮船上还有陌生人间的交流，乃至邂逅。在飞机的航程中，因为快捷，大家也就失去与邻座聊天的兴趣。旅行成了纯粹的赶路，人来了，又去了，在心灵上似乎连一丝擦痕都留不下。并且，火车、汽车、轮船之类，一路渐进，在终点与起点之间，也就建立了一种有意义的联系。天空中的赶路，却把它们分离成了两个完全不相干的"点"，刚喝过了湘江水，几小时后，你就可能已置身于青藏高原，连一点过渡都没有。

由此，为事务而奔忙时，你尽可以坐飞机。旅行，则需要你去慢慢欣赏、体验。就像在电子信息的时代，人有时候会怀念一封普通的手写的书信，那有着另一个人的体温、气息的书信。在空中飞来飞去的时候，有时会想起小时候，在乡间小路，一双赤裸的脚，感受着那大地的温暖与寒凉……

人在旅途。

那篇关于火车的文章中说，记忆中的火车，"注定与无望的爱情故事有关，与生命中盲目的游走有关，与时间的流逝有关"。

（2006年"五一"长假，蛰居书房，在学生毕业论文的轰炸中，偷得浮生半日闲，作精神之游，是为记）

第五辑

浮生八记

教书记

记得有一年教师节，学生送我一张贺卡，上有一副对联：一支羊毫改之乎者也写秃，两片嘴皮论上下古今磨薄，横联是：乐此不疲。

看来俺们好像天生就是为人师表的料啊！可当初并没有想到要当老师的。上大学时，一门心思做着作家梦，我总感觉，笔下流出来的比嘴上说的顺畅。在大学里做过的最大的官，便是寝室长。寝室长何为？带领大家搞卫生。一次学校搞文明寝室评比，我们宿舍竟被评为全校两个文明寝室之一。班上让我介绍经验，准备了许久，稿子也写好了，自信熟记于心，为了表现得潇洒一点，两手空空上去，站在讲台上，看到台下几十双眼睛，心里一慌，便结巴起来，半天没憋出几句像样的话。面红耳赤下来，当时的那种羞愧与耻辱感，至今想来，还耿耿于怀啊！

从此觉得自己不适合当老师，毕业分配，先是确定下基层的人选，据说是省里作为后备干部梯队培养的。系里把我列为其中之一。我倒没什么官瘾，只是一门心思想当作家，从学校到学校，生活阅历极受限制，想想，广阔天地大有作为，去吧！有同学提醒，以我的性情，不适合去乡镇，万一下去上不来了，一辈子当个何乡长，咋办？想想也是，那就算了吧。此后，部队又来要人，去军营闯荡闯荡也好啊，谁知体检又不合格。几番折腾，才来到长沙铁道学院外语系。

记得第一次走上大学讲台，刚满 20 岁。给外语专业的学生讲汉语写作课，前车之鉴，事先准备了厚厚一摞讲稿，连开场白需要讲的每一句话，都工工整整地写在了纸上。到得台上，低着脑袋，一门心思照本宣科，足足三小时的内容，不到两节课就完了。剩下的十来分钟，竟不知如何打发，急得冒汗。连最简单的拖延时间的办法：让学生自习，都忘了。只好丧气地说一句：下课吧！

如此在讲台上苦撑着，竟也没有学生如球迷一般叫我"下课"。他们还暗暗地喜欢并同情着这个年纪与他们差不多的腼腆的"老师"。于是才有机会，一直操练下来，嘴皮越磨越薄，在学生眼里，竟成了"很能侃"的老师。

人生的选择，真是充满了许多的偶然。现在想来，也许老师正是适合我的职业。在铁道学院外语系 20 多年（后来有了外语与外贸学院，并校又有了中南大学外国语学院），回想起来，上过的课无数，给全校学生上过大学语文，给英语系本、专科生上过写作、现代汉语、现代文学作品选读、外国文学、中西文化概论，给文秘专业学生上过应用文写作、社会学、中国文化、西方文化，给研究生上过欧美文学专题、比较文学导论，后来去湘大带博，又给硕士、博士生上过 20 世纪西方文论、俄罗斯文学专题研究、文学与文化批评……简直无所不包，说得好听是博学、全才，不中听就是万金油。客观地说，课上多了，旁骛太多，难免影响你的"专攻"，而好处是每上一门课，都是走进一个新的领域，逼你不断要去读点书，接触一些新的东西，久而久之，各种"知识"混融在一起，起了化学反应，你的视野被打开了，眼界也就不一样了。后来，俺们混进比较文学的队伍，似乎偶然中也就有了一些必然性。那比较的什么文学，一大特点就是"杂"，人说比较文学是个筐，什么都可以往里装。俺们做围棋文化研究，都可以混到比较文学的博士学位，那还有什么是不能"兼容"的呢？

扯远了，还是回过神来说教书的事。上面说的是教过的课程，属于"面"，而就学生的层次而言，从小学生到博士生，差不多也要"通吃"

了。先说小学级别，那是当年为挣点小钱补贴家用，受围棋学校的委派，去长沙市的一些小学上围棋入门课。要问上课的感受，一句话：你当得好大学老师，未必就教得了小学。那些小屁眼，叽叽喊喊，难有安静一点的时候，后来学校专门派来负责纪律的老师，仍不管用。谁讲话，罚到教室后面去站着，他就站在那里，我自岿然不动，没有一点羞愧的样子。讲围棋 ABC，各种死活的形状，直三、曲四、刀把五、梅花六之类，讲了一遍、两遍、三遍，还不领悟，蠢宝啊你，朽木不可雕也。上了一个学期的课，第二个学期再不肯去了。算了，那点小钱也不挣了，俺们没那个耐心。后来反省，未必真是那些孩子难教，可能是俺们教不得法，不能因材施教。然后就很是佩服那些能当好"孩子王"的老师。

第二个层次是中学。可惜俺们一辈子都没有过在中学上课的经历。不过在教过的自考大专班里，有的班就是直接从初中升上来的，算预科班，那俺们教的，就相当于高中的语文课了。那些孩子都特可爱，第一，求知欲旺盛，无论你讲什么，他们都听得兴味盎然；第二，表达情感直接，喜欢什么，讨厌什么，都毫不掩饰。于是，讲台上，便不时有"老师，你愿意在我的生命中驻留片刻吗"之类的纸条。面对如此率真的问题，俺们只好笑笑，不答。

说到大学语文，一类是面向全校的全日制学生的，虽然有统一的教材，但讲什么不讲什么都很自由，随便你去发挥，这最能体现教者的水平。很多学校都是让那些术无专攻的老师上这类课，结果这课在教育管理者、在学生眼里都变得可有可无了。其实，正应该反过来，让最好的专业老师去上，因为它的受众面最大。就像当年钱理群去上北大的大一国文课，能不受欢迎吗？

还有一类是自考的大学语文。这课受的限制就太多了，因为它首先一个前提就是要让学生通过统一的考试。在中国，很多东西一涉及考试、通过率之类，就会变得了无趣味。我在不少场合都问过学生，读中学的时候，最讨厌什么课，回答往往都是惊人的一致：语文。这让我百思不得其解。语文者，荟萃古今中外最优秀的文学作品，让学生享受文字的大餐，如今却沦落到如此的地步，责任当然在教者、在那死板的考试制度。一篇好端端的文章，被分解成考试的许多个知识点，然后死记硬背，能不面目可憎吗？自考大学语文，差不多延续的也是中学教育的模式。那么，如何在讲清"考试知识点"的同时，让你的课变得有点趣味，就至关重要了。戴着镣铐跳舞，对"舞者"就有了更高的要求。有一年，俺们教的班，这门课通过率奇高，管理者以为俺们有什么特殊关系，请教诀窍，我说，其实也没什么，让学生喜欢你，喜欢你的课，他就肯在这门课上多花点时间，如此而已。

在外语系，上得最多的还是本科生的中西文学、文化课。上个世纪八十年代末、九十年代初的一段时间，铁道英语专业的学生文学课开得很多，四年不断线，一年级汉语写作，二年级中国现代文学作品选读，三年级外国文学，四年级比较文学。课上得多了，那段时间正好又是一个人带着孩子，跟学生接触的机会也就多，慢慢地，他们从教室走进了你的生活中，一起喝酒、下棋、打球、爬山……师生成了酒友、棋友、球友、驴友。有一年，换了套房子，简单地装修，刷刷墙、铺点瓷砖，他们便来帮忙搞卫生，忙完了便席地而坐，喝点酒，听听歌，聊聊天。情人节那天晚上，那些没有男朋友或女朋友的，索性就在这空荡荡的房子里，一起过起了没有情人的情人节。录音机里响起孟庭苇的歌：

> 没有情人的情人节
> 多少会有落寞的感觉
> 为那爱过的人不了解
> 想念还留在心里面
> ……
> 情人节快乐快乐情人节
> 一个人流连花好月圆
> 情人节快乐快乐情人节
> 烟火的天空下起了雪

听着这感伤的歌声，每个人心里也就有了一些没来由的愁绪。这愁化入酒中，便又多了一分绵绵的回味。

后来，功利主义、实用主义盛行，影响到课程设计，文学课日渐萎缩，一度甚至完全绝迹。虽然给研究生上着课，但完全与本科生绝缘，感觉上就像一条河，虽然也有流水，却仿佛没有源头，随时会枯竭。后来，中西文化、比较文学之类的课，重新开了起来。虽然跟学生接触少了，但你感觉得出，他们对知识、对好老师的那份渴求。大课，从来不点名，但学生总是很自觉地来到教室，满怀期待，静静地聆听。面对台下那几百双眼睛，你一边口若悬河，一边从那些眼睛里读出渴望、思索、迷惑、微笑、会心，你也就有了一种特满足的感觉。

这期给翻译在职硕士班上中西文化比较课。学生中便有原来的本科生，有一位同学在课堂作业中说，再见何老面带微笑、口若悬河的投入样，似乎又回到了铁道外语院红砖墙楼的101。"我，是何老众多学生中的一个，在外语院呆了快五年，一直在有一定距离的范围内观察何老，关于他的学问、他的讲授、他的乡音、他的笑容，这是一种怎样让人觉得舒服的距离，不亲近，但也决不遥远。纵然不能像他的弟子那样和他喝酒聊天、称兄道弟，不能成为他笔下的那个乞儿、园长、无花、马姑娘，但是这样微妙的师生距离总能酝酿出一种难能可贵的景仰。"

这大约就是人们常说的距离之美吧！

相对来说，还是跟研究生会走得更近一些。第一，研究生有了固定的导师，然后就有了"某某门"之说，这就像江湖门派，入了门，便有了亲如一家的感觉。第二，研究生上课比较自由，基本上都是讨论课，学生先讲，大家讨论，老师再总结发挥，课堂气氛比较活跃（有一期给博士生上课，索性讲稿也不要了，他们讲讲自己做过或准备做的论文，老师也谈谈自己做过的选题、论文著作、体会，不要讲稿，自由发挥，反而灵感滚滚，"思接千载，视通万里"，那感觉，真是好极了）。第三，跟研究生课下接触较多，大家在一起喝茶、聊天、爬山、吃饭、喝酒，颇有些其乐融融的感觉。而在自由的交流中，对文学、对人生，也许便有了些新的领悟。

前些天跟研究生一起吃饭，他们说，还是围绕何老建一个QQ群吧！然后就想名字，什么"何门"、"闲云野鹤"、"随波逐云"、"云水间"、"潇湘听弈"、"听香"、"看云"、"云栖谷"之类，最后确定，还是叫"闲云阁"吧！"阁"是处所，大家可以在这里喝茶聊天，"闲"是一种心境，周作人说"忙里偷闲，苦中作乐"，这个世界过于忙碌，也有许多的不如意，有时何妨让你的心暂时"闲"下来，看一看花谢花飞，云起云落。就像有天下午，跟几个研究生一起去现在所住的"云栖谷"的后山溜达，在一处山道上，看到一群蚂蚁在那里搬家，浩浩荡荡，前不见头，后不见尾，颇是壮观。好奇之下，用棍子把蚁群拦腰截断，秩序井然的队伍一下子乱了套，然后马上有很多前面的蚂蚁纷纷往后走，看来是要把后面的蚂蚁重新引向正确的道路。我们便饶有兴致地蹲下来，看着这些蚂蚁如何组织、如何传递信息、如何应对突发事件……在你行色匆匆的人生中，有时，有心情、有兴致停下来，看看蚂蚁搬家，这大约就是一种"闲"的心境吧！

屈指算来，当老师快30年了，喜欢"教师"这个职业，迷恋的就是那份自在，除了上上课，其他时间就是由你自由支配，你可以干点什么，也可以什么都不干。上课呢，你愿意讲什么都可以，随你发挥。当你在讲台上口若悬河，台下的听得如痴如醉，你也就找到了一种自我价值感。而跟学生在一起，相对单纯，没有社会上那么多复杂的东西，而他们的活力，又时时在感染着你，不经意间，你也就变得单纯、年轻起来。

有一位学生，在课堂随感中写"拈花微笑的何老"：

喜欢听何老讲《刮痧》，讲宗教文化，讲佛，南宗、北宗、顿悟、渐悟……就像在跟你随便聊聊，让人很是舒服。何老带给我的是一种久违的纯文学，是现在很多慷慨激昂的演说家所没有的。很久没有看到一个老师会笑得像个孩子般地纯朴，让你的嘴角也会跟着上扬，你会觉得上何老的课，你找到了心灵栖息的净土。

能够碰上这样一位心灵导师，足矣。相信我在以后的日子里，想到如孩子般纯真笑靥的何老时，也会咯咯地笑出声来，然后自我救赎，心远地自偏了。

看着这样的文字，自己也不由得开心地笑了起来。能够给他人的心灵带去一些启迪，一些慰藉，自己也从中获得快乐与满足，这大约就是吸引我几十年甘于站在这个讲台上"口干舌燥"还"乐此不疲"的原因吧！

（2010 年 6 月 15 日完稿）

买房记

人到中年，突然成了无"产"（房产）阶级，蜗居在租来的房子里，心里总不踏实。眼看房价像打了激素一般疯长，上半年 3000 元一平方米的，下半年就突破了 3500，手头那点钞票，在你的"无所作为"中就在哗哗地往外流，心头那个慌啊，甭提了。

得，赶紧买房吧！弟媳在银行，她们单位据说正跟位于河西的阳光 100 洽谈，集体购房，房价可优惠不少，正好相隔不远的学校新校区也在紧锣密鼓的建设中，那就赶紧订一套吧！阳光 100 的二期工程，三房两厅，140 平方米……

接着就去看规划中的工地。老弟开着车，从猴子石大桥，过了阳光 100 小区，一路往西，快到一个加油站，才发现一片工地，工人们正在移山填洼地，在挖土机的轰鸣声中，心里憧憬着，未来的美好"愿景"。

然后便是等待。可好几个月过去了，弟媳单位那边，一点动静也没有。一打听，被告知，近来房价涨势放慢，投资房产利润缩水，她们单位可能不统一组织购房了。唉，这房子也就竹篮打水了……

怎么办呢？正焦虑着，有一天上课，突然接着学校房产中心的一个短信，说经他们多方考察学校附近的开发中的商品房住宅小区，认为云栖谷位置适中，价格也最为实惠，3200 元起价，为方便广大教职工，学校与开发商协商，拟为教职工办理团购业务，可九折优惠，最后一周，有意者速来房产中心报名，云云。

还有这等好事啊！这就像一个人正饿着，天上突然掉下馅饼，砸在了你的嘴里。赶紧在房产中心挂了个号，然后给云栖谷销售部门打电话，询问详情。一个男士接的电话。他让我过去一趟，就直接找他。

到了周末，没课了，一个人打了个的士，到了传说中的云栖谷。一看，原来是我来过的那个工地，还以为是阳光100呢……缘分啊！

走进售楼中心，找到接电话的销售顾问，他首先把我带到展示厅，在小区模型面前介绍了起来，说这里依山傍水，背后就是岳麓山后山的白鹤保护区，小区内以后要建一个七千平方米的水系。现在是一期工程，供出售的房子是4栋和11栋。我一看，它们都靠马路，前面就是通长潭西线高速的大道，想着噪音会不会太大，不禁有些犹豫。那位先生赶紧说，这排房子与马路之间会建一道水系和树木绿化带，况且他们的房子，门窗都是一种叫什么的新式材料，绝对隔音。我问，那为什么这里的房子价格会这么优惠呢？他说，这是他们的一种销售策略，现在房子很紧俏，要买房就赶紧决定哦！你们学校的团购活动过两天就截止了。

既然这样，那就赶紧订一套罢！房产顾问见我心意已决，把我带到一间无人的接待房里，开始商谈购房细节。首先是户型。看中靠边的单元，客厅有大阳台，卧室还带弧型阳台的那种，想想，在午后的阳光或静夜的月光下，在弧型阳台上摆一张茶桌，与心爱之人喝喝茶，聊聊天，应该是一种惬意之境吧！但却被告知，那个单元只剩下顶楼最后一套房子了。电梯房楼层越高，价也越高。我担心顶楼冬冷夏热，销售顾问说这完全不必担心，他们现在楼顶用的都是新材料，绝对隔热。接着又说了一通顶楼的好处，问那有什么缺点吗？答曰：没有。

正犹豫着，走进来一位售楼小姐，说她的一位顾客也看中了那套房子，现在正在来的路上。我的售楼顾问马上说，不行啊，何老师也想要这个房子呢！他把那位售楼小姐拉到一边，嘀嘀咕咕了一会，然后回来跟我说，他跟那位小姐商量了，如果我确定要那个房子，那就让她的顾客先不要来了。想到第二天就是团购活动结束的日子，算了，那就订了吧！

正盘算着，接到一个电话，说他姓何，是云栖谷的房产销售顾问，问我是不是想要购房。我说，我已经在云栖谷了啊！他"噢"了声，就把电话挂了。我奇怪，他怎么知道我的号码呢？看来，是从学校房产中心那里得来的信息，哪知道，我这么性急。

接下来就是签意向合同，交押金，一个上午，就把一套房子搞定了。从财务室走出来，正遇到那位姓何的销售顾问，他说祝贺何老师买了新房，脸上却漾起一丝怪怪的笑。我也没多想。离开时，我的那位销售顾问告诉我，他可能要离开这里，不过请放心，他会把我的业务移交给其他业务员的。

我心里咯噔一下，你要走，干吗还要接我的业务呢？到时候其他业务员不负责、敷衍我怎么办？还说在铁道成教读过书，算是我的学生呢？罢罢，木已成舟，也就只能这么着了。

回到家，便觉得整个事情有点不妥，那栋楼紧挨马路，下面几层还是商铺，太吵，对我们这种每天喜欢蜗居在书房里的人来说，肯定不合适啊！况且顶楼直接与上天亲密接触，再怎么着夏天会热、冬天会冷一些，价格还最贵，不划算啊！我当时怎么就会像被灌了迷魂汤，迷迷糊糊就被牵着走，完全失去基本的判断了呢？人家买件衣服还货比三家，我倒好，什么楼盘都没去看过，没有任何的比较，就贸然作出决定，还自诩雷厉风行、当机立断、办事效率高呢？这可是花费几十万、可能要住上很多年的"家"，不是玩意啊！这时，又突然想起，在房子预售合同里，我的那份是销售顾问一个人签名，他留的那份，我无意中看到，业务代表栏有两个人的名字，那另外一个人，应该就是中途进来的那位售楼小姐，扮演"托"的角色，成功后两人再去分赃，这分明涉嫌"欺诈"嘛！越想越觉得不对劲。想起平时从网络、电视中看到，或从同事、朋友那里听来的购房时的种种遭遇，什么迟迟拿不到房产证，号称精装修的房子却名不副实，合同书里的陷阱，还有售楼先生、小姐的机关，等等，不禁更增一分惊慌。怪只怪平时过于相信组织，组织上操心的事情，人民群众还能不信任吗？

一直自恃吃得香、睡得好，这晚上却再也无法安睡了。翻来覆去，思前想后，苦无良策，总不至于潇洒到挥一挥衣袖，一万元押金也让它随风而去吧！这世上要有一种专治后悔的药就好了。得，个人的力量永远是渺小的，还是找组织去吧！好不容易挨过周末，到了周一，大清早就起了床，搭校车赶到校本部那边，找到房产处，在办公室等了一个多小时，终于等到主事的领导，递上教授加博导的"名片"，如此这般，说了一通。核心问题是能不能退房。领导正好要去售楼部那边谈事，答应说说。我赶紧谢过，领导对人民群众的亲切关怀，让人觉得无比的温暖。

接下来就是等消息。过了一天，领导传话过来，说那边说的，退房不行，但可以另选其他单元的房子。其他单元就是中间的房子咯！我们去看过，那栋楼是品字形的，中间的单元凹进去，采光肯定受影响。关键是，临马路的问题还是不能解决。不得已，只好亲自去找售楼部的经理。又是递"名片"，如此这般，说了一通。经理还算通情达理，也许是看着"教授"的面子，说退房不行，但可以等下一批房子出来再选房。然后告诫，至于下一批房子是否涨价，就不知道了。随之在俺的房子预售合同上大笔一挥……好几天为房子的奔波，总算有了初步战果。

忐忑不安地过了几个月，下一批房子终于出来，可以去选房号了。最担心的价格，还好，与第一批基本持平，并且所有购房者，还有一万元的优惠。学校的团购仍然继续（当初第一批的最后期限云云，原来是一场虚惊），仍然是九折（普遍购房者据说是九点一折，后来又听说，不团购也可以九折，罢罢，俺们也不是自私自利的人，最最广大的人民群众都能享受到社会主义集体的优越性，这是好事）。有两栋楼可供选择，其中一栋临后山，但有条小马路，据说以后要加宽改造。俺们能选的，只有前面临大道的第二排的一栋房子了。虽还是可能有点"闹"，但小"闹"聊胜于大"闹"。俺们经常艰苦的努力，才得到这重新选择的机会，要善于知足是不？

选房那天，那场景，是红旗招展，锣鼓喧天，"人山人海"，还有击鼓传花，游戏中奖，等等"热闹"，这里且都按下不表。终于看到正式合同文本（贴在墙上，不得复印，不得带走），然后交首付，房款的30％。下一步，便是办住房公积金贷款。29万，15年分期还清。

　　到学校办收入证明，造月工资的详细清单，去民政局办婚姻证明……终于把各种琐碎的章盖好，就等着长沙市住房公积金中心放款下来了。突然被告知，说我有两个公积金账号，必须合二为一才能办理有关手续。这就奇了怪了，去公积金中心一打听，才知道原来师范大学那边也有我的一个公积金账号。原来如此啊！几年前曾动过去师大的念想，在那边外语院报了到，上了一个学期的课，就等着暑假就办有关与中南这边彻底脱离的手续。但那边以我还在中南领钱为由，一开始就冻结了我的工资，自然也就不知道还有什么公积金卡之类。想想挺没劲，想挪挪窝的心思也就淡了。如今倒好，突然出来这么一笔横财。去师大人事处那边办交涉，他们说这一千多块钱公积金就给我算了，转走吧！谢谢领导的慷慨。接着就是办具体的手续。可就在这一环节卡了壳。负责具体办事的在临盖章时，仿佛突然想起说，我既然已经报过到，那现在就得先办离校手续。我说天地良心，除了外语院的一笔600元的大锅饭，我从来没有在师大领过任何的赏钱，也没有房产、工作证及其他任何的证，更不用说借款了。那人说，我怎么知道呢，该履行的手续一定要履行。我知道，千不该，万不该，我在人事办等着时，经办此事的"他"不在，我与另外一位办事员套套近乎，那人见我等久了，就准备"越俎代庖"，帮我把章盖掉算了。哪知道这时他老人家偏偏来了，并且见状似有不悦，于是便有了后来的插曲。我一看这"离校"手续是非办不可了，看那表格上密密麻麻的格子，总有一二十个章，只好央求敬爱的父母官，少打几个勾。总算开恩，去掉了将近一半。接下来就是盖章之旅。如今长沙市都有了统一的行政办事大楼，那小小的师大，各衙门却分散在东南西北中。一路问着，一路寻找，正是寒冬，那天细雨绵绵，北风呼啸，一边冻着，一边冒汗，在寒热交加中，终于盖好了几个章。看看将近中午，只好先找个地方果腹。在一家小店吃饭、避寒的时候，我就想，如果可以的话，我宁愿不要这点骄傲而可恶的公积金。我问，可以吗？答曰：不能！

既然如此，那就只好再继续未竟的事业。下午又是好一番奔波，终于拿到人事处的函（前面那些章就算完成了它们的神圣使命），去校办盖最后一个同意转公积金的章，谢天谢地，临近下班，办事的还在。

问：准备调到哪里去啊？

答：中南大学。

恭喜恭喜！

多谢多谢。

然后大功告成！

拿到有关公函，再一次去住房公积金中心，一路忐忑着，生怕又出来一个什么"插曲"……还好，事情理顺了，几分钟便好。这么快啊，心里嘀咕着，另一个声音说：你贱啊！

又过半年，云栖谷一期工程终于完工。拿到钥匙那天，心里长长地出了一口气，三年之后，终于又有了自己的房子。想起这之前买房过程中的种种曲折，想起苏轼的那首词：

回首向来萧瑟处，归去，也无风雨也无晴。

归去……准备搬家吧！阿门，噢耶，阿弥陀佛，唵嚛嚻嚩叽叺呀吟吡定……

（2010年4月18日完稿）

搬家记

到长沙来，已经是第六次搬家了，前五次都是在铁道学院内折腾。学校也是个等级森严的社会，这点在福利时代的住房上最为典型。单身教工住集体宿舍，结了婚，运气好的话，助教可分到一套一室一厅的房子。然后一路攀升，讲师两室一厅，副教授三室一厅，教授三室两厅。一般情况下，了解一个人的状况，不须问什么职称，只要打听一下，他住什么样的房子就可以了。

后来改革了，人民政府还政于民，把住房、教育、医疗之类的大事都交给人民自己去打理了。而今升迁都是说组织上要给你压压担子，广大人民群众身上的担子也一下子沉重了好多。不过好处是，你只要有钱，爱住多大的房子都可以。不像过去，教授、厅级、处级之类，住房面积都有严格的限制。记得上个世纪末学校盖最后一批教授福利房时，上面批下来的面积，每套不超过 95 平方米。那个时候住房开始放开，这面积显然不能"与时俱进"。小平同志早就教导我们说，胆子再大一点，步子再快一点。教授们联名打报告，说房子加大一点，多余的面积按当年商品房价格自己出钱，答曰：政策不允许。那就退一步，反正以后要加宽（当年房子改造成风，建新房不能超标，但可进行旧房改造，于是，好多栋房子都突然这里生出一节，那里肿起一块，蔚为奇观），那就先做好设计，留出地基，等房子造好，验收完毕，再实行旧房改造，把补丁加上去。主事的领导摊开双手，抱歉地说：还是不行。后来，大家都搬了进去，过了不到一年，领导突然指示，说现在可以实行旧房改造了。操，新装修的房子，一面墙又得打洞，算了，别折腾了，政府的关怀咱心领了就是。

一晃在铁道住了二十多年，有人说，再住下去就要一辈子了，不烦啊！想想也是，铁道的校门都已改造了无数次，那阶梯教室前的草坪，也已经变过许多次脸了，我自岿然不动，这也太有耐心了吧！正好外语院要搬到新校区去，咱也买房、搬家，"潮"一会吧！

说得潇洒，其实也是无奈。住校园内多好啊！安静，自在，散步不用出校门，想打球往运动场一去，不愁没有球友。跟学生在一起，你自己也显年轻。可是世事多变，不小心睁眼一看，偌大的校园，已没有栖身之地。住在租来的房子里，总像是临时的过客，乱乱的，也无心打理。房子旧了，设备老化，不小心半夜三更"擂"声大作，原来某处的水阀爆裂，水漫金山，下面的房客在使劲地锤门。后来，房里还新增了一位房客——老鼠。起初这房客还挺绅士的，只在晚上进来，嗑瓜子、带壳的果子之类。并且，嗑出的壳很是完整、美观，并且码得整整齐齐，一丝不苟，早上再安静地离开。没想到七楼顶层还有这样的不速之客，对这位客人心生好感，晚上把窗户关严时，怕它饿着，就在窗台上撒点米，它有了晚餐，也就不进屋了。谁知久而久之，这房客却开始放肆起来。关了窗户，它就从空调管道进来，把管子咬坏，空调废了，成了专用鼠道。后来，它索性赖着不走了，吃喝拉撒都在屋里，并且开始什么都咬，一个苹果，它尝一小口就弃一边了，这不是极大的浪费嘛！一只鼠住久了寂寞，说不定什么时候，再去勾引一位良家老鼠，弄一段风流鼠事，留一窝香火传宗接代……

得，还是赶快搬家吧！先抓紧时间装修房子。说到装修，每个经历过此事的中国人都可能有许多的故事、经验、教训、感慨……中国人特重"家"，又好面子，不管经济状况怎么样，这房子总是马虎不得。请了装修队，生怕人家敷衍了事，以次充好，从材料到工序，事无巨细，事事过问，百事操心。结果，房子弄成，钱没少花，口舌没少费，人已心力交瘁。想想，房地产商何不负责到底，把装修也包办了，设计几种风格，大家各取所需。这样可以省多少的人力物力啊！

说归说，还是有很多人愿意操心并苦着，苦并快乐着。只是如我等，实在无心亲力亲为，正好有位学生的堂哥在搞装修，那就全权委托吧！包工包料包设计，所谓"三包"，相信就放权（经常跟人说，不要生怕人家赚了你一点辛苦钱，就像材料，装修师傅固然赚了你一点购材料的差价，但你自己去买，同等材质的你用同等的价格未必买得到）。除了地板、瓷砖几样大件一起去看看，其他就甭管了。一套房子装修下来，只来过几次现场，就大功告成了。所费不多，效果居然还不错，看了的都说好！

装修虽然操心不多，可买家具、电器，选窗帘，开通天然气，装电话等等，一应琐碎的事情，也把人弄得够呛。就说那电器，电视、空调、洗衣机……一样样地送过来，每送一次货，就得从铁道那边跑过来一趟。还有安装，单几台空调，就折腾了好多次。客厅、书房的还好说，卧室的悬挂式空调，外机要放在房子外面一个预留的格窗里。偏偏房子设计把靠格窗的那面窗户的玻璃订得死死的，要把不轻的空调外机从另一面窗弄过去，相当危险。然后想其他方案，找物业协商，都没结果。如此反复很多次，装空调的说，那还是试一试吧！但要加钱。原来核心问题在这里。那就加吧，有钱好说话（空调管子加一米80元，用它们的插座，10元就变成了100元），空调终于搞定。还有选窗帘，来来回回跑了好多次，比较了好多家（比选房子还用心），终于看中了一家，布料花色品种都好，价格也实惠，店主让利也爽快，正在窃喜中，等到开货单时才发现，商家的主打商品原来是那些配料，管子几十元一米，布头13元，花边8元……最后算下来，花的钱比布料还多，再讨价还价，店主态度坚决了许多，轻易不肯退让。但事到如今，也只能接受了，只是让你不得不佩服商家的智慧。

如此种种，都让人颇长见识，这些都是书本上学不到的啊！

这一切且都按下不表。单说过了元旦，就是新年，到新家过年去！想起便禁不住一些兴奋、期待。但搬家的日子越近，却又涌出许多的不舍。

别了，安静而热闹、古旧而年轻的校园！那屋前屋后的香樟、桂花树，老教学楼前的深山含笑，运动场边一排的遮天蔽日的法国梧桐，还有外语楼，在一个小山坡上，上几十级台阶，树木掩映中，三层的小楼，青灰的墙，二十多年的讲台生涯，就跟这栋不起眼又韵味十足的小楼连在了一起。这一切，终于都要成为过去，成为记忆了。

搬家之前，母亲请风水先生，挑了个日子。并且叮嘱，一定要在早上七点之前做一餐饭吃。临近那个日子，许多东西还没弄好，带了点日用品，在新房过了一夜，第二天早上煮了点方便面，香烛也没准备，没有向灶王爷、财神、家神们报告，就算入了伙。等到正式搬家那天，细雨蒙蒙中，叫了一辆货车，把"家"拉到云栖谷（一个"家"，其实也没什么东西，主要就是书）。没有鞭炮声，没有请酒，也没有其他的排场，悄悄地，就在云栖谷安顿下来。

经常想，人生很多时候其实就是一个"缘"字。当初欲在阳光100购房时，就把云栖谷的工地当作了阳光100。云栖谷恰恰又被学校选中为团购的对象，等到搬进来，一些朋友一听名字，就说，这天生就是给何云老住的地方啊！云栖谷的广告上说：云者择山栖，藏于麓山显于世。这里属于岳麓山的后山，是白鹤保护区。推开北边的窗，一片青山扑面而来，满眼的翠绿。虽南边临西三环，为入长潭西线高速的主干道，有点吵，但看在那一片青山的面子上，也就将就了。

云栖谷已经算是望城县的地盘（据说现在已划归岳麓区），俺们成了含浦镇白鹤村"村民"（装电话、宽带，长沙片区的居然还管不着，"乡"里上班又不正规，年后好些天才办好）。在这里过了一个年，发现大部分的楼房都空着，灯光稀稀落落，没有几户人家。年后那些天，张灯结彩，埋在地面上的那些喇叭使劲地吼着歌，也难掩小区的"安静"。直到如今，也没多少人家。然后就想，当初购房时，销售顾问说带弧型阳台的只有顶层的那套了，现在看来也未必啊！后来我帮一位朋友去销售中心打听一下情况，接待的说，只有某某栋楼房有房可售了，难道也是虚晃一枪。年前小区里就打出庆祝获片区销售冠军的横幅，如果真是这样，那这一片的房子销售岂不是有些惨淡……罢罢，这些商业机密、智慧，非我等笨人想得清楚、领会得透彻，还是过小民的小日子吧！

　　远离长沙市区，偶尔进城去办点事，吃个饭，去学校新校区上上课，其他时间就是过着半隐居的生活。云栖谷虽然临马路，"闹"了一点，但小区的园林绿化弄得还不错，据说还得了个长沙市建筑业的一个什么园林设计奖。得闲时在小区散散步，有茂林修竹，丹桂飘香，花花草草，小桥流水，白鹅浮绿水，金鱼游浅底……一花一世界，一树一菩提，也就可以闹中取静了。而小区对面有个职业技术学院，有片安置小区，小超市、小餐馆、大排档、茶吧、KTV、人和汽车美容、药店、建材店、复印打字……应有尽有，比铁道的小街还热闹。藏于麓山显于世，或"隐"或"显"，日子也就这样忙碌着，悠闲着，一天天过下去了……

（2010年4月25日完稿）

学车记

一

一直对车没有什么亲近感，小时候第一次坐客车去县城，吐得一塌糊涂，从此就对这钢铁的庞然大物充满了敬畏。后来住在城里，坐车的机会多了，虽然慢慢习惯了，但一坐车上就容易昏昏欲睡。住在校内，去上课也方便，所以从来就没有动过学车、开车的念头。心里寻思，这一辈子，应该是跟车无缘了。

谁知世上的事情总是不断地变化的。所在的学院要搬到新校区，新买的房子跟新校区也还有好一段距离，那个地方虽临着西三环，但还是属于偏远之地，平时连的士都难得见到，首先面临的一个问题就是以后去上课很不方便了。得，还是买车吧！身边也有其他的教授学了车，买了车，榜样的力量总是无穷的，俺们也总不至于不可教化吧（有一位教授买车的理由是，现在据说已经进入到汽车时代，不感受一下时代的氛围，说不过去）。况且，听说以后考驾照越来越难了，赶紧吧！

2009年下学期，一过了暑期就去驾校报了名，交了钱，领了一本理论考试的书，办事的说是否周末就去考试，我翻了翻那本书，那么多需要死记硬背的内容，几天时间怎么够呢！况且人过了不惑之年，记忆力严重衰退，还是稳妥一点，下次吧！

  回来便开始背书，那书叫《湖南省机动车驾驶人科目一考试标准题库》，尽是些选择、判断题。有的题一看就可以确定答案，比如"包扎止血不能用的物品是：A. 绷带，B. 三角巾，C. 止血带，D. 麻绳。傻瓜也知道，不能用麻绳去止血是不？人毕竟不是猪啊！但有的问题，却是需要强制性记忆的，比如机动车驾驶证被暂扣期间驾驶机动车的，由公安机关交通管理部门处（ ）罚款，四项供选择：A. 100元以上200以下，B. 200元以上500以下，C. 200元以上2000以下，D. 200元以上1000以下，标准答案是C。俺们便寻思，为什么不是200、500、1000、2000依次递进呢？这从200到2000，执法人员可掌握的幅度也太大了点吧！难怪一有点什么事，中国人的第一反应是拼命找熟人，能免最好，不能免交个最低限额也好啊！算了，别多想了，理解的背，不能理解的也死记就是。还有就是比如"在道路上通行的行人、乘车人，应参照执行《中华人民共和国道路交通安全法》"，让你判断对错，我以为是"对"，标准答案是"错"，为什么"错"呢？不明白。这《考试标准题库》把《中华人民共和国道路交通安全法》分解为五花八门的题目，却连一个完整的《道路交通安全法》文本也没有附上。没有了上下文，俺们怎么去理解呢？只有死记硬背了，纯粹是为考试而考试，这大约也算是中国特色之一吧！

  终于自我感觉把一本题库背得差不多了，再在驾考网上做了些模拟考试，每次都能拿个90分以上，想想应该差不多了。上阵吧！到考试点一看，知道了什么叫人山人海。排队的长龙绕了好几个弯，等了一个多小时，好不容易轮到自己。坐在电脑前，100道题，四十五分钟的时限，俺们半小时不到就做完了。想想90分应该没问题，点击，交卷。电脑上闪出89的数字，抱歉，你未能通过考试。一下子愣住了，怎么会是"89"呢，差一分，最接近成功也最让人懊丧的数字。怪只怪到驾校等车去考试时，驾校工作人员提示说，交通指挥手势图有变，让大家看看那些新的图，记住了。我看了几遍，临到考试时，却把旧图、新图都混到一起了，至少丢掉了4、5分啊！还有，既然还有的是时间，为什么不回头检查一遍答案呢！检出1分来不就行了吗？只怪自己太大意，大意失荆州，历史的教训啊！坐在回去的车上，一遍又一遍在心念叨着：我真傻，真的，为什么不检查一遍呢？

悔之晚矣，没办法，只好再来一遍了。人家都说，按照教授的水平，考理论应该最有把握，可偏偏最没有问题的地方就出了问题，都不好意思跟人家说啊！吃一堑，长一智，这回一定要做到万无一失了。把那些题目又来来回回温习了几遍，做了好些次模拟考试，考试那天，人更多（据说光长沙市就有十万大军承前继后奔驾照），整整三个小时才轮到自己，小心谨慎地做题，来来回回地检查确信已尽了最大的努力，才提交答案。电脑上出现"8"和"9"两个数字，一看就差点要晕了。再定睛一看，谢天谢地，"9"在前"8"在后，通过啦，恭喜您！

二

考完理论，上完课，已是12月下旬，离报名已经过去了三个月。终于痛下决心，要正式去学车了。先在冷车教练那里练起步、加减档、停车的全部流程，还有打方向盘的手势。冷车教练是个年纪比较大的老头，极和蔼。那些操作流程一遍两遍都记不住，他便会反复地教你，然后让你自己再练。后来想想，冷车教练其实是最落寞的，一个人守着七八台报废了的破烂不堪的车辆，其实很少有人正儿八经去练，他便没多少事可做。经常看他一个人待在那车棚里，其他教练也不大搭理他，那样子，就是一个快要退出江湖的老者，做谢幕演出，却无人喝彩。后来我从那经过的时候，有时过去跟他搭搭话，递支烟，他会像他乡遇故知一般，热情地招呼你，跟你拉拉家常，问你学车的情况。偶尔有场内教练有点事，让他去顶一顶，他会表现得耐心且幽默。比如你练过"饼"（学名叫"通过连续障碍"），老压"饼"，他会说，看来你没吃饱，胃口这么好，下次记得在家吃饱点再来。大家一下子便轻松起来。

当然，练车的时光，真正轻松的时候，其实很少。练了大半天冷车，跟场内教练预约跑坪。所谓跑坪，就是开着车在训练场内转圈。第一次摸方向盘，是在老弟的车上，人一坐上驾驶室，就高度紧张起来，刚要起步，看后面远远的有车要过来，就不知所措了，方向盘也不知该打多少，一米都没走出去，就放弃了。如今上了教练的车，只能硬着头皮往前了。教练让换2档。我问不能就1档么？答：不能。十几公里的车速，在我看来就是"飞"一般的感觉了，前方处处皆凶险，教练帮着修正方向盘，好不容易才跌跌撞撞、左右晃着走完了一圈。紧张之下，在冷车上学的方向盘操作手法也全忘了。教练只好让下车，说再去冷车上练一练吧！

好在教练知道我是"教授"（其实我只说过在哪儿教书，从来没提过职称之类，在外人眼里，也许"教书"就是"教授"，后来"教授"便成了我的"艺名"），也就比较宽容。第一次跟场内教练交流，他就说了两点，第一，最怕那些理论考试得高分的；第二，教师和医生这两种职业的人学车最笨。问为什么，答不知道，凭经验。而我，偏偏就两样全占了（教练只在档案里看到我理论考试得了98分，不知道这是补考成绩），理论水平高的往往高分低能，而老师呢，平时动嘴不动手，手脚难免笨一点。还真是被教练全说中了。那天下午，练完冷车，又回来最后练了一把，要下班了，口袋里揣着一包烟，却不知怎么自然而然地递给教练。平时老听那些学过车的说，需要怎么怎么孝敬教练。俺们从没那个习惯，但想到以后还需要不断跟教练打交道，礼多人不怪，哪怕教练能对你和颜悦色一点也好啊！终于等到其他学员都走了，犹豫了一下，教练已经下了车，我跟下去，把烟递给教练，说了一通教练辛苦之类的话。教练不要，说不要这么客气，两人就这么推来推去好一会，我只好把烟从车窗里扔进驾驶座，走了。

第二天，去汽车专卖店提车，叫上老弟，提了新车就直奔植物园。据说那里有个卡丁车场，正好练车。在卡丁车场练了一个下午，慢慢就有了些方向盘的感觉。再去驾校时，基本上就不用教练手把手帮你校正方向盘了。但那天，教练的态度，相比第一次，一下子冷淡了许多。寻思着，是不是那包烟给得太笨拙了，给别人看到，教练不高兴了。抑或，像俺们这种递包烟都像董存瑞舍身炸碉堡的人，是没有多少指望的，教练一看透，也就那么着了（后来有次练车，教练说起那天是他休息，过一会要去钓鱼，他就这么一点爱好了。我说，什么时候我也请你去钓鱼吧！教练说，算了吧，像你们当教授的，又没地儿买单）。

练了几次转坪，接下来就是准备桩考。桩考有专门的教练，开始在一个姓陈的老教练那里练。陈教练是从部队里下来的，讲究规范，因而，教得也耐心、细致，动作要领讲得很细。关键时刻，他会时不时帮你修正方向盘，出了错，他也一般会以比较幽默的方式说你，比如你方向偏得太多，他会说本来去北冰洋的，你却跑到了南极。还有两个教练则属于另外的类型。一个基本上不管不问，随便你们搞，一个经常是坐在教练座上，捧着一本武打小说，像是在那里很认真地看书，但你在倒车时一旦有点偏差，他会快速地帮你把方向盘修正一下，然后又沉入到他的武侠世界中了。这种一心两用的功夫，让人很是惊奇。

练倒桩最麻烦的就是人多，有时一个上午也就轮上两把，在露天等着，碰到下雨天，冷风呼呼，可就受罪了。在车里待着，又闷。没办法，为了苦练本领，忍着吧！

然后就是考试。这桩考还好，驾校自己的一个基地就是分考点。那天早上，很早就到了训练场，还有点时间，赶紧温习一把。在后面坐着的学员七嘴八舌的指挥之下，倒车、入库、移库……全套动作一次成功，哦耶！正得意着，去考点的大车来了，赶紧上去占个座位，车开了，却不见早上练车时的那几个"同门"，原来他们早早地坐在教练车上，先走了。到了考试基地，有位教练打开车门说，补考的几个人先下来，有几个人陆陆续续下去了，我们大部队被拉到一个空荡荡的大屋子里，被吩咐说，不要走开，到时候会有人来叫的，然后就没人管了。这时才醒悟过来，原来坐教练车的、还有后来那几个"补考的"，都已经捷足先登，先去了考场。我赶紧找去考场的路，心想，凭着俺教授的面子，找到带队的教练，看是不是也可以"特殊"一下。谁叫俺们脑子不灵光，反应总是慢一拍呢！已经在教练车上,偏要下来,教练在大车上喊补考的先下来,那分明是跟教练有特殊关系的,俺们为什么不跟着呢,难道真会拦着你不成?到如今,一个人无头苍蝇般转了一圈,也已经是"遂迷不复得路"了。得,那就老老实实等着吧!过了半个多小时,带队的教练突然开着小货车来了,说可以先去六个人,大家一拥而上,纷纷把身份证往教练手里塞,身份证没塞出去的,也上了车再说,车里一下子涌上十来个人。到了考场,这批人马上就被安排先考,轮到我签字画押,带队的教练还特例问了一下,你平时练得还不错吧!我说还行。得到平生毫无交情的教练如此的赏识、关照,心里正得意着,那位教练突然向大家宣布说,等一会有检查团要来,你们这些平时练得比较好的,要好好表现了。这时才恍然大悟,怎么前面那些捷足先登的"优待生"还没考完,就先安排了我们呢!原来是让我们当炮灰、敢死队啊!我们一个个还奋勇争先,自投罗网。天上掉下来的馅饼不是白给你吃的,赶紧跟那教练说,我技术不行啊!不,这个时候,你不行也行。没办法,赶紧静下心来,想技术要领,心里一慌,脑袋像一团乱麻,什么都记不清楚了,请教他人,语焉不详,问教练,也爱理不理。特别是看到平时确实练得还不错的,也灰心丧气地出来,就更紧张了。正忐忑着,快轮到我的时候,突然传话说,检查团走了。谢天谢地,一块石头落了地,正常发挥,顺利通过。

三

顺利过了桩考,接下来就是回到原来的教练这里练场内。定点停车、坡道起步、侧方位停车,都是必考项目,此外像直角转弯、起伏路、百米加减档、通过连续障碍(俗称过饼)、过单边桥、过限宽门、S路,抽到什么考什么,就看你的运气了。但练习的时候,却一样也不能拉下。那就加紧练吧!

我们这种人,平时最爱琢磨,爱追究为什么,45或90度转弯方向盘应该打多少?过S路左车头或者右车头该贴着哪根线走?过饼有没有什么诀窍？过限宽门怎么判断车速到了每小时二十公里？如此种种问题，把教练弄得不胜其烦，一句话：凭经验。比如过饼时，诀窍就是"饼"在你屁股下了，再转方向，那如何知道"饼"在你屁股下了呢？感觉罢！

这感觉、经验也不是说有就可以有的。俗话说，熟能生巧，教练长年与车厮守，就像俺们一辈子跟文字打交道，这个词为什么跟那个词搭配更好，感觉罢！隔行如隔山。长年习惯于"思考"与"表达"，动手动脚的能力退化，况且年纪不小了，反应慢，那手动挡的车又麻烦，害得俺们起步时，经常不小心离合器松快了，车子乱抖甚至熄火；还有，那手刹太紧，动作不得要领，好不容易把手刹按下去了，注意力在这边，踩离合器和油门的脚又没配合好；等定点停车、坡道起步有点眉目了，那些"饼"又老不听话，限宽门的标杆也跟你作对，遇到前方有什么情况，顿时手忙脚乱，踩刹车又怕熄火了，避让又无处可避……如此种种，让教练怒火冲天，又不好发作，直摇头叹气（这已经是很给教授面子了，要是别的人早已经被骂得狗血喷头），俺这边，也只好一个劲地赔小心，让教练别生气。然后跟他说一个酒桌上听来的笑话，说某学院领导，报名学车，两年都没拿到驾照，期限已过，跑去驾校跟人说，能不能退点钱。那边答复说：我们还没找你要钱呢，你把我们的教练折磨得内分泌失调……

呵呵，俺们至少要比这位领导表现得好一点是不？俗话说，笨鸟先飞，只要工夫深，铁杵磨成针，世上无难事，只要肯登攀……可越想表现好一点，就越失去平常心，越容易发生低级失误，熄火的事是经常发生的。特别是那百米加减挡，踩离合，换挡，松离合，再踩，再换……一顿手忙脚乱，不小心就把挡挂错了。这时候便责怪自己，为什么要学这狗日的手动挡呢？分明买的自动挡的车，也许一辈子也没机会弄那什么"手动"。当初报了名就后悔了，问驾校的人还可以改不？答曰：不行。既如此，那就只有硬着头皮迎着困难上了，明知征途有艰险，越是艰险越向前。那段日子，天天去练车，教练都有点奇怪，说何教授怎么这么有闲呢？我说课已上完了，专心致志练车。俺们属于好强的人，学什么东西都很投入、很入迷。大学学打排球，练了一年就进了系排球队，做二传手。

研究生踢足球，踢着踢着就踢进了学校研究生足球队。研究生快毕业时学围棋，不小心便学成了"围棋博士"，这充分说明俺们智商应该不低。如今学车，却仿佛面临人生最大的一个坎，怎么就会表现得这么"笨"呢？那只好以勤补拙了。

  接着就是场内考。四人一组，选考部分抽中的是直角转弯，运气还不错。上得车来，是个女考官，看起来还挺和蔼的，一起步就主动跟我们搭话：现在怎么样？答：有点紧张。她安慰我们说：那就说明你们已被调动起来，进入到考试状态了。考试最怕的就是考官一直绷着脸，面无表情，除了必要的指令，一言不发。能跟考官说说话，心态也就放松了许多。到了考试地点，直角，车头快接近边线时，方向盘打死，转弯……一切按照平时训练的步骤做，哪知刚转过去，考官就说：压线了，下一个。糟，出师不利，等着补考吧！接着第二、第三、第四个。最后考官说，你们中有三个人都压线，算了，算80分吧！谢天谢地，考官万岁！然后就想，怎么平时做起来很简单的事情，怎么一到考试就会出问题呢？也许是座位的原因，座椅高低远近不一样，都会对视线有影响，也许没压线，是考官故意吓唬我们的……不管怎样，过了就好。到了回去的车上，过了的喜气洋洋，没过的垂头丧气，真是几家欢乐几家愁。前面坐着一个没过的，正在向另一人诉说，他们车上的那个女考官，被人们叫做灭绝师太的，怎么故意刁难他们，然后总结，女人本来就不该来做什么考官，很容易变态的。想起我们车上的和蔼的女考官，这真是女人也各有各的不同。

四

  终于过了场内，接下来就是准备场外考了。第一次跟教练出去，我开，在一条弯弯曲曲、人车混杂的小马路上开着，教练不时提醒你加挡、减挡，遇障碍帮你修正一下方向盘，终于顺利到达大马路上，再换人。教练评价说，比想象的要好。看来，我们是属于比较难教、教练不敢对你太大期望的那种学生。到了专门练场外的场地，据说跟考场的那条路几乎一模一样。教练让大家严格按考试流程做：绕车一周，观察前后方情况，报告、上车，检察仪表，后视镜，系安全带，起步时一踩（踩下离合器）、二挂（挂一挡）、三打（打左转向灯）、四看（观察左侧后方情况）、五鸣号、六松（松手刹）、七抬（慢抬离合器），然后起步走。遇路口减速，转弯挂二挡，掉头挂一挡。靠边停车，又是一套规矩，一减（减速）、二看（通过右后视镜观察右方车辆情况）、三打（打右转向灯）、四踩（踩下离合器）、五刹（刹车）等等，停车既不能压边线，也不能大于三十厘米。如此种种，名目繁多，每一个环节都不能有误。常听考过一次的人说起种种经验教训，说有的考官故意刁难人，给你戴轮子，快到路口时叫你靠边停车，你一停，条例上说，离路口三十米内不能停车，不及格。不停，又说你不听从考官指令，条例上也是不及格，这个时候你就要开口问清楚，是否马上停，还是过了路口再说。还有过路口没有摆头，甚至一切都完成了，下车开门前没有掉头观察左侧情况，等等，都可能成为扣分乃至不及格的理由。真是事事需小心，处处是陷阱啊！

　　练了四次，就需要去考试。那考试，准备的说法叫实际道路驾驶考试。而我，加减挡都没熟练，就要去"实战"，心里没底，果真考试就出了问题。

　　那是年前的最后一次考试，事前就传出消息，说过年前的考试是最严格的，因为春节保平安，不能放一批马路杀手出去制造事端。那天清早就起床，不到八点就坐教练的车到了驾驶员考试中心，教练开着车在实际考试的那段路上走了一圈，交代哪是公交车站，哪是红绿灯路口，过路口应走哪条道，返回时又该走哪条道，遇人行横道鸣号、缓行，如此等等。返回驾考中心时，我问教练要不要我们也开车去练一圈，教练沉吟了一会，说得去吃早餐了，你们自己也去找个地方去吃点吧！我说吃过了，然后就下了车。到了候考大厅，马上就后悔了。我这人练车时有个毛病，经常是第一把从起步开始就容易犯些低级错误，所以很想在考试前趁有时间去练一把。教练说去吃早餐，我本来该说，正好我也没吃，一起去吃点吧！那不就顺便开车去练一把吗？笨啊！脑袋不灵光，反应总是慢一拍，现在再反省、自责也没有用了。

　　快到九点的开考时间，大厅里已经人山人海，这年前的最后一次考试，果真不同往日。那威严的警官利用麦克风，反复宣讲考试守则，特别强调不许贿赂考官。身上不得携带超过一百元的现金，否则一经查出，取消考试资格。我摸摸钱包，数数钞票，大大超标啊！咋办？只好到外面去找到教练，教练说没事的，我说还是小心点好！不怕一万，就怕万一……早些年也经常听考驾照的说，学员如何要孝敬教练，教练只收某某品牌、某某专卖店的烟（那些烟卖出再回收，实物即货币），考试前如何由教练统一收钱去打点考官。而今制度严格了，个人性的贿赂基本上不可能了。当然，驾校如何各显神通，建立与驾考中心的密切关系，那不关我们个人的事。教练考前就吩咐过，上车前要核对身份证，一定记得把身份证夹在学员证里，考官不收学员证，但一定要让他看清你是来自哪个驾校的。

　　终于轮到我考试了，四人一组，我抽中的是第一个。心里窃喜，据说第一个只需把车开出驾考中心，右转，过了公交车站，就万事大吉了。履行完有关程序，上了车，起步，一切正常。开出十来米，考官突然叫"停"，我刹住车，颇有些茫然，问：请问考官，怎么啦？考官说：安全带。哇，又是这么低级的失误啊！平时天天系安全带，怎么关键时刻就忘了呢？考官说，现在重新起步，进行第二次考试。我小心翼翼地把车开出驾考中心，右转弯，这时突然大雨夹着冰雹倾泻下来，雨雾茫茫，伸手只见五指。我放慢车速，完成加减挡的一套程序，心想过了公交车站了，该靠边停车了。考官果然跟俺们心有灵犀，发了一个指令，我改道、靠边，顺利地把车停稳了。一口气还没松出来，考官说，我只让你改道，没让你靠边停车。唉，可恶的不速而至的暴风雨，可恼的考官的细声细语，可恨的耳朵，可怕的潜意识、心理暗示……灰溜溜地下了车。换到后座，考官见我挂了空挡，手刹也没拉上，直摇头。我便更自责了，遇事怎么这么不冷静呢？出了差错，无善始也要善终啊！

　　接着是下一位，系安全带、踩离合器、挂一挡、转头、打左转向灯、鸣喇叭、起步、换挡、左改道……一气呵成。突然一个急刹。考官说，没看左道那么多车吗？这边道空空的，为什么不走。答：教练说的，公交车道不能走，起步就要左转向。考官说，看也不看就搁过去，差点跟人家撞车啊（平时学员练车时，左右摆头，其实大多是做给教练看的，教练又说，那是做给考官看的，所以幅度一定要大）。下一个，掉头，返回，过红绿灯路口，车道又选错了。最后一个，临到进驾考中心，考官索性帮她把着方向盘，停稳了车，终于成了唯一的过关者。

谢了考官，出来。教练满脸期待地问：怎么样？答：对不起，让教练失望了。问，怎么啦？答，如此如此，这般这般。问，怎么会这样呢？答，十几年没参加过考试了，平时都是考人家，叫人家不要紧张，轮到自己，说不紧张，还是不行啊！

坐在回去的车上，懊丧之余，心思万千，五味杂陈。想着，我要第一把顺利，不停那么一下，也就碰不上暴雨了，碰不上暴雨也就听得清考官的指令了。听错了指令，如果善后的事处理得好，说不定考官会高抬贵手啊（就像那位过了的）。看来是天意，这系列考试，第一场就补考，最后一场也要补考一次。罢罢罢，也就全当以后写"考车记"，多了些素材、花絮吧！有道是，文似看山不喜平嘛，太顺了，这文章做起来又有什么趣味。

五

一个多月下来，这时已近年关。收官不利，一切只能等来年了。

过了春节，阳春三月，又重新回到驾校苦练基本功。原来的教练既带场内又带场外，这次兴许是对俺们已绝望，把俺转给了另外一位专门的场外教练。那位教练姓张，我原来也在他车上练过，聊过天，还知道他跟我同年，有个儿子在上职院，读电子信息专业。这次再见面，他却仿佛不认识我一般，我也就没有了攀谈的兴致。管他什么教练，好好当你的学生吧！这位教练以嗓门大、好教导人著称，据说有时可以几个小时不歇气。我原来在他车上练，是"客"，还算客气。现在正式入了门，他的要求一下子严格了许多。在路上跑，路口忘了转头观察，他说，并且用词极幽默，转脑袋都不会，回家去多买点摇头丸吃啊！档位不恰当，他说。速度快了说，慢了也说，靠边停车，与边线距离不当，说。问，那车头标志杆与边线多少距离合适？答，每个人高矮、座位前后、姿势不一样，没有固定的距离，自己去看清楚了。说起自己买了车，有时也练一练，他一句话甩过来，有车了不起啊，一顿乱开。把你噎得老半天不想说话。

实事求是地说，这位教练教得还是蛮细致的，不少细节问题都是在他这里才弄清楚的，只是有时受不了他的大嗓门。毕竟人都是有自尊心的，何况当了多年的老师，教导人惯了。曾见有的教授、博士去了几次驾校就再不肯去了的，就是因为受不了那个"骂"。有的干脆多出点钱，VIP，由教练单独辅导。我报名时不知道其中奥妙，也就只能接受普通学员的待遇了。有时坐在驾校的车上，听其他教练聊天，以学员学车的事为笑料，比如说到了路口遇到红灯不知道停车，有的说，我只知道行人过马路遇红灯停步，不知道车也是这样啊！有的茫然地问：红灯在哪啊？教练答，抬头啊！从来就只看到眼皮底下的路。其他教练哈哈大笑。这时我就想，也许我等，不小心也就成了他们笑话故事中的主人公。

如此一来，学车越到后面，就越成了一种煎熬。特别当"学"变得毫无趣味、成就感的时候，心里便祈祷着，赶紧结束吧！不想去又不得不去。如果是美女的话（真正的妖精级别的美女），教练一般都比较和颜悦色，耐心细致，体贴入微，我等虽然也自认且被公认比较"帅"，却没有性别优势（也在女教练那里练过车，有的性情古怪，非同寻常）。有时大半天坐在车上，除了受教，无话可说，实在别扭。曾听一位教练说，驾校的另外一个校区，学员都是叫教练做师父，那样显得比较亲切，不生分。也曾在考试时，看到别的驾校有的教练，在学员面前，就像慈祥的父亲，跟"孩儿"们一起候考，考完一个出来，击掌相庆，或摸摸头发以示庆祝或安慰，如同一家人。让人很是羡慕。看来，摊上什么样的教练，也是运气。碰到严肃、严厉的教练，你能做的，就是自救。为了让学习变得轻松一点，不断给教练递支烟，想方设法找些话题，聊聊天，转移教练的注意力。有一天，与教练说起过去的生活、往日的长沙城，他说着说着就把话匣子打开了，同龄人毕竟有很多共同的记忆、共同的话题，这教与学也就轻松了许多。

又到了考试时刻。眼见得这考车的大军是越来越庞大，过去一报名就可以参加理论考试，现在却要排队预约，没关系的话不知道要拖多久，还传说很快就要夜考了，把白天的路考改为夜间，什么时候还要加"雨考"（雨天行车考试），心理压力一下子大了起来，补考再不过，那丑就丢大了，不光是自己赔不起这许多的时间、精力，也对不起教练啊！常听教练说，他们也要吃饭啊，教一个人就那么点钱，你要老不过，他们也就要喝西北风了。心里祈祷着，可不能再有什么曲折、花絮了！还好，这次又是碰到一个女考官，一开始就说，抓紧时间，无须绕一周，直接上车，安全带也不用系了（心里还颇有点失落，因为这次已对自己千万次地叮嘱，一定不要忘了……）。我本来排在第四个，考前把第四道所面临的各种问题都仔细想了一遍，确信万无一失了（跟我同去的一位同门，也是第四个，转弯换挡时不幸挂成了倒挡），考试时，第一个考完，考官马上就让我上，顿时就有点慌。我按排序坐在后排左边位置上，下了车，按教练吩咐的，还是绕车一周，上了车，考官说，不是说了不用绕了嘛（唉，这次是为了坚持原则，又不听指令，让我第二个上，摆明了就是为了省时间上车方便嘛，我还自找麻烦）。起步，那手刹平时一伸手就中的，怎么老半天摸不着，只好掉头去看，操！那该死的手刹就一根细细的光杆，把手也没了。本来想行云流水，这阻得一阻，一慌，离合器就松快了，哐当哐当，差点熄火，好在尽管呼吸不畅，车子还是苟延残喘、一步一颠地起步了。考官在那里摇头。上了路，加减档，从一挡顺利到了五挡，减挡时，却一下子跳到了二挡。考官说，10分没了。靠边停车，快停下了，考官又提醒，小心停正了啦，不然又不及格。小心翼翼地往前又开了几步，总算停好车。谢天谢地！乌拉！阿门！

欢天喜地地出来，教练满是期待的眼神，答曰：过了。教练这才告知：教授，我们就担心你啊，平时练车都紧张，生怕你再出点什么状况。

回来时，已是午饭时间，曾在练车时，跟教练说起永州的血鸭，我说，有个新田餐馆，正宗的血鸭，今天就去尝尝吧！教练说好。在席间，说起好歹也算是教授、博导，学车时的种种，然后就有了些在万恶的旧社会里苦大仇深，一肚子苦水倒不完的感觉。平时威风凛凛的教练，这时客气了很多。他说，以前骂你们，是为了训练你们的心理承受力，有的考官很凶，你们练车时习惯了，考试也就不会受其影响。原来教练骂人还有如此苦心的用意啊！我们便夸教练严师出高徒。问起教练的收入，他说底薪很低，然后带一个学员，考试通过了，50元。这么低啊，报名时交那么多钱，原来都是被驾校的老板赚去了，我们还以为教练也高收入呢。然后就明白了，教练为什么容易发火，你想想，长年累月，日复一日地待在车上，除了春节几天假，连周末的休息日都没有，一个月才挣个千多块钱，经常还碰到笨的学生，一些动作要领，说了好多遍还是白说，能不烦吗！驾校条例里严格规定，严禁接受学员财物、吃请。学员客气点，也就偶尔送包烟、请吃个饭而已。然后就明白了，原来三百六十行，行行有苦衷啊！分手时，平时大嗓门、经常板着脸的教练堆起一些笑容，低声请求说：老何，有什么人需要学车的，你推荐到我这里来啊。我说：中，没问题。

学徒生涯就在这一声"老何"中结束了。

(2010年11月24日改毕)

开车记

第一次上驾驶座，是在去驾校学车之前，在老弟的车上，寻思先找找感觉。握着方向盘，起步、左转向，看到远远的后面有来车，就一动也不敢动了。算了吧！第一次自驾车探险，就这样光荣地结束了。

再一次摸车，是在驾校学了两回了。自己刚买了车，那天在老弟的陪同下，提了车，就直奔南郊的植物园而去。那里有个卡丁车场，不知何故正好闲置着，偷偷开进去，广阔天地，可以随便乱跑啊！一个下午溜达下来，对方向盘便有了些感觉。

年前，开车回老家接父母到长沙来过年，四五个小时的车程，老弟主驾，俺陪驾。到了临近的嘉禾县城，离家只有十几公里了，新修的路，道路宽阔车马稀，俺们在驾校学的本领，终于有了施展的机会。把车开回家，爽啊！

第二天去自己的县城，30 公里的路程，又是俺们掌舵。一路老老实实遵守规则，时速严格控制在 50 公里以内，即使无分道线，对面无来车，也只靠右边走，决不越界，偶尔遇车辆、行人，一看二慢三通过。可回来时，快到家了，还是出了点状况。从大马路往村子的小土路拐时，有个急弯，边上还堆了沙石，在大道上走顺了，速度还没完全控制下来，就急转，只听"嚓嚓"几声，回到家，看右边的车架下，便有了一道刮痕。洁白的新车，就这样"破"了身啊！

懊丧之余，只好安慰自己，要奋斗就会有牺牲，对于开车的菜鸟来说，刮擦的事是经常发生的，吃一堑长一智，以后加倍小心就是啦！过年后那一个多月，驾照还没拿到，可人已住到云栖谷来。探亲访友，要开车。去学车，要先把车开到铁道，再换乘驾校的车。去新校区上课，要开车。虽自信技术上已无问题（学手动挡的车，再来开自动挡，简单如"傻瓜"啊）开车也小心翼翼，但无证总是让人心里不踏实。远远地看到路上有警察，心跳便开始加速。有一天下午，在新校区上完课，回家，在江边大道上正走着，一穿警察制服的做手势，让靠边停车，糟糕，完了。不得已，车还得拐过去，停下，穿制服的弯下腰，问：吃饭不？操，你饭托啊，那穿什么鸟制服呢？把人吓一跳。类似的事，在湘潭也碰到过一次，带着几个研究生，晚上准备去河边的酒吧看世界杯巴西队的比赛，正好抗洪，沿江大道禁止车辆通行，走边上的一条路，没走多远，被穿制服的拦下来。糟糕，虽然有证，今天却正好超载，后排坐了四个人。那等着接受处罚吧！制服靠过来，问：唱歌吗？靠，歌厅保安啊！好好的保安不做，来当什么"歌拖"呢？"托"就托罢，还拿制服来吓唬人，俺们可是从小就敬畏"制服"啊！

后来终于拿到了驾照。揣上证的第二天，就上了长潭西线高速。在高速路上，跑到100公里，就有了"飘"的感觉。老被人超车，偶尔也超别人一次，虽有些提心吊胆（在超车道上，总感觉离隔离护栏太近，随时有偏一点过去就会撞上的错觉，况且万一右边行车道上的车突然发神经偏过来，还真有同事碰到过这种意外），但"超越"本身总是很爽的，那奥运精神不就是"更高、更快、更强"吗！

不过，这"奥运精神"在开车时基本上用不上。在长沙开车久了，总结出一个规律，就是长沙人霸得蛮，耐不得烦，喜欢开霸王车，遇事就大嗓门，比谁"恶"。开车时，只争分秒，在道路上穿来穿去，见缝就钻，可以从左边道经中间道直接插到右边去，也不管实线还是虚线，是否可以改道。从辅道进来，也可以直接就插到中间道去。在拥堵时，更加争先恐后，只要哪条道上有点松动了，大家就纷纷就往那条道挤，其实等刚挤过去，原来的道也通了，于是又想挤回来。其实这又何必呢，大家老老实实沿着你的道走不就得了。碰到这种情况，我奉行的原则，就是慢和让。开车时，不喜欢跟前面的车太紧（万一前车急刹车，有个反应的时间），所以总有车想插进来，我一般会减点速。这个时候如果血气方刚，当仁不让，你想插队，没门，自己也一脚油门冲过去，有时便难免要碰撞出"热情的火花"了。其实路上经常见到的事故就是这样发生的。车速太快，又不肯让，难免火星撞地球。有次在高速公路上，我刚超了一辆卡车，回到行车道上，后面一辆小车也呼啸着过来了，插到了我前面。插就插罢！谁知它却突然减速，要靠右边停车。操，你要停车，何必先超两辆车呢，在后面慢慢靠右停不就得了，何必这么争分夺秒（也许车主是突然发现右边有停车带）。好在我反应快，往左偏了一下（那时刹车是来不及的，也幸亏左边没车），才避免撞上去（不然追尾还是俺们的责任呢）。

不过，在长沙开车，再怎么"抢"，也大多是车与车之间的较量，在湘潭，那情况就更复杂了。湘潭的一大特点，就是摩托车多，且"霸"得很。明明有自行车、摩托车道，他不走，都要拥到行车道上来。那留给车的就只有超车道一条路了。要是有的路不分道，中间也没有隔离带，那摩托们就更加彩蝶穿花，胜似闲庭信步了。还有那自行车、行人，不断地穿来穿去，你简直就像来到了一个大集镇，不打起十二分精神，休想安全通过。

常常想，在长沙、湘潭能开车，那走遍中国也就没什么问题了。又有人说，在中国能开车，就可以纵横四海了。在中国的各类"证书"中，据说许多国家唯一承认的就是驾照，技术与非技术的含量都高啊！中国的车主们，个个都身怀绝技，反过来，在国外开车惯了的，回到国内却不敢摸方向盘了。要是真正的老外，会更加不知所措、寸步难行。曾经说，中国是文明礼仪之邦，单从开车一项看，就可见得已经是旧话了。进化论告诉我们，时代要发展，事物总是要起变化的。

这么说来，开车事小，却关国体，很多时候也反映着人性。曾在泰国见司机们碰到路上有行人，会停下来，微笑着招手，让你先走。在国内，斑马线却常常成了死亡线，有些司机过斑马线不但不减速，见行人欲通过，反而加速，好像生怕你跟他抢道似的。所以没车的时候，站在行人的立场，总是觉得车讨厌。而一旦开了车，又老见人乱穿马路，于是又开始觉得路人讨厌了。一边开车，一边不时的"国骂"就出来了。反正讨厌来讨厌去，都源于一点：大家都不守规矩。现在很多路口，都有了电子眼，强制性地让你遵守规则。可一旦，监视的"眼"照顾不到，比如行走中的非虚线改道，大家便无所顾忌了。据说湘江一桥有天布了监控，改道违规的一天就好几百。看来，对国人来说，遵纪守法，要形成自觉的意识，还有很长的一段路要走啊！

最能见证国民之"性"的，便是在车与车、车与人之间，一旦发生点什么"事故"，当事人与旁观者们的反应。有的行人为得赔偿故意"碰瓷"或车主为骗保险故意制造事端，这等下作之事就不说了。经常见两车发生点小摩擦，车主争执不休、路人围观的场景。如果是我自己，遇到这种情况，如果确实是我的错，赶紧道歉，该表示的表示一点，息事宁人方为上策。有次在长沙市内，开车去某个地方，遇到一个路口，不知是否该转弯了，正在看路口的建筑，突然就听到"砰"的一声，回过头来，才发现把前面的的士碰了。原来突然红灯，前面的车停了下来，我却还浑然不觉。赶紧跟的士司机道歉，对方说要赔八百元钱，我想，只是把对方的车尾轻碰了一下，没多大损伤，最多五百吧！正想私下了了，想起车子保了险，不知这种情况会怎么处理，还是叫保险公司来吧！把车停到路边去，不一会保险理赔的就来了。见我有些六神无主的样子，理赔员还安慰说，没关系的，对新手来说，这种事情是经常发生的。然后他不动声色地问的士司机：你说该怎么办吧！对方说，要去四S店修车，下午不能出车了，要赔修理费和误工费。答：误工费没有，修理费给你开张单子，到时候拿发票来报吧！对方见此，又说，算了，还是直接赔钱吧！理赔员说：行，500元。让我先垫付着。又给我另开了张500元的单子，让去四S修理店做校正和上漆，到时候一起报销。的士司机走了，理陪员跟我说，那种破车还去什么四S店，你放心，他保证不会去的。

事情顺利解决，心头一块石头落了地，也长了一次见识，以后再遇到什么事，首先求助保险公司，方为上策。俺们的车全保，一年付出去5000多元呢！总得收点回来，是不？当然，这"资金回流"的事，还是越少越好！

还有一次，跟湘大的几个研究生一起，从湘潭回长沙，一路顺风。进了云栖谷的地下车库，快要拐弯时，突然一辆摩托从侧方出来，我赶紧刹住车，对方却仍然从七八米开外冲过来，砰，撞上了。下车一看，摩托没事，却将我的车撞出几道擦痕。我说，在车库里还开这么快干什么？我早早就停车了，你还撞上来。他说，我车灯也不开，他来不及啊！然后双方开始论理。后来，摩托车主的老爸也来了。那老爸厉害啊！先否认我的车子的伤痕，说是旧伤。继而否定摩托撞汽车本身，说除了你们，谁能证明。一副死猪不怕开水烫的样子，反正赔钱，没门。看来，碰到这么难缠的主，要让他出点血是不可能的了。还是叫保险公司来吧！对方说，他们要去上班，误了工你们赔得起啊！操，你是什么董事长、国家主席啊，我还教授、博导呢，还闲着找乐子啊？保险公司的快到了，对方又跟我们说，让我们承认是我的车撞了他们的摩托，好双方都拿到赔偿。耶！你不肯掏腰包也就罢了，还想骗国家的钱啊，没门。保险理赔员到了，还是上次那一位，问了下情况，然后就对摩托车主说，你们可以走了。摩托车主还想说什么，我说不让你们赔了，还要怎么样？他问：你是住某某栋、某某号吧？行，我记住了。还想秋后算账啊，我心想，世上竟还有这么"横"的人啊！

摩托车走后，保险理赔员说，事实上我的车也有一定的责任。我也知道，第一，车子走在正中间，没靠边走，第二，没打车灯（不小心把自动开灯系统关了）。犯一次错就得长点心计，驾校里学的一些规矩其实是有用的啊！比如，改道注意看左右后视镜（学车时，那夸张的摆头是做给教练、考官看的，其实根本没看清两边和后面的情况，开车了才知道这点的重要性）。但视线离开前方，往两边看不得超过3秒（好几次都是因为观察两边的情况太久，或选道犹豫，导致发生或差点发生险情）。改道或转弯一定要开转向灯，给后面的车一个提醒。过人行道，记得把脚放在刹车上（经常有出事的，便是把油门当做了刹车踩。在铁道，还听说有碰到前面有人，开车的却一下子不知道脚究竟是在刹车还是油门上，惊惶之下不作为，车子把人撞倒，开过去，人竟安然无恙，奇迹啊）。如此种种，都是要在实践中才能真切体会到的。俗话说，实践出真知，斗争长才干，熟能生巧，车开百遍，其意自见，真理啊！

那天下午跟那几个研究生去逛橘子洲，他们说，何老师脾气真是好，"摩托门"事件竟一点也没影响情绪，中午的饭做得又快又好，大家吃得也开心。我说，我让你们别跟他们吵，因为多说无益，只会让冲突越来越升级，小事化大，以后他们真要跟你的车过不去，不时来搞点小破坏，你找谁去。第二，事情过去了就过去了，你还气得不得了，喋喋不休，比白毛女还苦、比祥林嫂还霉、比窦娥还冤似的，岂不是跟自己过不去。对开车的人来说，时时保持良好的心态最重要。在中国这块大地上，你要凡事都计较、上心，那不天天要吐血啊，并且，从此就心无宁日了。开车如此，人生亦然。

学生们点头称是。

（2010年7月14日）

住院记

一

平生从来没有住过学校以外的医院,与医院的接触,多是去看病人,或者陪护。见多了病人的痛苦,对医院也充满了畏惧。心想,要是真能一辈子不住医院,多好。

可天有不测风云,人有旦夕祸福。那天下午,给学生上课,想起好久没有打球了,难得天气晴朗,心里早就蠢蠢欲动了。一下课,马上开车奔向南校的排球场。球场上已是热火朝天了。人多,只好采用轮换制,输的一方下去,赢的坐庄。我所在的队连赢了两局,连坐两回庄,第三局又打成了23比22,眼看胜利在望。扣球、拦网,对手冲过网来,踩上去,左脚一扭,糟糕,脚伤了。下场,不一会,脚背就肿了起来。

这种事以前也经历好几次了。每次都是去铁道中医门诊那里,敷一种中草药配制的药,一天见效,三天消肿,然后再慢慢恢复。这次也照旧。药敷了一天,往日的药效这次却没了效果,肿胀依旧,脚趾反而有了淤血。心里忐忑着,第二天去医院照片,结果很是不妙:左脚第五指骨有骨裂。给中医门诊外科大夫打电话,那天不是他值班,他说等一会过来。在不安中等了十几分钟，心里祈祷着，希望能处理一下就能自然愈合。医生终于来了，看了X光片，说，骨裂口子不小，恐怕得做手术。

唉，完了，终于自己也要进医院，由别人陪护了。

去哪里呢？学校的医生说，小手术，就近即可，并不一定要去大医院。就近？那就去长沙市四医院吧！跟四医院急诊科的一个老乡打电话，问：你们的骨科怎么样？答：很好啊！我说，那我明天过来吧！她说，还是赶快过来吧！先看急诊。正好是中午。到了急诊科，外科大夫已等在那里，看了X光片，说办住院手续吧！我说什么东西都没带，要不明天？他说，还是先进去吧！

就这样被推到了九楼的骨科。中国的医院，永远是人满为患，供不应求，走廊里都摆了病床。进了病房，被安排在一张折叠床里，才发现是加床，四张病床再加一加床，把不大的病室挤得满满当当。还有，病房里没有独立的卫生间，这可给伤科病人带来大大的不便。心里有些后悔，早知如此，还是应该去湘雅。老婆就在湘雅附三生的孩子，离家稍远一点，但那里的条件好多了。算了，既来之则安之。进医院的第一件事，永远是打吊瓶。下午三点开始，眼睁睁地看着吊瓶里的药水一滴滴不紧不慢地滴着，你着急也没用。还没做好住院的准备，连一本书都没带，好不容易熬到打完，已经快七点，宝宝跟着在医院里，已经是坐卧不安。赶紧回去吧，收拾东西第二天带来，再作长期抗战的打算。

第二天早早起来，赶到医院先做CT。早做完有关检查，早做手术，早点回家。这天是周六，CT结果下午才能出来。然后寻思着能不能星期天就把手术做了。一问，星期天只做急诊手术。那就只好周一了！终于把手术日期定下来，星期天上午又被告知，跟有关医疗器械公司联系，周一手术需要的固定裂骨的螺钉已被各大医院定光。医疗方案有两个：打钢钉，但到时要取出来。或者植入螺钉，以后也不用取了。那当然是后者方便，那就只能再等一天吧！

在医院里待到第五天，终于进了手术室。也许学校的外科医生说过，是个小手术。那天心里意外地平静。反而颇为好奇，平时只在电影、电视里见过的场面，究竟是什么样子。一个人躺在手术台上，一边打量着屋子的陈设，一边想着，人总是有一些意外的灾祸，碰到了，后悔、抱怨之类都没什么用，就权当是人生的一段经历吧！同时也提供了新的写作素材。不然，怎么会有这篇《住院记》呢。想想《住院记》该怎么写，等待手术的时光也就不再漫长。

一边构思着《住院记》，一边听着做手术的护士们的闲话，聚会啦，公休假竟被取消了啦，还有，有说最讨厌熟人来找看病了，以为什么什么的，其实该怎么着还得怎么着。这样看来，我也是她们议论中的一个啊！我搭讪说，其实找个熟人，也就求个心安！还有护士知道我是中南大学的，又说起她的孩子正在参加中南的自主招生，问起中南的专业等等。

终于等来了麻醉师，在脊椎上注射了一针，便感觉有一股热流冲向下身，接着开始发麻、肿胀。慢慢的，开始失去知觉，连脚摆的是什么姿势也不知道了，仿佛身体的一半离开了大脑的指挥，不存在了，真是一种奇妙的感觉。一个人的肉体，真的可以分成仿佛不相干的两部分。

麻醉完了，又开始新一轮的等待。终于等来了主刀的医生（本来以为就是指定的主治医生，原来不是)，后来，主治医生也来了。我很好奇，手术开始时，第一刀划下去是什么感觉。但手术什么时候开始的，我竟毫无知觉，只能凭借他们的对话，判断大致的进程。有一段时间，医生都已经出去，以为要结束了，过了一会，主刀医生又过来说，打了一颗螺钉了，为了更稳固，需要再加一颗，征求我的意见。这个时候，我能有什么意见呢，只能说，你们看着办吧！

从八点多进手术室，到十一点多出来，前后竟三个小时，家人早已等得心焦。躺在病床上，过了几个小时，麻木的脚开始会动了，疼痛感也由此而来。并且越来越痛。特别是晚上坐起来吃东西时，也许是脚部血液循环加快了，竟疼得钻心。那是一种什么样的痛啦，平生从来没有体验过的剧痛，用医院给的装有麻醉药的疼痛棒也不顶用。这才想起前一天加床临时进来一个病人，大腿烧伤，也许是治疗不当导致发脓，要把长起的皮重新剪掉。医生拿着剪刀直接就在病房里实施，那男子先无法忍受母亲担忧的目光和唠叨，叫她回避，在剪时，他终于忍不住，说想死的心都有啊！自己这时候也才真正明白，什么叫疼得死去活来。不一会，就已痛得大汗淋漓，真要这样，一个小时就可让人虚脱啊！赶紧叫医生，打止痛针。我问，要晚上再痛怎么办？答：再痛也不能打针了。想想便不寒而栗，要真那样，一个晚上可怎么熬得过去。好在，慢慢地，疼痛已变得可以忍受，一个晚上才在睡睡醒醒中度过。

第二天一位同事来看我，说起晚上曾经的"痛"，突然想起一个比喻，一个人的身体里突然植入一异物，它们之间的磨合，就像婚姻。磨合必然就有阵痛，阵痛后，有两种可能，或者融为一体、永不分离，或者不能兼容，只好散伙。我在疼痛中也似感觉得到，金属和我的趾骨间的艰难的"摩擦"与"弥合"，但愿最后是一桩美满姻缘，阿门！

二

在加床待了一天，就搬到了隔壁的13—15病室，结识了一批新的病友，几天相处下来，竟发现三个病友都很有意思，各有各的性格、故事。白天病房里人来人往，晚上安静下来，便是大家聊天的时间。并且，晚上的夜聊，成了大家每天都很期待着的一件事，有时到深夜了还兴犹未尽，直到护士出面干涉才作罢。很多的故事，便是这样听来的。下面就一一写写各位病友。

1. 小马哥

刚进来时，便见每位病友的小桌上都有不知什么时候放进来的名片，一看，律师事务所的。奇怪了，这住院跟律师有什么关系呢。住了几天才发现，原来骨科的伤病，不少都涉及法律纠纷，小马哥就是有代表性的一个。

小马哥姓马，人称马院长，因为住院的时间最长（据说已经两个多月），资格最老，那些护士们，他一个个都已非常熟悉，时不时要套套近乎，或者有事没事都要往护士办公室跑，与护士们搭讪几句，俨然医院老江湖。小马哥表面上已完全看不出有伤病的样子，也没有任何的治疗，每天要出去溜达好几次，据说已把岳麓山的一草一木都看遍了。但为什么一直不出院呢，一问才知，原来与劳动伤残纠纷有关。

小马哥原是湖南师大商学院学生，毕业后在一家广告公司做事。据说在一次挂广告牌时，被人推了一下，从二楼摔了下来，落地时，手臂碰到一铁片，被划开一个大口子，在医院检查，才发现肌腱也断了。手术后，慢慢愈合，但大拇指与食指间的虎口的肌肉却老凹进去一块，原来是肌腱神经的部分功能丧失了。

这便涉及劳动伤病赔偿的问题。据说刚受伤时，他的老板还挺积极，垫付了一些费用。但在恢复期，一些促进恢复但较贵的药便停了。住院费也开始拖欠，他自己已经垫付不少钱了。医院经常催款，他便催老板，老板答应着，但每次都因为太"忙"而爽约。还有就是伤残鉴定，一次性赔偿，赔偿数目不谈好，这出院就没有准期。小马哥曾说，前面有一病友，因为车祸，髋骨粉碎性骨折，住院六个多月，落下残疾。一直不出院，就是因为赔偿谈不拢。一方要价十一万，一方只肯出三万。多次讨价还价，春节前才敲定，以八万成交。

小马哥也正好处在这样一个时期。为了维护自己的权益，只好当医院里的"钉子户"了。闲来无事，病室"四人帮"夜话时，便常常会听到小马哥的各种故事。小马哥是个有故事的人，跟一个偶然住进来、待了一个晚上的女病友，也可以让其念念不忘其侠义心肠。说起2008年新疆七·五事件时，自己的亲身经历，如何在经历七·五骚乱、七·六死寂般的平静后，在准备买票回长沙时，刚挨到窗口，却见售票员跑了，回头一看，后来有砍人的冲过来了，从小窗逃跑，跑了一段，对面也跑来一群人，说被追赶，在两头被夹击之下，如何躲进一小区，然后为自救而游行，遇官兵……

当然，最让小马哥念念的是曾经的情感。那天晚上让小马哥讲讲最让他刻骨铭心的一段情感。他翻出一本自制的影集，上面写着"感谢 生命中 有你，婉儿赠，马林亲启"，文件级别"绝密"。里面是大学期间，两个人的照片、情感纪录。那里有"幽幽谷的爱"（"幽幽谷"肯定是属于他们两人的世界了），有"最快乐的生日，最疯狂的记忆"，有"樱花节的纯美笑容"，有"第一个共度的开斋节"（小马哥是回族），有属于他们两人的爱情密码，写在沙地上的"米修"，而思念就是"米修，米修，呼叫米修，收到请回答"。婉儿在小马哥25岁生日的时候，"旗袍为你穿，蜡烛为你燃，祝福为你唱，生日快乐！"。

大学的时光成了过去，小马哥要回新疆了，婉儿在小马哥25岁生日的时候送了这本影集，并留下一段话：

　　三年的时光，弹指间而过。三年的爱恋犹如鲜红的血液注入骨髓。三年？就生命的年轮而言，也并不算长，可是，却足以让一个人难忘。我爱你，无可否认的执著；我爱你，无可挑剔的真实；我爱你，无可逃避的固执。但这份爱却无法让我丧失理性，用哭或闹来挽留你的步伐。唯有祝福，才会是一个唯美的大度，漂亮的结局。

　　　　　　　　　　　　　　　　　　　　　　　生日快乐！

大学里爱情通常的结局，小马哥也要面对了。毕业，天各一方……"理性"的选择分手。小马哥不肯放弃这份爱，他许诺，先去新疆，过一年就回来。结果，婉儿再次选择了理性，认识了一个澳大利亚人。四月的一天，有朋友告诉小马哥，婉儿结婚了，去了澳洲。小马哥不相信，辞职回到长沙，才发现，婉儿真的已经走了。

婉儿走了，往日的一切却仍历历在目，婉儿就是长沙。不忍就此与"长沙"告别，于是小马哥就在长沙滞留了下来，然后有了前面的事故。那天晚上，小马哥说起过去的那段往事，仍然欷歔不已，一向善谈的他，陷于久久的沉默中，让我们也伤感起来。小马哥说，他总想着，也许哪一天，婉儿还会回来的。只不知，这串"米修、米修，我是长沙"的心灵密码，婉儿是否还能听得到。

祸之福所倚，因为这场事故，小马哥就有了雪儿，现在的女朋友。他们也在同一所大学念过书，都是老乡，但没有更深的交往。出事后，雪儿来看他。在长沙相处了两天，回新疆的火车上，与在病床上的小马哥一路聊着。她让他唱支歌，于是他唱了，她听完，沉默了一会，说：我喜欢你。小马哥说，我手受伤了，万一恢复不了怎么办。她说，那我就服侍你一辈子。小马哥心一热，说：我也喜欢你。

小马哥给我们看过他准备给雪儿生日的礼物，由九十九张照片组成的影集。扉页上有用石子垒起的雪儿的名字和题字："献给宝贝 23 岁生日快乐：开启美好未来。"小马哥说："在茫茫的世界，我愿做一个小小的精心的港湾。不论什么时候，你在外面倦了，或者想靠岸了，我的港口永远只为你而开怀。来我的怀抱，不管你是难过地靠在我的肩膀放声大哭也好，还是幸福地开怀大笑也罢，我都会容你在我的怀里，静静地，守护你一辈子……"。

小马哥有时会跟我说，因为一时感动，答应了雪儿，但心里又老忘不了过去，不知道这样做究竟对不对。我跟他说，关键是要弄清楚，雪儿究竟怎么样，你们能不能合得来。看准了就好好待她，实在不行也不要勉强。我说：婉儿就是长沙，就是你曾经的过去，那么雪儿代表什么呢？小马哥回答说：新疆。

是啊，在婉儿的影集里，到处都是长沙。雪儿的背后，却常常是新疆的茫茫雪原，那是小马哥的未来。出院后，小马哥就准备告别长沙，回新疆去了。我们都劝他，就把过去埋藏在心里吧，希望他和他的雪儿真正拥有一个美好的未来。

2. 小尚

小尚是中南大学法学院学生。据说是被学校后勤的职工砍了，住进了医院。

后来从小尚那里了解到事情的经过：有天晚上，他们一帮同学在KTV唱完歌，在回宿舍的路上，兴犹未尽，继续一路欢歌笑语。走到二食堂边，忽听到从不远处传来骂骂咧咧的声音，他们中的一个同学便用长沙话说了一句：何解咯？话音刚落，便见一个人影冲了过来，还没明白怎么回事，他的右手掌便中了刀。接着那人又开始追砍其他同学。好几位同学都受了伤，有同学去叫保安，保安来了，也夺不下刀来。只好再叫民警，好不容易才把那人制服，送到派出所去。

事后才知，那人是学校后勤集团的职工，那晚喝醉了酒，酒后性起，便有了那一系列"英勇"行为。而受伤的同学中，小尚的伤势最重。于是住进了四医院骨科13—15病室。

学生被学校职工砍伤，这算得上是一个校园事件了。学校自然高度重视，一方面封锁新闻消息（所谓力争坏事不出门，好事传千里），一方面安抚学生。所以13—15病室一时探望、慰问的络绎不绝。我进来的时候，领导、老师探望的高潮已过，但每天仍然有许多的学生，一天好几拨，轮流值班。这里面，既有同班的，也有别的班、别的年级的；有法学院的同学，也有其他院的老乡（小尚同学来自云南腾冲）；有轮到值班的，也有自愿前来看护的。小尚同学长得高高瘦瘦、清清秀秀的，"高"、"帅"就差一"富"了（说不定以后会发达的），据说也是"院草"的有力竞争者之一，关键是，名"草"尚无主，颇具招花引蝶的潜力，所以来看望的女生很多。小尚同学也很享受这种被关爱、被众星捧月的感觉。特别是还有女生喂饭。小尚同学吃饭有三种状态：男生喂，就说没胃口，不想吃，偶尔吃一点，也极为勉强。一般的女生喂，胃口也一般。要是有心仪的美女，胃口便大开，吃得好极了。相应的，小尚同学每天的情绪，也仿佛有晴雨表挂在脸上，只有男生来看望，便少言寡语，无精打采。一副郁郁的样子；要是有女生，就会阴转多云；有喜欢的女生，顿时阳光灿烂，喜笑颜开。同学都走了，孤家寡人独守空房，便会大叫：天啊，无聊呀，闷死了！其实，小尚同学与女生的交往，多是限于享受一下被关爱的感觉，浅尝辄止，秀秀恩爱，或者过过口瘾。他每次听了小马哥的故事，总会羡慕地说，要是有机会让我也经历一场轰轰烈烈、刻骨铭心的爱，多好啊。但他从来不会主动地去寻找或把握这样的机会。他习惯被动地接受关爱，享受那种小弟弟般被呵护的感觉，但很少主动出击。本质上，他是属于那种内心羞涩的男孩子，哪怕碰到心仪的女生，也会患得患失，犹豫不决，维持并享受着那种暧昧的状态，最后导致对方终于失去耐心，挥手而去。这时，他又会后悔、遗憾，但也仅此而已。要让他为挽回一段感情作出决绝之举，又缺乏足够的勇气与动力。所以医院的与一些女生聊聊天、开点玩笑，不明不白，似有若无的这种状态，反而让他很享受，很放松，因为不存在责任、付出之类，也就没有任何的心理负担。有一位女生，挺阳光、开朗、健谈，时常借晚饭前后，探望的人少时，单独来看他，给病友们的印象都不错。我问他，怎么样，跟那位女生有没有感觉？他说：咳，普通同学而已，没那回事的。但一旦她跟别的病友多说几句话，或者与小马哥交流爱情心得（他们都有过失恋、另一方先离去的经历，所谓同病相怜），小尚同学在觉得被冷落之余，心理又会觉得酸酸的，心情也大受影响。

小尚读的是法学，大三了。但课堂上学的只限于理论，医院里，倒补上了生动的一课。有天派出所的两位民警来录口供，与他分析案情，对他循循善诱。比如究竟是怎么被砍的。民警问：你看见他挥刀过来了吗？答：没有。问：既然没有看到刀，怎么能说是被砍伤的呢？也许只是刀不小心擦伤了你的手掌，是吧！小尚只好说，我当时确实搞不清究竟是怎么伤的了。接着民警又说，你们最好不要把事情闹大了。要走司法程序的话，学校到时候处罚伤者，也要处罚你们的，因为你们也有责任。口供就这样一步步在警察的耐心指导下录好了，然后要他在"口供"上按手印。小尚觉得里面一些说法违背了他的意愿，不愿按。民警又劝导说，你看，我们在你这里都弄了大半天了，你还是早点签字吧！如果你有不同意见，以后还可以到法庭上去说。那天还有小尚的两个女同学，几个人都不知道怎么办，最后只好在"口供"上乖乖地按了手印。

民警走后，我说，你们作为法学院的学生，怎么也这么糊涂，口供可是法律证据，如果违背了你的意愿，是不能随便签字的。实在不知道怎么办，可以打电话给你们有关老师啊！他们也很是懊丧。才想起打电话给院里做学生工作的老师。我只好跟他们说，事情过去了就算了，以后吸取教训就是。这可是自己亲身经历的案例啊！以后也将成为你人生的一笔财富。

3. 全哥

全哥总是很羡慕小尚和何老每天都有漂亮女生来看望，他感叹，大学真好。我们便说，我们还羡慕你啊，看你夫人多贤惠，每天送饭来，千方百计给你弄好吃的。要不这样吧，我们换一下，让女生们来看你，你夫人就送饭菜给我们吃。全哥憨憨地笑，不答。

听小马哥的爱情故事，看小尚与女生眉来眼去，全哥心里也总是痒痒的。让全哥也讲讲自己的爱情故事。全哥总是说，自己的爱情一点也不浪漫。当年与同村的一位小伙子去隔壁村玩，看到一个挺清秀的女孩子，就对上眼了。过了一段时间，有人来提亲。媒人带去一看，咦，竟然就是那个女孩子，事情就这样成了。

全哥的妻子话不多，但看得出，是个善良能干的女子，对权哥照顾得很好，全哥也很满足。至于病房里来了漂亮的女学生，全哥也跟着兴奋，或者跟女护士调调口味，那只能算是人之常情了。权哥说，他人生曾经唯一让妻子不满，说过几句的，就是有一段时间，迷恋赌博，在牌桌上，经常是赢一点舍不得收手，又输了出去，然后想着扳本，结果越输越多。在本村本乡输多了，便想着去较大的赌场碰碰运气，结果可想而知。不过全哥还是有个底线，决不借高利贷，输完赶紧走人。几年下来，输出去有几万元，然后戒赌。连小赌怡情也免了。

全哥住医院，是因为车祸。有天他回家，开摩托车走到拐弯处，看看前面没车，就拐了过去，快到直行了，突然冲过来一辆小汽车，他躲了一下，没能闪过去，摩托车被撞，右脚掌部位裂开一个大口子，顿时血流如注。马上叫救护车，送进了医院。

撞人的车主态度挺好。把他送进医院后，主动垫付了医疗费，又时时来探望，带点营养品，嘘寒问暖，人没来也经常会打电话过来，询问病情。全哥也挺感动。他说，车主是个女的，在公司里上班，工作压力挺大，加上家庭的压力，那天开车肯定有点走神，不然应该刹得住车的。有天晚上车主来看他，他们谈得很好，全哥也不提赔偿的事，对方说，除了保险公司的赔付，她本人也肯定会有所表示的。她还问了主治医生，说最长可住到一个月出院。至于找交警认定责任，到时共同协商，原则是尽量让保险公司多赔一点。

看他们谈得如此融洽，我也不便多插嘴。但事后我还是提醒他，该赔付的还是要赔付，不要因为对方态度好就不好意思开口，毕竟得考虑一下自己的权益：第一，最好伤好了再出院，最长一个月出院云云肯定是对方编出来的，任何医院或者任何医生都不可能有这规定；其二，要防止后遗症的发生，所以一定要有一个最多低限额的赔付标准，以后有什么事再去找，反而显得你无理了。反正一句话，不要作无原则的退让。

全哥点头称是。之后他便托人打听类似的事的赔偿，几万到十几万不等，最后定下三万元的最低限额。另一次，车主带人来谈的时候，全哥一下子就把底牌全亮了出来。对方未置可否，只说回去商量一下。过了一天尚无回音，他又心里忐忑起来。

看得出，全哥是个本性纯良的人。他们本是长沙城郊的农民，村子名黄鹤村，因拆迁，政府给建了安置小区，他们的户口也就变得不清不白（一旦发生人身损害赔偿，城市与乡村的标准是不一样的）。全哥后来通过学习，学会了一门特殊的技艺。哪家有人死亡，他们为其写悼文、悼联，主持殡葬仪式，有事做的话，每天有两百元的收入。所以只想早点康复，赶紧重操旧业。闲来无事，我帮全哥下载了一个象棋软件，他每天便借我的小电脑下棋。全哥据说也是他们村数一数二的"高手"了，象棋程序尽管只选择初级，水平也似不低，它们势均力敌，每次全哥赢了便兴高采烈，输了就垂头丧气。情绪随之起起落落，枯燥的病房生活也就有了一些变化。后来全哥不满足于与程序下棋了，要老婆买了一副棋，没事时便找何老对下。我过去基本上不下象棋，起初不是对手，慢慢地就能打个平手甚至偶尔赢一局。这大约算是下围棋打下的基础吧！触类旁通嘛。然后我们就相约，出院后，有空还可以找机会再下哦。反正大家住的地方不远，顺便还可去尝尝全嫂的手艺。全哥说好啊，那是我们的荣幸。不过，得提醒全哥的是，那得继续在棋上用功哦。不然到时赔了饭菜又输棋，竹篮打水两头空，那吃的亏就大了哦，呵呵！

（2013年3月20日）

下棋记

广州棋院中国围棋文化高峰论坛

在自己所在的大学，开了门素质教育课：围棋文化，面向全校学生。第一次上课，总会问：有会下棋的吗？结果，举手的总是寥寥。这时，我会说，不会下没关系，你们才上大学呢，而你们的老师，读研究生，25岁才开始学棋，你看，现在……

然后就是回忆。

一

第一次接触围棋，是在1985年，我研究生刚入学。第一届中日围棋擂台赛进入最后的高潮，聂卫平与藤泽秀行的主将对决。这届擂台赛充满了戏剧性，从上一年度开始，先是中方第二个出场的江铸久狂飙五连胜，接着小林光一怒涛六连胜，之后孤胆英雄聂卫平挺身而出，将小林光一、加藤正夫打下擂台，终于赢来了最后的决战。在这之前，这局棋已在社会上炒得沸沸扬扬，我身边那些会下棋的同学，也早就等着看中央台的直播。尽管在这之前，我基本上没怎么听说过围棋，也被这种气氛所感染，跟着那帮同学，早早就等在了电视机前。那是我第一次看围棋的电视直播，棋的招式自然是不懂，只能听解说者对局势的分析，心情也随之乍喜乍忧。

还有，就是黑白子纵横交错，本身就组成了一幅奇妙的黑白山水画……

后来，翻看资料，才知道那天是1985年11月20日，我与围棋的第一次约会。

只是，真正地走进围棋，与之相知，已经是两年以后了。

研究生第五个学期，学位论文初稿出来了，交给导师，他看了后，就说可以了。接下来，第六个学期，等待答辩。闲下来，干点什么呢，那就学棋吧！

擂台赛播下的种子，终于要发芽了。

同专业的研究生同学，有两个会下棋。其中一个是我们的班长，姓龚，年纪最大，我们叫他龚兄，不过他更喜欢女同学叫他老龚（公）。从让六个子开始下起。被蹂躏了几次之后，痛下决心，发愤看书，个把月，就把龚兄打下去了。后来才知道，我眼中的第一个围棋高手，水平实在是不入流。不过，龚兄从此有了炫耀的资本。有一年，我们去给两位导师祝寿，他们一位70，一位进80了，龚兄也六十岁，准备退休了。路上聊天，龚兄说何云老现在是围棋界的名人了，可当初他还是我的启蒙教练呢。说起来，他也应该算是我的导师之一。席间，我祝酒，祝两位老师健康长寿。我又说，龚兄也想升级，取得跟两位导师一样的资格，这次就算了。10年后，再来为他们一起做七、八、九吧！大家便笑，纷纷说好！龚兄也笑，说，好啊！好啊！只是下次不能让某某同学参加了，他远道而来，手机都没有一个，还要借那些本科的学弟学妹的机子打电话，幸亏人家不知道他是谁，不然把老师们的脸都丢尽了。

龚兄就是这么一个幽默的人，人也长得像圆圆的棋子，慈眉善目。他原在一个地市师专教书，有两个孩子，老婆户口在农村，没有"工作"，自己又出来读书，家里经济自然紧张，但从来没有见他叹过气、抱怨过什么，总是一副乐呵呵的样子。他棋上的不长进，我们也就理解为胜固欣然败亦喜了。

我的第二个围棋启蒙老师，是本科时的同班同学，姓邱，人称邱老，我们平时叫他邱毛。邱老大学毕业后去了内蒙古大学读研，三年后回到母校湘潭大学教书，俨然就成了围棋高手。我是参加工作两年后才回母校读研的，一群研究生与青年老师都住在同一栋楼里，除了读书，有大把的时间踢球、聊天、玩牌。而一旦迷上棋，其他的都退居其次。自从把龚兄之流打了下去，下一个目标就是高高在上、高不可攀的老邱。从九子开始，一子一子艰难地往上攀登，半年后，终于能分先了。毕业后一次回母校，在老邱家下棋，上一年级本科的一位姓谢的师兄（后来当了好几个大学的校长、书记），算是资深棋迷，见了，问：让几子。老邱说：对下。谢哥说：从来没有听说过何云波会下棋，怎么一下子这么厉害了啊？我就说：士别三日哦！

回想起来，当初那么发愤学棋，其实动力很简单，就是打败身边的"高手"们。人们都说我是个温和、超脱的人，云淡风轻，其实骨子里是好胜之人。专业学习，无论是硕士还是博士论文，做得很投入，都是让导师一次性通过，其实就是为了当得起老师对你的那份信任与期待。而游戏小道，也容易入迷，大学里打排球，一年后就进了系排球队。研究生改踢足球，最后踢进了研究生足球队。研究生要毕业时，学围棋，不小心就差点要把棋弄成了终生的事业。归结起来，其实还是那份好胜之心。它激励我拼命地去看书，而我身边的"高手"，都是玩玩而已。包括邱老，后来他去了北京，在首都师大，从普通教师、人事处处长、校长助理，一直做到副校长。投身于为国为学的事业，自然难以有心旁骛了。这几年邱副校长又开始关心起围棋事业来，把国学网挂在首都师大，支持国学网总裁尹小林弄起了"国学杯"。去年我带中南大学教工围棋队去北京高校交流，第一站就是首都师大。"国学杯"在广州棋院举行时，搞了个围棋文化论坛，请我参与。我问广州棋院的容坚行院长，还邀请了哪些人，他第一个就说到有首都师大邱校长，我说：我们是大学同班同学啊！容院长便感叹：唉呀，你看，这个世界真小。

我就附和，说：是啊，是啊，因为有围棋嘛！

二

　　研究生毕业，回到长沙铁道学院教书。楼下住着个老师，在实验室上班，姓杨，不高，块头也不大，不知为什么，大家都叫他杨胖子。杨胖子的棋大开大阖，不拘小节，喜欢三连星，做大模样，有一段时间，如何对付模样棋，便成了主攻方向。后来，对杨胖子胜率慢慢高起来，便开始寻求更强大的对手。正好铁道学院成立教职工棋牌协会，让我牵头，每周都会有一次固定的活动。于是有了与其他老师经常下棋的机会。有位教数学的老师，姓袁，思维敏捷，计算又快又准，擅长乱战。与之交手，没少吃苦头。我的棋典型地属于书房棋，看书学出来的，中规中矩，不喜野战，加上学棋又晚，棋感不好，下棋慢，还经常容易出漏招（长沙话叫勺子）。再就是基本不去茶馆下带彩的棋（八十年代后期，也曾经去过一些茶室，经常看到里面烟雾缭绕的，且不带彩就没人跟你下，或者胡乱地应付几手，后来就再也没有去过了），没有经历过彩棋的战斗洗礼，面对那些不讲理的对手，就像秀才碰到兵，常常束手无策。与袁老师下棋多了，战斗力得到很好的锻炼。后来，碰到野战派，也慢慢适应了不少。

　　在铁道的时候，还有一个重要的对手，就是余文宇。他是铁道职工，却停薪留职，在外面弄起了围棋培训（如今已发展为长沙市最大的业余围棋学校）。他是长沙市比较早的5段，《围棋天地》还有过专题报到，称之为"湘军政委"。因为做校长兼教练，就不大参加比赛了。正好有一段时间，我们住在学校的同一个小区，便有了许多手谈的机会。他的棋，据说也曾经很好战，后来身份不一样，觉得应该有高手的风范，棋也就平和起来。我跟他下棋，从让两子开始，到让先，后来，分先也开始有了一些胜绩。也就是在那个时候，我拿到了陈祖德院长授予的业余5段证书。呵呵，俺们也进入了业余高段棋手行列了啊！

　　有了业5证书，且写了篇与围棋有关的博士论文，挂着个"围棋博士"的名头，外界以为棋自然也如何如何。平时下棋，确实也赢过其他的5段，但那是因为没有时间限制，可以从容想棋。偶尔参加比赛，比赛经验缺乏，棋不熟练的毛病就暴露出来。2004年第一次参加中南大学教职工围棋赛，那时刚拿到博士学位不久，声誉正隆，棋下下来，却只勉强进了前八，被打回了原形。还有一次，湘潭、株洲、岳阳几个城市搞了个领导干部和名人围棋赛，我正兼着湘潭大学的博导，平时跟湘潭棋院的教练们下棋，也还像模像样，湘潭方面让我代表湘潭出战。比赛在岳阳举行，岳阳方面早早就在渲染说有个"围棋博士"要来参加比赛，充满了期待与好奇。可几轮下来，结果却让人大失所望。去年去德国参加炎黄杯，本是作为裁判的身份，因为参赛队员成单数，临时把我补上去，六盘棋四胜二负，好歹拿了个黄帝组（五段以下组）的第六名。可两盘输棋，第一盘就输给了一个欧洲4段。还有一盘，对新疆的李文东（新疆围棋协会副主席），一上来就吃住了他的一条龙，实空与厚势兼得，棋型厚实无比，后来却一路退让，退到最后其实还是赢棋，却因为一处官子本是先手，却走成了后手，懊丧之下，在一处无须用强的地方却去用强，就是在这种摇摆之下，一盘大赢的棋硬生生输了出去。这样的棋也能输，真是比窦娥还冤啊！以至今年炎黄杯在汕头，见了李文东，第一句话就是：俺们要报仇。可是却不在一个组，以后还得千里迢迢、跋山涉水去寻仇，辛苦啊！

这样的棋也能输，反思一下，还是比赛下得少，棋不熟练，不适应比赛的时间节奏，以至后半盘，经常会有"催人泪下的读秒声"般的困扰。还有，我的棋，经常容易在死活上出毛病。怪只怪当年学棋，用的是蜀蓉棋艺出版社的那套《围棋》合订本，布局、定式、中盘战斗、官子那几本都看了，偏偏嫌做死活题太枯燥，

中南大学教职工围棋队与首都师大交流

废书不观，以致后来有了报应，还影响到棋的计算力。俺们的棋，棋理、大局观应该都还不错，重要的是计算力与战斗力的提高。所以有一段时间，睡觉前，包括上厕所的时间，都要做几道死活题，赵治勋的那本《围棋死活大全》，还有《围棋天地》（里面有死活练习"第一感教室"），就成了枕上、厕上的必备书。坚持了一段时间，果然大有成效，熟悉的人都说，何教授的棋长了。我经常会说：哪里哪里，不过是棋熟练一点了。

人生有刻骨铭心的败局，也有今朝有棋须尽欢的时候。与职业棋手下过不少受子棋，三到四子不等，胜少负多，特别是碰到古力之类的大力水手和马小之类的"妖"刀，常常战也不是，退也不是，又不好意思"长考"，最后经常是找不到北，稀里糊涂就输下来了。后来慢慢有了让子棋的经验，心态也趋于平稳，没有了那么多心理障碍，棋也就像样一点了。有一年受中国驻蒙古大使馆邀请，与中国围棋代表团一起去蒙古（有一场甲级联赛，上海对北京新兴队也移到了蒙古），在北京停留一天，在中国棋院围棋部，与王剑坤七段下受四子的棋，中盘攻击一块白棋，逼得王七段频频长考。平时都是自己苦苦思索，上手随手而应，那种心理压力感，下过受子棋的棋迷，应该都有同感。而如今，生平第一次也让高手长考一下，心里那个舒坦啊……尽管后来几处试应手不成功，有一角上先手又没有及时走掉，棋没下完，据张文东九段判断，已经很细，黑棋不容乐观。但胜负已经不重要了，关键是下棋的过程，享受过也就行了。

参加为数不多的业余围棋比赛，值得炫耀一下的，一次是去年十一月，带中南大学教职工围棋队，去北京与清华、首都师大、北京邮电大学交流，坐镇二台或三台，三场六局比赛，赢了5盘。特别是赢了北邮的两个学生高手，算是超水平发挥！

还有今年上半年，长沙市棋协组织了一个"翼经杯"邀请赛，八人，淘汰制，其中有4位5段，我脚扭伤骨折，刚出院不久，拄着拐棍出战，只想着赢一轮即保本，谁知一路进了决赛。冠军奖金5000元，亚军2000元。这可是俺们下过的"彩金"最大的比赛了。尽管最终败北，2000元，也算是俺们拿到过的最高额的比赛奖金了。

还有两次印象较深的棋局，都是与西安围棋协会秘书长李刚毅5段的对局。一次是2011年11月1日，在中国棋院杭州分院，俺们主持内容展陈设计与文字撰稿的中国围棋博物馆开馆。活动间隙，与刚毅下了两盘，第一盘走平稳的路子，执黑半目胜，第二盘战斗的棋，中盘败。第二天，绍兴的老余问战况，我说一胜一负。他问让几子，我说分先。他不信，去向刚毅求证，因为刚毅曾代表西安参加过晚报杯，棋力应该在我等之上。而老余一直认为我跟他才是旗鼓相当（我与老余在甘肃天水，历史文化名城围棋赛期间，有过一次非正式的对局，以他的大龙愤死告终，后来老余经常说，那是一盘没有下完的棋。今年汕头炎黄杯，第一轮就对上老余，中途吃住他一块棋，小心翼翼把优势保持到终局，算是为没有下完的棋画了个句号）。

　　另一次，2012年12月1日在广州棋院的一个活动，又有幸与刚毅兄讨教一局。仍然是拼功夫、拼官子的棋，执白赢了2.5目。害得刚毅兄说，没想到何教授官子这样厉害，以后不能这么下了。我哈哈一笑，刚毅兄本来一直想堂堂正正、兵不血刃地赢我，而我最不怕的恰恰就是这种棋。能逼高手转换套路、招数，不管胜负，俺们心里已经知足了。

（2013年10月28日）

育儿记

爱笑的宝宝

一、我和女儿有个约会

经常跟人说,平生一个最大的遗憾,就是没有女儿。

机缘凑巧,女儿突然就来到了你的身边。

也曾经犹豫过,是否还要孩子。孩子她妈自己也还是个大孩子,特别怕要孩子。而我呢,担心孩子带来的一系列麻烦,也犹疑了。

犹疑中,孩子却不期而至。

那就顺其自然吧!然后期盼着,最好是个女儿。

每次去做B超,有朋友说可以帮忙,鉴定一下性别。我们却不愿,一切顺从天意吧!

那天,2012年1月29日10时40分,护士把宝宝抱出来,说:你终于如愿了,看清了,千金哦!

抱着胖乎乎、满脸皱纹的孩子,心里说:前世的约定,宝宝,我们终于见面了!

二、你就是个吃货

现在的医院，都是采用新式育婴法，孩子出生的第一刻起，就跟妈妈在一起。

喂饱孩子，不让她哭闹，就成了妈妈和陪护们的第一任务。

宝宝降生的第一个晚上，一觉睡到凌晨三点。喂了牛奶，宝宝却一直不睡，过了不久，宝宝哭闹起来，以为是吃了牛奶大便不畅，抱着她，哄着，孩子却越发哭得厉害，一直快天亮，孩子哭累了，才终于睡过去了。

第二天问护士，护士说：你们给孩子吃少了。

宝宝的吃相

然后开始喂，先吃母乳。宝宝吃奶的样子，一顿乱拱，一旦找到乳头，猛一下含进去，拼命地吸。喂牛奶亦然，一旦找着勺子，猛一口，恨不得把勺子也咬下来！勺子一离开嘴，就开始左右焦急地寻找，然后想到一个词：狼崽子。然后明白了，第一晚，孩子真可怜，想吃却没人会意。"吃"是人的本能，孩子的哭，就是他最初的"语言"。

好在后来母乳充足了，宝宝不需要为"吃"操心了，吃了睡，睡了吃，就是宝宝们来到这个世界的最初的人生。宝宝长大一点了，开始有了新的嗜好，拿到什么东西都要啃上一通。当然，最方便的就是自己的手了。一边啃着，一边口水哗啦啦流，看那吃相，真是爽极了！

六个月后，开始给孩子喂辅食。开始还好，后来慢慢能扶着东西行走了，开始有了独立与自主意识，宝宝的吃饭便成了一个问题。她要到处溜来溜去，不肯坐你腿上好好吃。为了不导致以后养成需要大人追着喂饭的恶习，吃饭就成了大人与孩子之间的一场博弈，只看谁先妥协，谁坚持就是胜利。孩子对你不给她吃的东西最感兴趣，抽屉里有纸包的巧克力棒，她偷出来就是一顿乱咬，弄得满地都是碎屑。还有，空了的酒瓶，瓶塞有残存的酒味，她吸得津津有味。下雪了，大人手上的雪，也要尝一尝，看看是什么味。

有一天，孩子突然不肯让你喂饭了。她要自己用手抓着吃，不许，慢慢地，就学会了用勺子、筷子吃。家里的零食呢，她成了一个不达目的誓不罢休的侦探，到处去搜罗可吃的东西。有一次，我们把饼干藏在了她小房的衣柜里，她可能嗅到了某种气息，每天都要我们抱着她，打开衣柜门，用探索的眼睛，瞄来瞄去。这时，我就说：宝宝，你就是个吃货。

孩子不挑食，有个好处，就是大人省心。经常我们大人吃什么，她就吃什么，早上馒头、包子、牛奶，中午米饭、蒸蛋、青菜（甚至连餐馆的麻辣香锅都可以入口，长大了肯定是个辣妹子）。有的家庭，常常是爷爷奶奶姥姥姥爷爸爸妈妈围着一个孩子喂饭，还每天发愁，宝宝为什么不肯好好吃呢？试问，孩子还没饿就开始喂，饱食终日，他（她）怎么可能有食欲呢？"吃"是人的本能，我就不信，饿他几顿，看还吃不吃。

三、下棋么

说了半天宝宝的故事，还没说宝宝叫什么名字呢。

孩子八字还没有一撇，就已经在讨论"名"的问题了，名不正则言不顺嘛！我们家几兄弟，下一代的孩子，名字都带"楚"字，如楚尧、楚鹏、楚晴、楚恒等，我们的孩子，也照此办理吧，想了一大箩，如楚怡、楚依、楚禹、楚琪之类，一来每想一个名字，网上一查都有同名，二来每一个名字她妈都不乐意，她自己想出的名字呢，又常常太洋气、时尚。弄了半天，只定下一个小名：那就叫"楚楚"吧！楚楚动人，惟楚有美女……万一是男孩呢，怎么办？没想过。

孩子快要来到这个世界了，马上就需要有"身份"。情急之下，想着，既然自己迷了半辈子的棋，以后争取也要让女儿陪老爸下棋、消磨未来时光,那就叫"何弈兮"吧!想过棋瘾了,就问一声:弈兮,下棋么?何弈兮?何时陪老爸下棋?……呵呵。

弈兮弈兮,为了名正言顺,育儿的第一件任务,当然就是教她下棋。几个月大的时候,网上有围棋比赛,就会把孩子抱起来,和她一起看棋。这叫先入为主,看不懂没关系,先把那黑白的画面印在她脑子里,等待以后去唤醒记忆,开花结果。女儿能坐起来了,就在她面前摆上棋盘棋子。光着脑袋的宝宝,先在那里定定地盯着棋盘,一言不发,一副一休哥观棋悟道的样子。

一休哥观棋悟道

之后,她下棋学会的第一招就是"吃子",把棋子吃到嘴里去。我这围棋博士,要教的,就是这子不能吃,要学会弃子,不吃而屈人之兵才是高手(网上有棋迷建议,用可入口的东西做棋子,比如巧克力、饼干之类,下棋、吃食两不误,不知道他们家是不是也有这么一个好"吃"的棋手)。

后来,女儿下棋的境界果然大有长进,不"吃子"了。问宝宝:下棋么?她会马上说:噢,然后乐颠颠地把薄板棋盘拿过来,我给摆上棋罐,下出第一手,而她呢,拿棋子胡乱往盘上一扔,管它在哪里?这时候,就会想起《天龙八部》里,虚竹的乱扔一子,却破解了几十年无人能解的"珍珑棋局"……正要夸女儿棋高,她已经把黑、白棋子一把把往盘上扔,直到最后一颗子。一盘棋"下"完,收子,教她白子放这个罐,黑子放另一个罐,开始她还听你的,放着放着,就开始乱放。再教,她越发得意,故意放错,咯咯地笑着……就是不听你的,怎么样?

当老爸的,能怎么样?

棋不管怎么"下",开心就好!

四、我是谁

女儿一天天不一样。开始只会哭,慢慢地有了咿呀声,叹息声,脸上有了表情,睡着了会笑,逗她时也有了反应,会皱眉头、会撅嘴、会笑了。音乐铃响时,会用眼神去捕捉各色转动着的小动物,或久久地盯着电脑屏幕。妈妈抱着她读童话,她也专注地看。

摸摸,我是谁?

不知从哪一天开始,女儿有了自我意识。比如几个月的时候,照相时,一看到镜头,就会绽出灿烂的笑。后来不稀奇了,你说要照相了,那就随便吧,理都不理你了。再后来,看到照相机,就要夺过去,自己在那里摆弄。慢慢地,无师自通,学会了开、关。看到大人照相的样子,她也学着,或者高高举起,或者单腿跪地,俨然一副小照相师的样子。而自从发现了照相的按钮,更是像发现了新大陆,喜不自禁,一顿乱按,照出许多构图独特、不拘一格的照片来。

当然,宝宝最感兴趣的还是她自己。看到镜子里的自己,她很好奇,咦!怎么走进去的,怎么那里面也有个自己呢?摸一摸,打一下,那个"她"也做同样的动作,好玩极了。照片拷电脑上了,她一看到自己,就会笑嘻嘻的。宝宝很具好奇心,家里的抽屉都要去翻一翻,大人拖地,她要把拖把抢过去。还有,最喜欢翻衣柜了,翻弄那些漂亮的衣服,臭美啊!

宝宝一天天长大,不知哪一天,她就会扶着站立、走路了。刚要满一周岁的时候,有一天,突然就松开手,自己独立走出了第一步。要尿尿,突然就知道拉你上卫生间了。之后开始要自己吃饭、穿裤子、袜子、鞋子……你要帮忙，就跟你急。你只好偷偷帮她把裤子放在她脚边，让她自己套进去。鞋子呢，她手够不着，就把鞋子放地下，自己扶着踩进去，再把后跟提上来，让你不得不佩服孩子的自主能力。

孩子一岁多，尽管只能说些单词，不能成句，心里却门儿清。最喜欢模仿大人的行为。大人在任何场合，都注意把垃圾扔垃圾桶去，她也就绝对不会乱扔。大人冲厕所，她马上就学会了。还有，微波炉热东西，灶上烧水，一听警报响了，她马上第一个冲过去关火、拉开微波炉的门，生怕别人抢了先。

她妈说，我们家宝宝这么喜欢干活，吃又如此不挑剔，长大以后恐怕没有做公主的命。你看人家的孩子，那娇贵的样子……我就说，那就让我们家的孩子，做个普通人，尽凡人的责任，享受凡人的快乐吧！这个世界上，公主毕竟是极少数，最怕大家的孩子都做公主养，却绝大多数只有黄小鸭的命。

五、那一声"爸"

一家子

孩子越来越依赖你了，自己独自出门她会哭，回来了，她一听到门响，就会急急地出来，"爸爸"会从嘴里蹦出来，看她那种高兴的样子，自己的心也顿时软软的了。从此，出门去，时时想着的就是，早点回家！因为那里有人在等着你……

三月，因为脚扭伤住院，只好把孩子送到遥远的西部——她外婆家。

出院后，好几个月，行走不便，只好仍然让孩子在那遥远的地方待着。

偶尔通过网上的视频，与孩子见一面，开始她还认识你，冲着你笑。再隔段时间，她喝着羊奶，晒着西北高原的太阳，一脸的高原红，越来越像当地的孩子。而她呢，见了你，已无动于衷，不知你是谁了。

心里那个失落啊！

将近半年，孩子终于要回来了。开车去火车站接她。从她外婆手上接过来，坐上驾驶座，孩子却大哭起来，仿佛被陌生人劫持了一般。

人生得一女儿，足矣

无奈，只好把孩子交回到她姥姥手上。

好些天，她都只肯让姥姥抱，其次是姥爷，再次是舅舅，最后才是爸爸妈妈。

晚上，也只肯跟姥姥睡。

慢慢地，她跟你熟悉一些了，白天，她肯到你的书房，拉你跟她玩了，心里那个满足啊！简直是受宠若惊。以前，她来缠你的时候，偶尔还会觉得烦。如今，却成了一种待遇与荣耀。

后来，她姥姥走了。孩子突然一下子，又成了你生活的主导。

给她做饭，陪她玩、散步……工作的时候，把书房的门关上。孩子在外面拉门栓，使劲地叫：爸！听着那一声"爸"，再紧急的事情你都会先放下，拥孩子入怀。

宝宝最喜欢坐在你的电脑旁，学着你，在键盘上敲敲打打……这时你就只能耐着性子，让她玩个够。后来，她妈妈给她买了台平板电脑（一岁多的孩子，就有这样的"玩具"，感慨啊！俺们当年，只有泥巴玩），才分散了她的一些注意力。不过，她玩着玩着，无聊了，还是要到你这里来。以至慢慢地，练就了一身本领，以前，只在上午，集中的时间，安心写作。如今，无论任何一个时段，只要有点空隙，就可以读几段书，敲打几百字，这正应了那句老话：人是可造就的。

经常有人问，你们打算怎么培养你们的孩子？我总是说：随便。平时最怕听的一句话，就是不能让孩子输在起跑线上。平生最不待见的一种学问，就是大学里盛行的所谓"成功学"。让孩子从小就被鞭子赶着，拼搏拼搏再拼搏，学习学习再学习，几代人没实现的抱负，没挣到的面子，都寄托在了孩子身上。结果，让孩子不堪重负，早早地就失去了孩童该有的自由与快乐。所以，我只希望我的孩子，健康快乐地成长，长大了能身心健康，拥有自由、幸福的生活，至于上什么大学，是否成了成功人士，那都是她自己的天赋与造化，不必强求。

我只希望，有一天，在路上，对着湖光山色，牵着女儿的手，说：弈兮弈兮，来一局否？

(2013年11月29日)

后　记

　　有天晚上，做了一个梦，梦里又回到了故乡。

　　在乡间小路上走着，来到一处茶棚下，几个乡人在那里歇息。他们说正好，托我转给另一位教授的电影剧本已经寄回来了，他还很细心地改了一些地方呢！

　　我依稀记得有这回事。有次，我收到一乡人写的一个电影剧本，没怎么翻，就给了一位作影视批评的教授，让他给看看，没想到他这么认真。

　　于是我便坐下来，带着好奇的心情，翻开了这个剧本。

　　一看就停不下来了。

　　一个个乡间生活场景展示开来，原汁原味的。田野，土路，沉默的山，卖柿饼、甘蔗、小鸭的集市，村里杀猪的嚎叫声，去别人家喝酒，晚上侃大山，讲鬼的故事，水鬼、迷路鬼、将小孩的手指骨咬得嘎嘎响的狼外婆，还有某村民第一次在乡间宴会上做厨师，被乡人捉弄时的幽默……

　　我一边看，一边感叹，这么真实、生动、原生态，这么细致入微、毫不做作，把生活本身乃至隐藏在生活背后的东西，在不经意之间，就作了完全本色的展示。想起我过去的那些乡村回忆，奇怪自己就怎么不能发现这些呢。那些曾经让自己很得意的文字，一下子变得"轻"且"飘"了。

　　碰到那位教授，他说，剧本好是好，就是珠子是散的，缺少一根主线把它们贯穿起来。

我也说，是啊！这样子是没有电影厂家肯接受的。那么，该怎么修改呢？

正想着，就醒了。

醒来，梦境中曾经那么清晰的场景，却一下子模糊起来。我拼命地、努力地回忆，却怎么也无法把那些"场景"复现出来了。我疑心，我上面描述的那个电影剧本的"情境"，很多已经是出自我为了写作的"想象"。

唯一记得很清晰的是，那剧本每一个场景都配有图片。其中有一幅图片是关于村里的那条"河流"的：悬崖、湍急的水、夕阳下的彩色的光……

其实村里的那条"河"，实在是很小，水也大部分时候是平静的，在门前缓缓地流过，家家都在河里洗衣、洗菜、涮粪桶。

于是，我又想，梦是原始的生存，有时又是浪漫的。

回想起来，之所以有这样一个"梦"，直接的诱因应该是前一天下午，阳光很好，在湘江边上读叶舒宪的《文学与人类学》。里面谈到，在全球化时代，人类的知识被日益整合到"同"的构架中，这是一种普遍化、抽象化的知识。文化人类学家吉尔兹却从田野经验出发提出了"地方性知识"的概念，哲学家波兰尼则从认识论出发提出了"体验性知识"，以"异"来对抗"同"的霸权。人类学家面对他者的"原始"的文化，首先需要切近感知经验，做入乎其内的体察，而不是高高在上、先入为主的评判。文学的回归，恐怕需要的也就是对人的生存的那份体贴吧！而像我等，作为学院化了的知识分子，面对故乡，虽然也不断地在写关于故乡的种种文字，但离真正的"故乡"，其实已经越来越远了。对故乡的生存本身，"模糊"乃至"失忆"其实是必然的。而当我们试图以已有的文学观念、知识去修改乡人的剧本时，又何尝不是以普遍性的知识对个体特殊经验与记忆的一种阉割呢！

第二个诱因是那晚接到一个毕业的研究生的电话，她说一直忙忙碌碌，晚上忙里偷闲去我的博客上逛逛，一进去就不忍出来了，因为那里面也有许多她们在学校读书时的种种记忆，看着看着眼泪就快下来了。是啊，人生能拥有的最美好的东西，往往就是记忆。我在城市里生活也快三十年了，享受着城市生活的一切，笔下的文字对城市却是那么吝啬，一坐到电脑前，面对空空的屏幕，脑海里浮现的，却常常是那片并不美的山，那湾流水，我曾经住过的老屋，还有故乡的那些辛劳而平凡的乡亲。

第三，是因为那之前不久，买过台湾导演侯孝贤的作品集，里面有几部电影，如《恋恋风尘》、《童年往事》、《最好的时光》，一看名字就有一种让你心动的感觉。侯孝贤说，电影，是一种乡愁。他镜头下记录的，常常是乡村里那些平凡的人的琐碎的事，就像我梦中出现的场景，原汁原味，不事张扬、雕琢、修饰。那些场景如村边的小河，缓缓地流动，不经意间，却沁入你心里去了，不期然地，也就有了一种淡淡的乡愁。

乡愁就是你人生的一个梦，一个让你伤感又永远不肯离舍的梦。这个梦一直做下去，便有了一行行的文字。然后终于明白，文学就是回忆，就是一抹永远的乡愁。

以上是几年前写过的一篇文字，题为《乡梦不曾休》。时间注明：2008年11月的某一天记梦，2009年1月16日续毕。想以它作为拟想中的散文集的代序。集子的名字叫《这么早就回忆了》，因为"回忆"，从上个世纪九十年代就开始了。那时，刚三十来岁，破格评上教授，正意气风发呢。

时间一晃又过去了好些年。到如今，突然就"知天命"，"回忆"一点也不"早"了。不好意思再扮"青春"。而等到七老八十的时候，再来宣称《这么早就回忆了》，让它有点喜剧性，表示自己不服老，还"年轻"……可是，又有点等不及了。

书名改为《老屋》，"老屋"代表了我的"过去"。后面加了新写的一组文字："浮生八记"，那是我"现在"的生存。

"现在"马上也要"过去"。

让人感慨的，就是时间。

感谢长沙市文联提供文艺创作基金扶持我等文艺"新人"！

感谢湖南湘文文化传播有限公司和湖南人民出版社为本书的出版提供大力支持！

感谢在我生命的道路上所有与我有过关联的人，特别是生我、养我、关心我、陪伴我的亲人们！因为你们，才有这些文字。无以为报，我只能把这些文字献给你们，表达我的感恩！

何云波
2014 年 4 月 24 日